EMMA & YO

elizabeth flock

Editado por Harlequin Ibérica.
Una división de HarperCollins Ibérica, S.A.
Núñez de Balboa, 56
28001 Madrid

© 2004 Elizabeth Flock. Todos los derechos reservados.
EMMA Y YO, Nº 21
Título original: Me & Emma
Publicada originalmente por Mira Books, Ontario, Canadá.
Traducido por Victoria Horrillo Ledesma

Todos los derechos están reservados incluidos los de reproducción, total o parcial. Esta edición ha sido publicada con permiso de Harlequin Enterprises II BV.
Todos los personajes de este libro son ficticios. Cualquier parecido con alguna persona, viva o muerta, es pura coincidencia.
™ TOP NOVEL es marca registrada por Harlequin Enterprises Ltd.

®™ son marcas registradas por Harlequin Enterprises Limited y sus filiales, utilizadas con licencia. Las marcas que lleven ™ están registradas en la Oficina Española de Patentes y Marcas y en otros países.

I.S.B.N.: 978-84-671-3920-4
Depósito legal: B-9192-2006

Para mis padres, Barbara y Reg Brack

Nada nos es pecaminoso fuera de nosotros mismos.
Pese a lo que parezca, somos bellos o pecaminosos
sólo en nosotros mismos.
(¡Oh, Madre! ¡Oh, hermanas queridas!)
Si derrotados, ningún otro vencedor nos destruyó:
nosotros mismos nos precipitamos en la noche
eterna.

Walt Whitman, *Hojas de hierba*, 1900

La primera vez que Richard me pegó vi estrellas delante de los ojos, como en los dibujos animados. Pero sólo fue un bofetón, no como aquella vez que a Tommy Bucksmith le zurró su padre tan fuerte delante de mí que al caer le rebotó la cabeza contra el suelo. Supongo que Richard no sabía que mi padre y yo hacíamos volteretas de ésas que uno se pone delante del otro, te agarras a las manos de tu padre y trepas por sus piernas hasta justo por encima de las rodillas y luego te impulsas y pasas por el triángulo que forman los brazos de los dos. Es superdivertido. Yo sólo intentaba enseñarle a Richard cómo se hace. Pero en ese momento aprendí que es mejor no acercarse a Richard. Así que intento estar en casa lo menos posible.

Es imposible perderse en un pueblo que se llama Toast. Ahí es donde vivo: en Toast, Carolina del Norte. No sé cómo es en otros sitios, pero aquí todas las calles llevan el nombre de lo que hay en ellas. Está la calle de la Estafeta de Correos y la calle de Delante, la que pasa por delante de las tiendas, y la calle de Atrás, que está una calle más allá, justo por el otro lado. Está el Camino de la Iglesia Nueva, aunque la iglesia que hay al final de la calle ya no es nueva. Está el Camino de la Granja de los Brown, que es donde vive Hollis Brown con su familia, y donde antes vivieron otros Brown que mamá conocía pero que no le gustaban ni pizca, y el Camino de lo Alto de la Colina, y hasta el Camino de la Ribera del Río. Así que, vayas donde vayas, los letreros de las calles te marcan el camino. Yo vivo en el Camino del Molino de Murray, y supongo que, si uno no lo sabe, pensará que me llamo Murray de apellido, pero en realidad me llamo Parker. El señor Murray se murió antes de que llegáramos nosotros. No hemos cambiado nada en la casa de los Murray: el camino de entrada desde la Carretera 74 es un trecho de hierba entre dos líneas rectas, para que las ruedas de los coches sepan exactamente por dónde ir. La primera cosa que ves cuando llegas en coche y cuentas hasta sesenta es el granero del molino, que se levanta sobre la charca, encima de unos pilotes muy viejos. Todavía tenemos el tablero con las letras pintadas y desconchadas que dice *Prohibido pescar en domingo* clavado al árbol que hay al pie de la charca. Justo al lado, ocupando toda una pared del molino, está el viejo cartel del señor Murray con un gallo pintado y las palabras *Piensos Nutrena. Sanos, seguros y económicos.* Cada vez cuesta más leer las letras porque el polvillo rojo de la tierra de fuera del molino ha tapado el cartel de arriba abajo. Pero el gallo se ve perfectamente. Clavado a la puerta del viejo molino hay esto: *AVISO. Es ilegal vender, dis-*

tribuir, almacenar u ofrecer para su venta cualquier clase de grano adulterado o defectuosamente etiquetado. Pena máxima: 100 $ de multa, 60 días de prisión o ambas. Yo lo copié en mi cuaderno del colegio.

—¡Vaya! —el cuaderno sale volando de mis manos y cae al suelo.

—¿A que eso no te lo esperabas? —Richard se ríe de mí mientras intento agarrar el cuaderno antes de que se apodere de él—. Debe ser muy importante, si lo agarras así. Vamos a ver —y me lo quita de un tirón antes de que pueda decir ni pío.

—Devuélvemelo.

—«Collie McGrath no me habla por lo del incidente de la rana»… ¿Qué es lo del incidente de la rana? —levanta la vista de mi diario.

—¡Devuélvemelo! —pero cuando intento quitárselo, me da un empujón y se pone a pasar las páginas y a leerlas siguiendo las líneas con su dedo sucio.

—¿Dónde salgo yo? Quiero ver lo que has escrito sobre mí. Um —sigue pasando hojas—. Mamá esto y mamá lo otro. ¿Qué pasa? ¿Es que no hay nada sobre tu querido papaíto?

Vuelve a tirarlo al suelo y yo estoy tan enfadada que no me oigo a mí misma cuando pienso que no debo recogerlo hasta que se vaya, porque cuando me agacho me da un puntapié y me tira al suelo.

—¡Hala! ¡Ya tienes algo sobre lo que escribir!

Vivo aquí con mi padrastro —Richard—, mi madre y mi hermana Emma. Emma y yo somos como Blancanieves y Rosaroja. Seguramente por eso es nuestro cuento preferido. Trata de dos hermanas: una tiene la piel muy blanca, muy blanca, y el pelo rubio (como mamá), y la otra tiene la piel más oscura y el pelo del color del centro de los ojos (como yo). Mi pelo cambia de color dependiendo de la hora y de desde dónde me mires. De lado y de día, parece morado tirando a negro, pero desde atrás y por la noche es como la madera quemada de la chimenea. Cuando está limpio, el de Emma es del color de una bola de algodón: blanco, blanco, blanco. Pero casi siempre está tan sucio que se parece a esas cartas viejas y polvorientas que mamá guarda en una caja de zapatos en el estante de su armario.

Richard. Ése sí que no se parece a ningún personaje de cuento. Mamá dice que es tan distinto de papá como una vaca de un cuervo, y yo la creo. Porque, ¿verdad que hay que ser simpático para que la gente haga cola para comprarte moqueta, como dice mamá que le pasaba a papá? Richard no es ni la mitad de simpático. Una vez le dije a mamá que Richard era odioso, pero a ella no le hizo gracia y me mandó a mi habitación. Unos días después, cuando Richard estaba otra vez metiéndose con ella, mamá le gritó que no le caía bien a nadie y que hasta su propia hijastra decía que era *odioso*. Cuando lo dijo, yo, como sabía que era demasiado tarde para escapar, me quedé allí parada, escuchando el tictac del reloj de plástico en forma de margarita que tenemos colgado en la cocina.

Mamá dice que nuestro padre era el mejor vendedor de moqueta de todo el estado de Carolina del Norte. Debió de vender toneladas de moqueta, porque no quedó nada para nosotros. Nosotros tenemos linóleo duro. Cuando papá murió, mamá dejó que me quedara con la muestra de felpa color verde hoja que encontró en el asiento de atrás de su coche cuando lo estaba limpiando, antes de que se lo llevara el señor Dingle. Debía de haberse caído de una caja de cartón muy grande en la que había montones de muestras cuadradas de distintos colores para que la gente eligiera la que le iba mejor. La tengo guardada en el cajón de mi mesilla de noche de mimbre blanco, en una caja de puros vieja que tiene montones de pegatinas de colorines con maletas antiguas, sellos y aviones (sólo que en la caja de puros pone *aeroplanos*) pegadas por todos lados. A veces, si huelo muy, muy fuerte, el cuadrado de felpa, todavía noto el olor a moqueta nueva que acompañaba a papá por todas partes como una sombra.

Volvamos a Emma y a mí. Nuestro pelo es distinto, pero nuestra piel es más distinta todavía. Tan distinta como el chocolate y la vainilla. A Emma parece que alguien se cansó de pintarla y la dejó en blanco para que otro acabara de rellenarla. ¿Y yo? Bueno, la señorita Mary, la del comercio del señor White, siempre ladea la cabeza cuando me ve y dice:

—Tienes cara de cansada, niña.

Pero no estoy cansada. Lo que pasa es que tengo ojeras.

Tengo ocho años, dos más que Emma, pero como soy bajita seguro que la gente piensa que somos mellizas. Y eso es lo que pensamos nosotras también. Pero a mí me gustaría parecerme más a Emma. Yo chillo cuando veo una cigarra, pero a Emma no le importa.

Las agarra y las echa fuera. Yo le digo que debería pisarlas, pero no me hace caso. Y los otros niños nunca se meten con ella. Una vez, Tommy Bucksmith le retorció el brazo por la espalda y se lo estuvo sujetando mucho rato («hasta que digas que soy el mejor del universo», le dijo, riéndose mientras le subía el brazo cada vez más), pero Emma no dijo ni mu. A Emma no le da miedo nada. Menos cuando Richard se mete con mamá. Entonces nos vamos las dos derechas detrás-del-sofá. Detrás-del-sofá es para nosotras como otra habitación de la casa. Es nuestro fuerte. Nos metemos allí cuando contamos diez chirridos del pedal del cubo de basura metálico de la cocina. Las botellas hacen tanto ruido al chocar que tengo la impresión de que se me va a partir la cabeza en dos.

Richard empieza a meterse con mamá después de unos diez chirridos. No sé por qué mamá no se quita de en medio desde el chirrido número ocho, pero no lo hace. Emma y yo hemos inventado una cosa que llamamos *el frotasuelos*, porque, cuando oímos el chirrido número ocho, empezamos a arrastrar el culo muy despacito por el suelo, desde delante de la tele hasta detrás-del-sofá. Con el volumen alto no nos oyen, y Richard no le quita ojo a mamá, así que no se da cuenta de que vamos deslizándonos despacio hacia detrás-del-sofá. Al chirrido número nueve estamos a dos cuerpos de Barbie delante del sofá, y justo antes del número diez nos deslizamos entre la fría pintura de la pared y la parte de atrás del sofá, que es de cuadros marrones y está muy sucio. Antes nos parecía que detrás-del-sofá estaba pegajoso, pero ya no nos damos cuenta. Una vez me llevé el perfume de mamá y rocié dos veces la tela, así que ahora huele como mamá en domingo.

Vivimos en una casa vieja y blanca, con las ventanas amarillas y descascarilladas. Tiene tres pisos de alto si se cuenta el desván, donde dormimos Emma y yo. Antes teníamos nuestro propio cuarto enfrente del de mamá y papá, al otro lado del pasillo, pero cuando murió papá y Richard se vino a vivir con nosotras, tuvimos que subirnos al piso de arriba. Pero lo peor es que Richard quiere que nos mudemos otra vez. Pero ahora mismo no quiero pensar en eso. Cuando no quiero pensar en algo, me imagino que hay un hombrecillo en mi cabeza que agarra la parte de mi cerebro que está pensando cosas malas y la empuja muy fuerte para que se vaya al fondo, detrás de todas las demás cosas que podría estar pensando.

Mamá dice que es una cutrez tener cosas delante de la casa, así que va y planta flores en algunas de ellas para que parezca que las tenemos allí a propósito. Y éste es el resultado: tres ruedas (a una de ellas ya le ha salido hierba del montón de tierra que tiene en medio); una estatua de un gato, gris como una acera; el coche viejo de Richard, que él dice que resucitará uno de estos días, pero yo creo que si resucita va a ser un lío porque no tiene ruedas; la vieja pila de lavar de mamá, llena de flores; una hamaca en la que a Emma y a mí nos gustaba columpiarnos cuando éramos muy pequeñas, pero que ahora tiene un lado todo raído porque nunca la guardábamos en invierno; una bala de heno que huele mal porque se ha podrido con la lluvia; un gallo de metal que, si hay tormenta, señala por dónde vienen las nubes; y las viejas botas de faena de Richard. Mamá fue y plantó flores también en las botas. Yo nunca había visto flores en unas botas, pero ella las plantó, y ahora mismo les están saliendo margaritas de dentro. Ah, casi se me olvidaba: la cuerda donde tiende mamá también está fuera.

No hay camino que lleve a la puerta de la casa. Ojalá lo hubiera. Blancanieves y Rosaroja tienen un sendero que pasa por un arco de rosas. Nosotras sólo tenemos hierba tan pisoteada que está toda sucia. Pero entonces se llega al porche de delante y ésa es la parte que más me gusta. El suelo hace mucho ruido cuando lo pisas, pero a mí me gusta mirarlo todo desde arriba.

–¿Qué haces? –pregunta Emma. No sé de dónde ha salido. Ni siquiera la he oído llegar.

Estoy aquí de pie, en el porche de delante, mirando nuestro jardín y todo lo que tenemos. A veces hago que soy una princesa y que, en lugar de cosas, en el jardín hay gente, súbditos que me saludan con la mano mientras me asomo al balcón de mi castillo.

–¿Cómo que qué hago?

–¿A quién saludas?

–No estaba saludando.

–Sí que estabas saludando. Otra vez estás haciendo que eres una princesa, ¿verdad? –Emma se sienta en la vieja mecedora de mamá, que ya casi no tiene asiento. Sonríe porque sabe que me ha pillado.

–No es verdad.

–Sí que lo es. ¿De qué color es tu vestido? –noto

por su tono de voz que ya no se está burlando de mí y que quiere que le cuente mi sueño en voz alta para que ella también pueda soñarlo. De repente está toda seria.

—Es rosa, por supuesto —digo— y tiene lentejuelas brillantes cosidas por todas partes, así que parece que está hecho de diamantes rosas. Y también llevo un cuello muy grande de encaje hecho a mano. No araña ni pizca. Es tan suave que a veces me hace cosquillas. Las mangas son de terciopelo, de terciopelo blanco. Y son todavía más suaves que el encaje. Pero lo mejor son los zapatos. Están hechos de cristal, como los de Cenicienta, y en las puntas tienen diamantes para que peguen con el vestido.

Emma tiene los ojos cerrados, pero dice que sí con la cabeza.

—Y aquí están mis leales súbditos —meto el brazo entre los postes de la barandilla y señalo el patio—. Todos me quieren porque soy una princesa buena, no mala, como mi hermanastra. Les doy comida y dinero... y hablo con ellos como si fueran de mi familia. Mis leales súbditos... —esto último se lo digo a todos los cachivaches que hay en el patio. Ah, sí, también tenemos allí una cama vieja de hierro. Ahora está oxidada, pero antes era de metal brillante. Está justo enfrente, así que hago como que es el río que corre alrededor de mi castillo y que los escalones del porche son el puente levadizo. Ojalá pudiéramos dejar el puente subido. Así Richard no podría entrar.

Oh oh. La camioneta de Richard se para haciendo ruido al lado de la casa, donde suele aparcar. No lo sé seguro, pero me parece que a lo mejor no está de muy mal humor. Cruzo los dedos.

—¿Qué hacéis en este bonito día de Carolina del Norte? —viene hacia nosotras, pero noto por su velocidad que no le interesa nuestra respuesta.

—Nada —decimos Emma y yo al mismo tiempo, y nos echamos hacia atrás para alejarnos de él. Sólo por si acaso.

—Nada —Richard nos imita sacando mucho la barbilla. Pero pasa a nuestro lado y entra en casa—. ¿Libby? ¿Dónde estás? —lo oigo llamar a mamá cuando se cierra la puerta del porche—. ¡Es día de paga y necesito una biiii-rrra! —un segundo después oigo salir el aire de una botella con un *pop*, y luego el tintineo de una chapa sobre la encimera de la cocina. Mamá dice algo, pero habla tan bajo que no la entiendo.

—¡Eh, guisantito!, ¿te apetece una buena naranjada fría? —papá me revuelve el pelo como si fuera un perrillo—. ¿Lib? ¡Es día de paga! Recoge tu bolso, ¡nos vamos a la compra!

El día de paga era siempre el mejor día del mes cuando vivía papá. Cuando oía la palabra *naranjada*, me emocionaba tanto que me costaba un montón meter la hebillita de metal en el agujero de la tira de mis sandalias.

—¿Puedo pedir una grande, papá? —gritaba desde el asiento de atrás en voz muy alta para que se me oyera bien, porque llevábamos las ventanillas del coche bajadas y entraba el viento.

—Puedes pedir una extragrande, guisantito —papá sonreía y me miraba por el retrovisor.

Primero parábamos en el supermercado. Mamá sacaba un carro de los que había en la fila, metidos unos dentro de los otros, junto a las puertas de cristal. El aire frío me ponía la piel de gallina al principio, pero al segundo pasillo ya me había acostumbrado.

—Deja de balancear los pies, Caroline —me regañaba mamá—, me estás dando en la tripa —así que yo intentaba no mover las piernas mientras mamá iba echando comida en el carro por encima de mi cabeza.

—Mamá, ¿puedo coger las cosas de las estanterías?

—Bueno —contestaba ella, y se ponía a mirar su lista, que era muy larga porque hacía mucho que no íbamos a comprar. Puede que desde el último día de paga.

—Avena integral. No, ésa no. La de la etiqueta roja. Ésa —decía ella, moviendo el carro antes de que yo pudiera dejar la lata dentro—. Harina. El paquete grande. Sí, ése.

Papá aparecía de pronto detrás de mamá y nos daba un susto.

—Me voy a la carnicería. ¿Qué quieres que compre para cenar? —le preguntaba a mamá—. ¿Qué te parece hígado? —me guiñaba un ojo porque sabía que yo odiaba el hígado.

—¡No! —gimoteaba yo mirando a mamá.

Ella seguía mirando su lista.

—Asegúrate de que te dan la pieza de abajo. Dos kilos.

—¿Y para qué queremos dos kilos de carne? —preguntaba él mirando hacia atrás.

—Voy a congelarla para más adelante —decía ella, y sacaba una caja de cereales de una estantería más alta que mi cabeza.

Siete pasillos después, el carro iba lleno hasta los topes y mamá nos llevaba hacia la caja. Papá ya estaba allí, hablando con el señor Gifford, el encargado de la tienda con el que a veces jugaba a las cartas.

—Es hora de hacer cuentas —decía papá dándole una palmada en la espalda.

—Te lo agradezco —decía el señor Gifford—. No sabes a cuánta gente (y no pienso decir nombres) tengo que decirles que no porque ya deben demasiado. Tú aquí siempre tienes crédito, Henry. Además, lo mismo me da quedarme con tu dinero aquí que jugando a las cartas —el señor Gifford se echaba a reír y le daba la mano a papá—. Menuda familia tienes, Culver —y, mirándonos a mamá y a mí, se tocaba la cabeza como si tuviera un sombrero invisible y luego se iba a hablar con la señora Fox, la señora mayor que siempre salía de casa vestida de punta en blanco.

—Vamos, guisantito —papá me sacaba del asiento del carro mientras mamá ponía la comida en la cinta mecánica—. Vamos a llenar las bolsas.

Cuando lo teníamos todo en nuestro lado de la cinta, papá pasaba detrás de mí y se ponía a contar billetes para Delmer Posey, el cajero.

—¿Qué te debemos de la última vez? —le preguntaba a Delmer.

Delmer Posey fue a mi colegio de pequeño, pero dejó de ir cuando acabó séptimo. Nadie sabía por qué hasta que un día se presentó en el supermercado a pedir trabajo. Mamá decía que los Posey tenían que apretarse el cinturón todavía más que nosotros, así que siempre que veía a Delmer me lo imaginaba con el cinturón muy, muy apretado.

Delmer sacaba de detrás de la caja un cuaderno muy manoseado y se ponía a pasar el dedo por una lista de nombres muy larga que había escrita en una hoja.

—Treinta y cuatro con cincuenta y siete, señor Culver —decía.

Papá soltaba despacito un silbido y añadía aquella cantidad a lo que acabábamos de gastar.

—Aquí tienes cinco de más para que los anotes —decía, sonriendo a Delmer, que parecía hecho un lío—. Apúntalo como crédito por si la señora Culver tiene que venir otra vez, porque seguro que se nos olvida algo.

Delmer Posey siempre tardaba un minuto o dos en entender lo que se le decía, como si uno hablara un idioma extranjero y él estuviera esperando que alguien le dijera lo que significaba en inglés. Pero enseguida entendía lo que le decía papá y nosotros nos llevábamos el carro junto a los otros, al lado de la puerta de cristal, que tenía encima un letrero rojo brillante que decía *Salida*.

—Vigila esto —papá le guiñaba un ojo a Delmer—. Tenemos que hacer un recado donde White.

Mamá y papá bajaban por la acera agarrados de la mano, hasta la droguería del señor White. Nunca se enfadaban porque yo corriera delante de ellos para pedir la primera en el mostrador.

—Hola, señorita Caroline —decía la señorita Mary cuando el tintineo de la campanilla de encima de la puerta la avisaba de que había entrado alguien.

—Hola, señorita Mary —decía yo—. ¿Me pone una naranjada grande, por favor?

La señorita Mary ponía boca abajo su libro, y las páginas quedaban separadas hacia los dos lados.

—No veo por qué no —se acercaba bamboleándose al mostrador. La señorita Mary siempre fue gorda. Gordísima. Papá solía decir que así había más de ella que amar.

La campanilla me avisaba de que mamá y papá habían entrado en la tienda.

—¿Qué tal está, señorita Mary? —decía papá desde el taburete, a mi lado. Mamá estaba recogiendo unas cosas en la estantería de los champús—. ¿Y ese vestido tan bonito?

Pero no lo decía como una pregunta.

—Gracias, señor —contestaba tímidamente la señorita Mary, y se sonreía tanto que casi se le doblaban los mofletes por encima de las comisuras de la boca—. ¿También ha venido la señora Culver?

—Oh, no se preocupe por ella —decía papá—, huyamos usted y yo juntos. Se lo digo en serio.

—Estoy aquí, Mary —decía mamá alzando la voz desde detrás del único pasillo de la tienda—. Estoy recogiendo unas cosas que necesitamos desde hace tiempo. Enseguida voy —mamá estaba acostumbrada a que papá le pidiera a la señorita Mary que se escapara con él. Papá se lo pedía cada vez que entrábamos en la droguería del señor White. Creo que ella sonreía tanto y se ponía tan colorada porque nadie se lo había pedido nunca. Tiene como un millón de años y vive sola con dos gatos y un gallo llamado Joe.

—¿Y yo, papá? —le preguntaba—. ¿Vas a escaparte sin mí?

—A ti te guardaré en un bolsillo y te llevaré conmigo —decía él. Luego se inclinaba y me daba un beso en la cabeza, como hacía siempre.

—¿Naranjada para usted también? —le preguntaba la señorita Mary a papá, todavía sonriendo.

—Ya lo creo.

La señorita Mary cortaba las naranjas por la mitad hasta que había diez mitades. Yo iba contándolas una por una. Luego —y esto era lo mejor— ponía las mitades en una prensa metálica y se echaba sobre ella con todo su peso, hasta que no caía ni una gota más de naranja en el frasco de cristal que había debajo. Después le ponía azúcar al frasco, añadía un poco de agua con gas, lo tapaba y lo agitaba con fuerza hasta que hacía espuma y chisporroteaba. Los vasos los guardaba en la nevera para que tuvieran una buena capa de escarcha por encima. Yo escribía mi nombre en la escarcha, a un lado del vaso. Donde el señor White había pajitas de las que se doblan, así que nunca levantaba el vaso del mostrador, y así era como nos bebíamos papá y yo la naranjada: sin manos.

Clin. Otra chapa de cerveza cae en la encimera de la cocina.

—¿Qué quieres que hagamos ahora? —me pregunta Emma. Está apoyada contra la barandilla del porche, contando los *clins* de las chapas, igual que yo: las dos nos preguntamos cuántos harán falta para que Richard se convierta en el Enemigo Número Uno.

—No sé.

—¿Y si vamos a la cerca de atrás a hacer equilibrios?

A Emma y a mí nos gusta hacer equilibrios en la cerca cuando estamos superaburridas. La verdad es que es divertido. A la cerca que antes, cuando esas cosas nos importaban, separaba nuestra parcela de la del vecino, le faltan todos los palos de arriba. Así que Emma y yo caminamos por los troncos de abajo, entre poste y poste, a ver quién aguanta más tiempo sin caerse. La que pierde tiene que hacer lo que le manda la que gana.

—Empiezo yo y tú cuentas —Emma ya está encima del primer tronco. El primero es el más fácil porque es tan viejo que por el centro está todo agrietado y hueco, así que es más ancho que el resto. El más difícil es el que va después, que es el más nuevo.

—¡Ya! —digo yo, y empiezo a contar en voz alta. Emma puede hacer equilibrios hasta sin estirar los brazos, y no sé por qué, pero me enfado y empiezo a contar más despacio.

—¡Estás contando muy despacio! —dice Emma. Está muy concentrada en el siguiente paso que va a dar.

Pero yo no me apresuro. De todas formas, Emma no puede hacer nada porque está intentando no caerse del tronco. En vez de decir la palabra «Misisipi» entre número y número, como hacía mamá antes, cuando jugaba al escondite con nosotras, la deletreo enterita, y así tardo el doble en llegar al número siguiente.

Emma está en el siguiente tronco y yo noto que no va a llegar a doce. Puede que por una vez le gane.

Sí, ahí va. Al suelo.

—¡Once! —digo al pasar a su lado, y me subo de un salto al primer tronco.

—Eres una tramposa. Has contado tan despacio que me ha crecido el pelo —gruñe ella. Y antes de que pueda demostrarle que soy la Reina de la Cerca de Troncos, dice—: Vámonos donde Forsyth.

Forsyth Phillips es una amiga nuestra que vive en una casa que está tan cerca que casi podríamos ser vecinas. Forsyth es un remedio seguro para el aburrimiento. Si la casa de los Phillips fuera una flor, sería un girasol, cálida y sonriente, con las ventanas muy limpias y manteles blancos para los días de fiesta.

Antes de que acabe de recorrer el tronco, Emma sale pitando hacia casa de Forsyth.

—¡Espera! —le grito, pero no me hace caso. Tendré que darme prisa si quiero alcanzarla.

—¡Vaya! ¡Hola, señorita Parker! —la señora Phillips siempre nos habla así a los niños: como si tuviéramos la misma edad que ella—. Forsyth está arriba. Sube —otra vez es Emma la que llega primero a la puerta, así que tengo que darme prisa.

—Hola, Forsyth —digo sin aliento porque he subido los escalones de dos en dos.

—Hola, Carrie —dice ella. Emma se ha sentado ya enfrente de Forsyth, que está jugando a la cartas sobre su cama, que tiene unas patas como si fuera un trono. En su cuarto todas las telas van a juego: las margaritas sobre un campo azul cielo se extienden de un lado a otro por las cortinas, descansan en el cojín de la ventana y se esparcen con esmero por toda la cama. No me imagino cómo será quedarse dormida todas las noches con la cabeza sobre esas margaritas tan suaves. En casa de los Phillips nunca tendría pesadillas.

—¿Tenéis hambre? ¿Os apetecen unas galletas? —la señora Phillips asoma la cabeza y sonríe por encima de su mandil, que debe de llevar sólo para enseñarlo, porque nunca lo hemos visto manchado desde que empezamos a ir a su casa—. Bajad cuando queráis. Estoy a punto de sacarlas del horno.

Mamá no nos hace galletas desde hace un siglo. La señora Phillips las hace tanto que Forsyth ni siquiera levanta la vista de las cartas; no parece tener prisa por comérselas cuando están calentitas, que es cuando están más buenas y las pizquitas de chocolate se te derriten en los dedos, y es como si te comieras dos postres en uno cuando te los lames, después de zamparte la galleta.

—¿No vas a bajar a merendar? —le pregunto. Por favor, Forsyth, di que sí.

—Bueno —dice, pero no se mueve.

—¿A qué estás jugando?

—A la mona, tonta. ¿Es que estás ciega?

Debe de haberse levantado del lado malo de las margaritas.

—¿Nosotras podemos jugar?

—¿Nosotras?

—Emma y yo.

—Estoy harta de jugar con Emma —suspira. Siempre hace lo mismo: se niega a jugar con mi hermanita como si tuviera la peste. A Emma no parece importarle, pero yo creo que está mal decirlo delante de ella.

–Anda –gimoteo.

–Vale –dice, y se mueve para dejarme sitio en la cama–. Pero quítate los zapatos, o mi madre te dará un azote en el culo.

Pero yo no creo que la señora Phillips le haya dado nunca a nadie un azote en el culo.

Hace calor, quizá por eso Forsyth acaba tan aburrida como nosotras. Este calor te chupa las fuerzas y luego espera que respires sin sofocarte. Forsyth tiene en medio del techo un ventilador que expulsa el aire caliente por la ventana y rocía nuestra piel con una brisa suave. Creo que todas las habitaciones de la casa tienen ventilador.

–¿Has hecho ya los deberes? –le pregunto, confiando en que ya no le interese el juego y se dé cuenta de que tiene hambre.

–Mmm-hmm. Mi madre me obliga a hacerlos en cuanto vuelvo del colegio –dice–. ¿Y tú?

–Mmm-hmm –miento. Yo no hago los deberes hasta que se hace de noche, y entonces los hago a toda prisa, como si supieran mal. Emma es todavía muy pequeña y no tiene deberes.

–Vamos a comer galletas –dice Emma, y yo la miro enfadada porque es una maleducada. Mamá le daría un azote en el culo si la oyera pedir comida.

Mamá y la señora Phillips han hablado por teléfono alguna vez, pero creo que no se caen muy bien. Mamá siempre dice que nos malcría. Supongo que se refiere a todo lo que comemos cuando vamos a su casa. Luego, cuando volvemos a casa a la hora de la cena, nunca tenemos hambre.

Forsyth es mi mejor amiga, aparte de Emma. Vamos juntas al colegio desde que éramos pequeñitas. A la hora de la comida nos sentamos juntas, y en el recreo jugamos en los columpios cuando no estoy jugando al balón prisionero. Forsyth suele estar de mejor humor.

—¿Qué te pasa? —le pregunto, intentando ignorar a Emma.

Ella se encoge de hombros, como siempre hace Emma.

—Anda, dímelo.

Ella sacude la cabeza. Tiene el pelo rojo y rizado, y un montón de pecas.

—¿Es por tu madre?

Ella sacude la cabeza otra vez.

—¿Por tu padre?

No, otra vez.

—Entonces tiene que ser por el cole —dice Emma.

—Es por Sonny, ¿verdad? —digo yo.

Sonny es el matón del colegio. Si alguien se cae por las escaleras, Sonny suele está arriba, partiéndose de risa. Si falta alguien, suele ser Sonny, que se ha quedado en el patio. Y, si alguna vez se enciende una hoguera en el patio, suele ser Sonny el que tiene el mechero.

Forsyth levanta la vista de las cartas por primera vez desde que entramos en su cuarto. Dice que sí con la cabeza y sus rizos se mueven como los flanes de gelatina que hace mamá en Navidad.

—¿Qué te ha hecho?

A Forsyth se le saltan las lágrimas, y le corren por las mejillas pecosas.

—Es un bicho, nada más —dice como si se atragantara.

—Eso ya lo sé. No olvides que es primo segundo nuestro —Sonny es el que nos cortó las sábanas de la cama el verano pasado. Y el que me hizo pegar la lengua al fondo de una hielera y luego me llevó por su casa tronchándose de risa. Sonny es verdaderamente un mal bicho.

—Cuando Dios repartió los cerebros, Sonny pensó que había dicho «becerros», y salió corriendo —dice Emma mientras pasa las cartas, intentando barajar.

—¿Qué ha hecho esta vez? —le pregunto a Forsyth.

—Me bajó los pantalones —llora ella—, delante de todo el mundo.

Es peor de lo que pensaba.

—¿Qué? —le pregunto, pero miro a Emma muy enfadada, porque está intentando que no se le escape la risa. Creo que en el fondo a Emma le cae bien Sonny, aunque no sé por qué.

Forsyth dice que sí con la cabeza para que sepa que he oído bien.

—Me levanté para salir al patio —dice—. Y de pronto estiró los brazos desde la fila de atrás y me tiró de los pantalones, y todo el mundo se rió de mí —se pone a llorar todavía más—. Y ni siquiera llevaba puestas mis bragas buenas —¿veis?, otra diferencia entre Forsyth y nosotras: en nuestra familia no hay *bragas buenas*.

—¿Quieres que hable con él? —le pregunto. Por favor, Forsyth, di que no.

—No —me dice prácticamente chillando—. ¡Prométemelo, Carrie! Prométeme que no vas a hablar con él. Prométemelo —me agarra del brazo como si se estuviera ahogando en un río y yo fuera un tronco.

—No voy a decirle nada —digo. Y es cierto.

—¿De verdad de la buena?

—De verdad de la buena.

Me quedo pensando y se me ocurre una cosa.

—¿Sabes qué? —hago una pausa para asegurarme de que me están escuchando—. Sonny necesita probar su propia medicina.

—¿Eh? —dice Emma. Hasta Emma parece interesada en lo que voy a decir.

—En serio, tenemos que darle su merecido por todo lo que nos hace —digo. Forsyth no me quita ojo, así que sigo—. ¿Qué podemos hacer? —me pongo a pensar. Y Emma y Forsyth también—. Tiene que haber algún modo de vengarnos de él...

—Deberíamos decirle a Richard que le dé una paliza —refunfuña Emma. Forsyth no le hace caso.

—Podríamos bajarle los pantalones —dice Forsyth, toda emocionada.

Yo digo que no con la cabeza. Palabra, a veces no sé qué harían estas dos sin mí.

—Tiene que ser algo que nadie haya hecho. Algo que no se espere. Pero tiene que ser bueno.

—¿En qué estás pensando? —pregunta Forsyth. Se ha inclinado hacia delante como si quisiera recoger mi idea en cuanto me salga de la boca.

—Podemos quitarle uno de sus Actionman, agarramos un petardo de los de Jimmy Hammersmith, le quitamos la cabeza al Actionman, le metemos el petardo dentro y lo hacemos estallar –grita Emma.

Forsyth parece convencida, pero yo tengo mis dudas, y cuando Forsyth ve mi cara empieza a hacer como si a ella tampoco le gustara la idea. Si queréis que os diga la verdad, es una copiona.

–Tiene que ser mejor todavía –digo yo–. Pero eso está bien –parezco nuestra maestra cuando no quiere que nos sintamos estúpidos.

–Bueno, entonces, ¿qué? –preguntan las dos al mismo tiempo.

–¡Las galletas están listas! –grita la señora Phillips desde abajo, y yo ya no puedo aguantar más. Me levanto y sé que van a seguirme porque soy doña Idea.

–Gracias, señora –digo, y procuro no parecer ansiosa, como siempre nos advierte mamá.

–Sírvete, cielo –la señora Phillips sonríe mientras pone dos galletas más en el plato que hay en medio de la mesa de la cocina, como en un anuncio de la tele. La cocina ya está recogida: las tazas de medir y los cuencos de mezclar están junto a la pila, secándose al aire sobre el escurreplatos en forma de V.

Esperamos a que se vaya de la cocina para tramar nuestra venganza.

–¡Ya lo tengo! –digo con la boca llena.

Forsyth salta prácticamente de la silla, que, por cierto, tiene su propio cojín, así que es muy cómoda porque no tienes que sentarte sobre la madera dura.

–¿Qué es? ¿Qué es?

–¿Qué os parece...? –digo muy despacio, arrastrando las palabras porque es divertido ser el centro de atención de vez en cuando–. ¿Qué os parece si entramos en el lavabo de chicos antes de que entre Sonny y untamos con grasa el asiento del váter para que se resbale y se caiga dentro cuando vaya al cuarto de baño?

Dos pares de ojos enormes me miran parpadeando.

–Mi madre tiene Crisco. Puedo llevármelo y hacerte una seña cuando Sonny pida permiso para ir al servicio.

–Yo vigilaré la puerta del servicio para que sepamos que es él quien va a entrar y no otra persona.

–Yo les diré a los demás que va a pasar algo muy divertido en el cuarto de baño, para que todo el mundo entre y lo vea chorreando –hablamos todas a la vez y, ¡hala!, ya tenemos un plan.

Después de comer tantas galletas que noto cómo se me hincha la masa en el estómago, subimos al cuarto de Forsyth y lo repasamos todo para asegurarnos de que nuestro plan no tiene fallos. Con Sonny, nunca se sabe.

–En el segundo bloque está en el aula 301 –dice Forsyth–. Lo sé porque está enfrente de la mía. Y después del segundo bloque seguro que tiene que ir al servicio.

–Sí, porque se comen el bocadillo después del primero, ¿verdad? –pregunta Emma. Parece que le gusta el plan tanto como a Forsyth, y tiene gracia, porque ella es la única con la que Sonny no se mete nunca. Si os digo la verdad, creo a Sonny le asusta un poco Emma desde que sabe que no le da miedo nada.

–Sí –digo yo–. Vale, entonces, Emma le vigilará y se asegurará de que va al servicio del fondo del pasillo, el de al lado del gimnasio. Forsyth, tú tienes que avisarme cuando Emma te haga la señal.

Forsyth parece hecha un lío.

—Ah, sí —digo yo—, tenemos que inventarnos una señal.

—¿Y si grito «mi color preferido es el azul»? —propone Forsyth.

—No puedes gritar eso en el pasillo —le dice Emma—. Se dará cuenta de que estamos tramando algo.

Forsyth dice que sí con la cabeza.

—Ya sé —digo—. La señal será que Emma se rascará la barbilla cuando vea a Sonny pedirle la llave a la señora Stanley. Luego yo saldré corriendo delante de él con el bote de Crisco en una bolsa que llevaré debajo de la camisa, y Forsyth, tú vigilarás la puerta del servicio para asegurarte de que no hay nadie cuando yo entre.

—¡Espera! ¿Cómo vas a entrar en el lavabo de chicos sin la llave? —pregunta Emma. Tiene razón.

Yo me quedo pensando un momento.

—Bueno —digo en voz alta, aunque no tengo ni idea de cómo voy a acabar la frase. Entonces se me ocurre una idea—. ¡Ya sé! Iré al servicio nada más llegar al colegio, porque la señora de la limpieza los limpia a esa hora y deja la puerta abierta para que se aireen. Sacaré esa cosita de en medio de la cerradura que impide que se cierre la puerta, y así podré entrar cuando me aviséis de que viene Sonny.

Eso sí que es buen plan, si queréis que os diga la verdad. A toda prueba. Emma y Forsyth parecen pensar lo mismo. Las dos sonríen como el gato que se comió el canario.

—Vale, entonces ¿cómo hacemos para que vaya a verlo todo el mundo cuando se caiga dentro?

Yo me pongo a pensar otra vez. ¿Cómo se me habrá ocurrido todo esto?

—¿Y si contamos hasta diez para asegurarnos de que se ha caído dentro y luego le decimos a toda la gente que haya en el pasillo que hay una bolsa de caramelos en el lavabo de chicos? —Emma está tan emocionada que se pone a gritar—. A todo el mundo le gustan los caramelos. Sobre todo si son gratis.

Ésa es mi hermanita. Siempre se le ocurre algo.

—Eso es —digo yo, mientras Forsyth se echa en su cama de margaritas—. No olvides traer el Crisco mañana por la mañana —le recuerdo.

—No —ella sonríe mirando al techo—. Mañana a estas horas Sonny Parker será el hazmerreír de todo el colegio.

Emma se levanta y estira los brazos por encima de la cabeza. Llevaba tanto tiempo apoyada en ellos que seguro que se le han dormido.

—Será mejor que volvamos a casa antes de que Richard llegue a las cinco.

—¿Te has dormido ya? —susurra Emma, aunque sabe perfectamente que no voy a dormirme.

—No.

—¿De verdad crees que funcionará?

—Es imposible que no funcione —digo yo, pero le he estado dando vueltas y ya no estoy tan segura.

—¿Y si no tiene ganas de ir al servicio? —pregunta ella.

—Tendrá que ir en algún momento —digo yo—. Además, si no va después del segundo bloque, podemos dejarlo para después del cuarto.

—¿Tú crees?

—Es un plan perfecto.

—Tienes razón —bosteza—. Es perfecto.

No recuerdo haber dormido, pero debe ser que sí, porque de pronto mamá nos está llamando desde el rellano.

—¡A levantarse! —parece que está de buen humor, pero nunca lo sabemos seguro hasta que bajamos y vemos lo que nos espera en la cocina. Cuando los cuencos de los cereales están ya en la encimera, todo va bien. Pero a veces mamá dice: «Tenéis brazos, podéis estirarlos, ¿no?». Y otras veces no está. Sigue durmiendo. Pero hoy es una de esas mañana con el cuenco del desayuno en la encimera. Qué bien. Una cosa menos de la que preocuparse.

Tomamos el autobús para ir al colegio, y sobre eso no hay mucho que contar, como no sea que Patty Lettigo (a la que todos llaman Patty Látigo y luego salen corriendo como si fuera a darles un latigazo de verdad) nos mira con mala cara cuando pasamos por el pasillo hasta el fondo del autobús, donde hay dos asientos libres. Patty Lettigo siempre mira mal. Es como su trabajo.

Tengo el estómago hecho un nudo. Emma lleva los libros pegados al pecho hasta cuando se sienta, así que supongo que está tan nerviosa como yo.

—Recuerda —le susurro poniéndole la mano en la oreja por si acaso alguien nos oye, aunque el motor del autobús hace mucho ruido–, pídele a Forsyth la bolsa del Crisco en cuanto la veas en la taquilla, y luego pásamela cuando nos veamos al cambiar de clase.

–Vale, vale, no me lo repitas más –me susurra.

–Sólo te lo estoy diciendo.

–Ya lo he entendido.

Pero después de pasar tres granjas y el segundo semáforo en ámbar, se inclina y me dice al oído:

–¿Dónde nos reunimos luego?

–¡Pero si lo hemos repasado mil veces! Al final del pasillo del gimnasio. Tú tienes que hacer la señal.

–Ah –ella se acuerda y dice que sí con la cabeza–. Ya lo tengo.

–¿Seguro?

–Sí. Seguro como un canguro.

Yo sonrío porque fui yo quien le dijo que papá siempre me decía eso. Rimaba las palabras y siempre me hacía reír.

El autobús se acerca traqueteando a la acera, delante del colegio, los frenos chirrían y huele a tubo de escape. Emma me da en el brazo y yo miro donde ella está mirando y, cómo no, veo a Sonny junto al aparcamiento de bicis, sacando sus libros de la cesta que lleva encima de la rueda de atrás.

–Allá vamos –digo sin dirigirme a nadie en particular, y cruzamos las puertas del colegio justo cuando suena el primer timbre.

–Adiós –me dice Emma, y es muy raro, porque nunca nos decimos adiós en el colegio; sólo nos separamos. Pero bien. Sí, Emma está como un flan.

La primera hora pasa tan despacio que ahora soy yo

la que nota cómo me crece el pelo. La señorita Fullman pasa lista, y todo el mundo dice alguna bobada, en vez de «presente», como yo, que soy una sosa. Mary Sellers: «¡Es la mejor!» (todo el mundo se parte: Mary cambia de frase todos los días). Liam Naughton: «¡Yepa!» (risas). Darryl Becksdale: «¿Quién?» (no se oyen muchas risas, pero sigue siendo mejor que «presente»). La lista pasa lentamente mientras la señorita Fullman nos mira enfurruñada y dice:

—Chicos, ya basta, chicos —y espera a que las risas se apaguen antes de llamar al siguiente de la lista.

El segundo timbre suena casi tan alto como los latidos de mi corazón. Acabo de darme cuenta de que todo depende de mí. No puedo rajarme ahora. No puedo. Forsyth no volvería a dirigirme la palabra.

El primer bloque pasa todavía más despacio que la primera clase, pero lo bueno es que estamos encarriladas. Forsyth le ha dado a Emma un bote de Crisco envuelto en plástico, y Emma me lo ha dado a mí, como habíamos planeado. Ahora estoy aquí sentada, en el segundo bloque, con el bote de aceite metido entre la tripa y la cremallera de los pantalones. Para eso precisamente me he puesto una camisa más ancha de lo normal. Hay que ser previsora.

Bzzzzz. El segundo bloque acaba y, mientras salimos en fila del aula, me choco con dos pupitres porque voy distraída pensando en mi corazón, que me late en el pecho como un pájaro batiendo las alas en una jaula, intentando escaparse. Dios mío, ayúdame a seguir adelante.

Fuera, en el pasillo, delante del gimnasio, Forsyth

está parada enfrente del lavabo de chicos, como tiene que ser, pero a Emma no la veo entre los demás niños que hay en el pasillo. No se me había ocurrido que fuera tan difícil verla entre tanta gente. Oh, Dios. Oh, Dios. Emma, ¿dónde estás?

Y entonces aparece: está de pie, entre Betsy Rutledge y Collie McGrath, hablando con Perry Gibson y… ¡ahí está!... ¡se ha rascado la barbilla! Eso significa que Sonny ha pedido la llave y está a punto de ir al servicio. Me giro de golpe y veo que Forsyth le está diciendo que no con la cabeza a un chico que intenta entrar; le dice algo al oído al chico y éste se va. Como estaba planeado, Forsyth le está diciendo a todos los chicos que quieren usar el servicio –menos a Sonny, claro– que está estropeado. Anoche practicamos un montón de veces antes de irnos de casa de los Phillips.

No hay tiempo que perder. Me abro paso a empujones entre gente a la que apenas reconozco porque estoy hecha un flan, y busco bajo la camisa el paquete del Crisco. Delante del lavabo de chicos miro hacia atrás rápidamente para asegurarme de que no tengo a Sonny detrás. No hay moros en la costa, así que paso corriendo junto a Forsyth, que me dice algo moviendo la boca sin hacer ruido y empieza a agitar los brazos, pero yo empujo la puerta, dispuesta a poner en práctica nuestro plan.

Oh, Dios mío.

Oigo que la puerta se cierra detrás de mí y poso los ojos no en uno, ni en dos, ni en tres, sino en unos veinte –¡veinte!– chicos. Chicos de todos los cursos. Chicos de pie de espaldas a la puerta. Chicos de cara a la pared. Chicos con los pantalones prácticamente en los tobillos. Chicos peinándose. Chicos apoyados contra la pared de azulejos. ¡Chicos en cada rincón del lavabo!

—¡Vaya! ¡Pero si es Carrie *la Loca*! —una voz hueca retumba en las paredes y se mezcla con las risas que estallan como petardos el Cuatro de Julio.

Todo ocurre tan deprisa que ni siquiera puedo deciros qué dije o cómo salí de allí. Sólo sé que, al salir por la puerta, vi a Sonny acercándose con una sonrisa, tan tranquilo.

El lavabo de chicas está justo al lado, pero quiero alejarme de allí todo lo posible. Así que echo a correr. Corro por el pasillo, paso al lado de Emma, que me mira con cara rara, paso al lado del señor Stanley, paso al lado de un millón de niños que se ríen y a los que no quiero volver a ver nunca más, y salgo por las puertas de metal que conducen a la libertad. Pueden arrestarme si quieren, que no pienso volver a ese colegio. Oigo cerrarse la puerta detrás de mí y enseguida Emma está a mi lado, en el segundo escalón de las gradas viejas del campo de béisbol.

—¿Qué ha pasado? —pregunta.

—Forsyth —sollozo—. Forsyth... —no puedo decir nada más. Estoy llorando a moco tendido. El hazmerreír del colegio soy yo.

—¿Forsyth qué? ¿Qué ha pasado?

Entonces me acuerdo. ¡Oh, Dios! Los labios de Forsyth moviéndose. Sus brazos agitándose a un lado y a otro como un limpiaparabrisas. Intentaba avisarme. ¡Intentaba avisarme a mí!

Ojalá me tragara la tierra.

—No pasa nada —dice Emma—. No llores. No pasa nada. Ya lo verás. Todo irá bien —sus manos se mueven en círculos por el centro de mi espalda.

—¿Cómo? —yo me sorbo los mocos—. ¿Cómo van a ir bien las cosas ahora?

Pero ella se queda callada, así que me doy cuenta de que sólo intenta hacer que me sienta mejor.

—Si alguien se burla de ti, le pegaré. Así.

—No puedes pegar a todo el colegio. Y todos van a burlarse de mí —me limpio los mocos con la manga.

—Ya se nos ocurrirá algo —dice—, pero será mejor que volvamos. Si no, el señor Streng saldrá a buscarnos. Vamos.

Los pasillos están vacíos cuando volvemos a entrar, y me doy cuenta de que todo el mundo está en el tercer bloque. Cuando mis ojos se acostumbran, me voy derecha a mi taquilla. Emma va a mi lado. Aunque en los pasillos hay eco, no hace ningún ruido.

—Cuando acabe el tercer bloque —se da prisa para ponerse delante de mí y mirarme—, tú finge que eres sorda. Así, si alguien dice algo o se ríe de ti, no te darás cuenta. Haz como si no oyeras nada.

Lo que Emma no sabe es que llevo intentando ese truco toda la vida. Y nunca funciona.

—Caroline, esto te lo sabías ayer de pe a pa —el señor Stanley tiene la boca toda torcida, como si estuviera harto de hablar conmigo—. No me cabe en la cabeza que de pronto se te haya olvidado multiplicar.

¿Se supone que tengo que contestarle?

—¿Jovencita? Jovencita, estoy hablando con usted.

—¿Sí, señor?

—Si se te ha olvidado hacer los deberes, dilo. Pero no te hagas la tonta. Quiero verte después de clase.

¿Cuándo hemos aprendido a multiplicar? Juro que no tengo ni idea de cómo es posible que una «x» entre dos números cambie lo que valen. El señor Stanley me sigue mirando como si fuera a salir corriendo, y supongo que podría hacerlo, pero ¿adónde iría? ¿A casa, con Richard? Eso es lo que el señor Stanley no sabe: que a mí no me importa ir a la escuela. Mary Sellers, Tommy Bucksmith, Luanne Kibley y todos los demás fingen delante de los profesores que les encanta ir al colegio, pero luego en el comedor los ponen a caldo. A mí del colegio me gusta todo —menos los demás niños, claro—. Me gusta estar fuera de casa todo el día. Es como hacer una excursión todos los días.

—¡Caroline!

Nunca había oído gritar tanto al señor Stanley.

—¿Sí, señor?

—El timbre sonó hace cinco minutos. ¿No tienes que ir a ninguna parte?

—Sí, señor —juro que ni siquiera he oído tocar el timbre. Soy la única que queda en la clase. Justo antes de salir por la puerta, su voz, muy seria, me lanza palabras:

—Recuerda, después de clase.

—Sí, señor.

Emma va a tener que esperarme. Apuesto a que

mamá ni se entera de que llegamos tarde. No le importa. La verdad es que seguro que se alegra tanto de no tenernos en casa como nosotras de no estar allí. Tiene que ponerse con sus montones, y supongo que lo hace mucho mejor con un poco de tranquilidad y silencio. Se pasa el día allí sentada, doblando cartas y poniéndolas en tres montones; las apila en torres muy altas hasta que todos los sobres tienen puesta la pegatina con la dirección, y luego mete las cartas. Nosotras tenemos prohibido leer lo que ponen; mamá dice que arrugaríamos el papel y la despedirían. A mí de todos modos me da igual lo que digan, porque mamá se aburre tanto que seguro que no puede ser muy interesante. Mamá es tan lista que ni siquiera tuvo que ir a hacer una entrevista para que le dieran el trabajo. Respondió a un anuncio del periódico para trabajar en casa y ganar un montón de dinero. Le dijeron que les había gustado tanto por teléfono que el trabajo era suyo. Emma y yo intentamos descubrir por qué no hemos visto el montón de dinero que le prometieron, pero yo creo que es una tontería pensar que va a parar un camión detrás de nuestra casa y a descargar sacos llenos de dinero, como el camión del pan cuando lleva el reparto al supermercado. Pero Emma sigue esperando el camión.

–Llegas tarde, Caroline –la señorita Hall parece tan enfadada conmigo como el señor Stanley–. Es la tercera vez esta semana –pone una marquita junto a mi nombre, en el cuaderno que tiene sobre la mesa.

Nunca me propongo llegar tarde, pero a veces mi mente toma un desvío. Como cuando escribo con otra letra. Sé hacia qué lado tiene que inclinarse la letra «k», pero ¡hala!, ahí está, para atrás. Y, por lo general, cuando hay una «k» recostada hacia atrás, de pronto me encuentro escribiendo con la otra letra; es casi como si, con esa letra, estuviera en clase de Emma. Es muy grande y temblorosa y, como os decía, las letras están a veces mezcladas. Pero casi siempre me concentro en lo que tengo delante de mí. Pero hoy no, supongo. A mamá ni siquiera se le ocurre mirar la línea de mis notas en la que dice que llego tarde a las clases. Y, si la mirara, seguramente le daría igual.

—¿Qué te pasa, Carrie *la Loca*? ¿Has olvidado atarte los zapatos?

Mary Sellers fue la que se inventó ese mote: Carrie *la Loca*. Todos señalan mi pelo con el dedo, y tiene gracia, porque no está ni la mitad de enredado que el de Emma, pero lo señalan de todos modos. Los zapatos llevan molestándome todo el día. Odio cuando te atas muy fuerte un lado y el otro no. Son unos zapatos de dos colores que, por la pinta que tienen, podría haberlos llevado mi madre cuando tenía mi edad. Por eso los tengo: un día, el año pasado, mamá los vio en la tienda y se puso prácticamente a llorar delante del señor Franks, que se empeña en meternos los pies en los zapatos con un calzador de metal, en vez de dejarnos meter los talones, como hacemos siempre. ¿Qué se cree? ¿Que usamos calzador todos los días? Los zapatos son casi blancos del todo, pero tienen una tira negra en el medio y dos a los lados. Por eso son de dos colores. Las puntas son redondeadas, así que hay bastante espacio para que crezcan los pies, y es una suerte porque mamá dijo que se había gastado tanto en aquellos zapatos que no podría comprarme otros en mucho tiempo. Nadie en mi colegio lleva zapatos de dos colores. Son otra arma que Mary Sellers puede usar en su guerra contra Carrie *la Loca*. Ella los llama «zapatos dominó». Yo me digo que no me importa. Y no me importa. De verdad. No me importa.

Vamos a mudarnos y por eso no me hablo con mamá. No quiero que nos vayamos sólo porque ella lo diga. Y Emma está de su parte. A ella tampoco le gusta esto. Anoche mamá se hartó y dijo que se llevaría a Emma y que yo podía quedarme aquí sola, pero cuando le dije «vale» me mandó a mi cuarto, así que no creo que al final pueda quedarme. De todas formas, las niñas de ocho años no deben vivir solas en una casa grande y vieja, pero aun así... no quiero irme. Richard dice que va a cambiar de trabajo y a prosperar. Últimamente lo dice todo el rato. Ha encontrado un trabajo nuevo en la otra punta del estado, así que tenemos que irnos con él, creo, aunque algunas no queramos ni mudarnos ni ascender, muchísimas gracias. Mamá dice que será como empezar desde cero. Pero sólo los mayores empiezan desde cero. Yo no empecé desde cero en tercer curso, y todavía, después de todo el curso, estoy intentando acostumbrarme.

Gracias al estúpido Plan del Servicio, en el colegio

se meten conmigo más que nunca. Mi maestra, la señorita Hall, dice que hablo a destiempo, y eso ha dado alas a Patty Lettigo. En el patio, cuando estamos en el recreo, me llama «marcianita» a grito pelado. Los otros niños se ríen porque supongo que eso es lo que les parezco. Lo que pasa de verdad es que me quedo pensando en cosas que tengo que acordarme de decirle a Emma después del colegio y, en cuanto me descuido, las digo en voz alta. No lo hago a propósito, pero me pasa.

—Y para eso usamos las divisiones largas —está diciendo el señor Stanley—, para averiguar cuántos números menores forman el número mayor de esta línea de aquí. ¿Quién puede decirme cuántos nueves caben en dieciocho?

Fuera, los capullos de las ramas de los árboles parecen los botoncitos de una tele. Me pregunto qué tipo de programas les gustarán a los árboles. Supongo que ninguno en el que salga una sierra.

—¿Señorita Parker? —la voz del señor Stanley llega hasta mi cabeza y la hace girarse, pero yo sigo pensando en Teleárbol—. ¿Puede decírnoslo?

—¿Qué, papá?

Oh, Dios mío, ¿qué he dicho? ¿Qué acabo de decir? A lo mejor lo he pensado pero no lo he dicho en voz alta.

—Silencio, chicos —les está diciendo el señor Stanley a los niños que me rodean, que se ríen y me señalan con el dedo como si acabara de bajarme de un platillo volante—. Chicos, por favor —repite, pero nadie se calla.

Este pitido que noto en los oídos hace que la clase

parezca un enorme frasco de cristal: las voces retumban de un lado a otro de mi cabeza.

Mary Sellers suelta su risita, que siempre suena como si fuera a tener hipo. A mí me arde la cara.

–Está bien, chicos, ya es suficiente –dice por fin el señor Stanley, pero yo no veo su cara porque estoy mirando mi pupitre, siguiendo con el dedo las letras que hay grabadas en un rincón: *EMB estuvo aquí*. ¿Quién será EMB? Todos los días me pregunto lo mismo. EMB podría haber sido un niño, pero a mí me gusta pensar que era una niña, un niña tan valiente que se atrevía a grabar letras en su pupitre cuando nadie la veía. EMB. Puede que muriera y que esas letras sean la única prueba de que estuvo viva, pero sus padres no lo saben y lloran todas las noches hasta quedarse dormidos, deseando tener algo, aunque sólo sea una cosa, con las iniciales de su hija grabadas, y allí está, justo debajo de mi dedo, que, me doy cuenta de repente, está tan sucio de tierra que parece marrón. Si supiera quién era EMB, podría avisar a sus padres de que el último trocito de su hija está allí. Así podrían dormir por las noches.

–Caroline, por favor, quiero verte después de clase –suspira el señor Stanley–. Tommy, ¿cuánto da dieciocho dividido por nueve? –y la clase vuelve a la normalidad para todos, menos para mí. A la hora del recreo volveré a ser el hazmerreír de todo el colegio.

Emma es la única que entiende que hable a destiempo, porque ella a veces también lo hace, pero cuando le pasa nadie se mete con ella porque saben que, si lo hacen, les dará una paliza después de clase. Además, Emma es muy guapa, y las niñas guapas nunca se meten en líos con los niños mayores. Les gustan a los chicos, y las niñas quieren ser amigas suyas. Así que Emma no tiene problemas. Yo, en cambio... Bueno, supongo que tendré una nueva vida en la parte oeste de Carolina del Norte.

—¿Se puede saber qué te pasa, jovencita? —me dice el señor Stanley cuando todos han salido de la clase.

—Lo siento, señor —digo yo. Todavía tengo la cara caliente y no puedo mirarlo a los ojos, aunque mamá nos lo ha inculcado desde que éramos unas canijas—. Vamos, Caroline —dice él con una voz que parece un donut calentito—, tienes muchísimo potencial. Eres una niña muy lista. Pero tienes que aplicarte...

Aplicarme. Aplicarme. Si otro profesor vuelve a decirme que me aplique, me pondré a chillar.

—... y así podrás hacer lo que quieras... —está diciendo algo sobre el colegio. Por lo visto cree que es la clave del universo—... así que ya puedes irte, pero recuerda lo que hemos hablado, ¿me oyes?

—Sí, señor —le digo mirando hacia atrás, y salgo pitando a mi taquilla para no llegar tarde al siguiente bloque y no tener que aguantar que me eche la bronca otro profe.

—Chist, aquí viene —es lo que oigo cuando cruzo la puerta de la clase de la señorita Hall. No hay nada como oír eso cuando estás a punto de entrar en un sitio donde no quieres estar.

—Deprisa, Carrie Parker, siéntate —dice Luanne Kibley—, o mamá te mandará a tu cuarto sin cenar —la clase entra en erupción como un volcán; me estaban esperando.

—¿Has tenido una charla agradable con papá? —canturrea Mary Sellers por encima del alboroto.

—¿Y tu tío quién es? —grita Tommy Bucksmith—. ¿El señor Streng? —el señor Streng es el director. Todo el mundo lo odia, menos, a lo mejor, Daisy, su perro salchicha tuerto, que duerme en un cojín de cuadros en un rincón de su despacho.

¿Dónde está la señorita Hall?

Fuera el cielo se ha puesto negro: las nubes están preparadas para abrirse y soltar su agua, lo noto. Ojalá esperen hasta que lleguemos a casa. Sé que estoy intentando distraerme pensando en otras cosas para no pensar dónde estoy, pero ¿qué voy a hacer, si no? Cuando sea maestra, llegaré a clase siempre a tiempo, eso seguro.

—Está bien, chicos —dice la señorita Hall antes de cerrar la puerta—. Sacad los libros de ciencias sociales y abridlos por la página diecinueve. Espero que ayer por la tarde os acordarais de leer la lección…

Yo no. Ni siquiera recuerdo que nos lo dijera. ¿Qué más me habré perdido?

Ahora mismo estoy en nuestro cuarto, que tiene el techo inclinado, como para proteger nuestra cama del cielo. Nuestra habitación es la mejor de la casa, aunque Richard crea que es la peor. Supongo que entiendo su punto de vista, porque aunque sólo estamos en mayo, aquí hace más calor que en el infierno en pleno julio, y la única ventana que hay tiene incrustado un ventilador que sólo chupa el aire de la habitación. Cuando Richard se vino a vivir con nosotras, recorrió la casa dando zapatazos, cargado con las cajas que había sacado de su camioneta, y nos dijo que sería mejor que subiéramos por la escalerilla que se baja del techo tirando de una cuerda. Nadie iba a volvernos a hacer el Nido, dijo, así que convenía que fuéramos acostumbrándonos. Desde que llamó a nuestro cuarto «el Nido», así es como lo llamamos nosotras también. Yo no sabía qué estaba tramando, pero subí la primera por la escalerilla, y fue muy raro, porque normalmente Emma es la más valiente de las dos. Cuando llegamos arriba, Richard volvió a subir la escalerilla. Y todavía lo hace. Como es verano, el aire caliente del Nido te da en la cara como la nube de humo apestoso que sale por detrás de la camioneta de Richard cada vez que arranca. Sólo hay un lado donde se pueda estar de pie, y ahí es donde está nuestra cama. La colcha de la cama que compartimos está hecha de retales, y a mí me recuerda a *La casa de la pradera*.

En el techo hay un montón de telarañas, y yo siempre me acuerdo de Charlotte y Wilbur, los de ese cuento del cerdo y la araña que se hacen amigos. Me pregunto si de verdad las arañas pueden deletrear así de bien en sus telarañas. Y como las telarañas están en el lado alto del techo, donde no está la cama, yo las dejo quedarse ahí... hasta que veo descolgarse alguna. A Emma le encanta estar aquí arriba. Ahora ya sabe que se puede saltar en la cama, y sólo le costó tres moratones averiguarlo. Le gusta poner el ventilador de la ventana y hablarle muy despacito, y si os digo la verdad a mí también me gusta. Al principio no se acercaba porque creía que le iba a arrancar el pelo de la cabeza, pero ahora se hace una coleta y así no hay peligro. Como sabe que Richard no oye nada porque las aspas cortan el aire en cachitos y se llevan sus palabras lejos de la casa, le dice al ventilador cosas como «Odio a Richard», «Vas a morir» o «Déjanos en paz». Yo creo que no le importa que Richard la oiga, porque a veces, cuando se mete mucho con mamá, Emma se pone a gritarle al ventilador con todas sus fuerzas antes de que empiece a girar a toda velocidad.

Ahora mismo oigo a Richard en el pasillo del segundo piso, y sé que es sólo cuestión de tiempo que suba la escalerilla otra vez y nos encierre aquí. Mamá odia que haga eso, pero a mí ya me da lo mismo. Cuando sube la escalerilla, sé que no va a tomarla con Emma y conmigo. Antes lo hacía todo el rato, pero desde que vamos a mudarnos y a prosperar, creo que tiene otras cosas en la cabeza.

Oh, oh. Mamá nos está llamando. Y es un lío, porque, si gritamos para que sepa que estamos aquí arriba, verá que está subida la escalerilla. Si ve que está subida, se dará cuenta de que Richard se está portando mal con nosotras otra vez. Y entonces se enfadará con él y él empezará a meterse con ella, y os aseguro que la cosa no acabará como *La casa de la pradera*.

—Mejor no contestamos —dice Emma, y a mí me parece una buena idea.

—Pero entonces estaremos aquí encerradas todo el día —digo, y Emma alza los hombros y luego los deja caer otra vez, y yo comprendo que no hay más que hablar, me guste o no.

Me acerco de puntillas al montón de libros que hay cerca del ventilador, que no podemos encender porque el ruido alertaría a mamá y se armaría la gorda, y me pongo a hojear un libro de sellos de todo el mundo muy viejo y gastado. El libro se lo dejaron los que vivieron aquí antes que nosotros, pero no creo que lo echen de menos, porque se murieron y por eso vinimos nosotros a vivir aquí. A mí me encanta mirar los sellos e imaginarme que vivo en un sitio precioso. Aunque ya soy mayor y sé que no puede ser, me imagino que los países son del mismo color que los sellos.

Es raro oír en clase de geografía que Finlandia es un sitio tan oscuro, porque su sello es de colores muy alegres.

Oh, oh. Mamá está debajo de la escalerilla de sube y baja. La oigo llamarnos. Miro a Emma, pero ha vuelto a quedarse dormida leyendo. Richard debió de tomarla con ella anoche. Cuando se queda dormida así por el día, enseguida me doy cuenta de lo que pasó la noche anterior.

Se oye ese chirrido que hacen los muelles cuando se baja la escalerilla, y sé que el día no va acabar bien para mamá.

—¿Caroline? ¿Estás ahí con Emma?

Corro al escalón de arriba para que no despierte a Emma.

—Emma está dormida —le susurro—. ¿Necesitas algo? —se lo digo con mucha dulzura para que olvide que Richard ha vuelto a encerrarnos aquí arriba. Puede que así no se acerque a él.

Noto por cómo mira la escalerilla y por el modo en que suspira que hoy no se siente con fuerzas para defendernos, y me alegro. Bueno, más o menos.

—Te necesito en la cocina —dice—. Tengo que salir un rato y hay que preparar la cena.

—¿Adónde vas? —le pregunto—. ¿Puedo ir contigo?

—No es asunto tuyo adonde vaya, y no puedes venir conmigo —dice de un tirón—. Venga, vamos, date prisa.

Normalmente, cuando mamá nos llama a Emma y a mí, eso significa que está de buen humor, pero supongo que hoy no. La razón por la que sólo me llama a mí casi siempre es que yo le gusto más que Emma.

Las dos lo sabemos y mamá también. Hasta lo dice en voz alta.

—Me da igual lo que quiera Emma, te estoy diciendo que sólo quiero que vayas tú —dice cuando vamos a algún sitio divertido.

O me pide favores a mí y no a Emma. A Emma eso le duele mucho, aunque no lo diga, porque cuando yo le hago un favor a mamá ella a cambio se porta muy bien conmigo. Emma quiere que mamá se porte igual de bien con ella, pero no creo que eso vaya a pasar.

Creo que a mamá no le gusta Emma porque es igualita que papá, y mamá dice que algunas cosas es mejor olvidarlas.

Como la primera vez que Richard me llamó a su habitación. No se puede convertir una voz fea en una voz bonita, pero eso es lo que intenta Richard, pienso yo en ese momento. Por eso me llama como si fuera un gatito.

—Ven aquí, gatito, gatito —dice.

Sube aquí, dice, como si fuera divertido estar en su habitación.

—Ven aquí, cielito —me llama.

—No subas —me dice Emma con esos ojos que lo saben todo aunque es dos años más pequeña que yo.

—Enseguida vuelvo —le digo, intentando que no se me note que tengo miedo mientras le doy vueltas a lo que ha pasado ese día.

No he hecho nada malo, pienso. Me tocaba hacer el desayuno y preparé huevos, como él me mandó, me digo a mí misma al pie de las escaleras. Por el sonido de su voz sé que es una trampa. Así se llama a un pollo cuando te lo vas a zampar para la cena. No lo persigues, esperas a que se te acerque. Intentas que venga hacia ti poniendo una voz bonita. Ven aquí, pollito, pollito.

—Ya voy —le respondo.

Las escaleras parecen muy empinadas, así que, aunque bajo y subo por ellas un millón de veces al día, me agarro a la barandilla.

—¿Por qué tardas tanto, niña? —grita, y como intenta poner una voz dulce la palabra «niña» se convierte en una voluta en el aire. Me lo imagino extendiendo el brazo con pienso para pollos en la palma de la mano, esperando a que yo vaya a picotear para agarrarme con la otra mano en cuanto me descuide.

—No —dice Emma al pie de las escaleras—. Carrie —me llama—, no.

Su voz hace que me den ganas de vomitar.

Mamá no está, pienso para mí misma. Tengo que hacer lo que me dice.

Al llegar a lo alto de las escaleras, busco un sitio donde esconderme, pero en casa no hay ninguno. Menos detrás-del-sofá, pero ahora mismo estoy muy lejos.

Miro hacia el cuarto de mamá y respiro hondo. Hasta desde lo alto de las escaleras lo huelo. El perfume de mamá no tapa el olor de Richard y de su ropa sudada. Richard está sentado al borde de la cama que antes era de mi abuela. La cama está cubierta con una tela gris que tiene cosida una cenefa de flores del mismo tejido. A mí me encanta pasar el dedo por la cenefa cuando mamá acaba de despertarse y Emma y yo nos subimos a la cama porque Richard no está en casa.

—Ven aquí —dice él.

Está agachado, con los codos apoyados en las rodillas. Cuando entro de puntillas en la habitación, se estira y veo que lleva los pantalones desabrochados. Ahora sí que tengo ganas de vomitar.

—He dicho que vengas aquí —me dice, pero yo no puedo mover las piernas. Son como raíces de diente de dragón que no quieren moverse del suelo. Cuando está a punto de decirlo otra vez, Emma entra detrás de mí, me saca de la habitación de un empujón y cierra la puerta. Así, de repente. Yo me quedó allí esperando unos segundos y luego corro detrás-del-sofá. Soy así de cobarde. Dejo que mi hermanita pague el pato. No sé por qué Richard ha olvidado subirse los pantalones antes de la zurra, pero intento no pensar en ello. No oigo nada arriba, pero sé que se ha armado una buena. Emma nunca llora cuando la cosa se pone fea. Sólo llora cuando cree que puede cambiar algo. Eso no podía cambiarlo. Apoyo la frente sobre las rodillas y espero a que baje, pero no baja. Me quedo escondida detrás-del-sofá, siguiendo la línea amarilla de los cuadros y confiando en que Emma esté bien. Luego se me ocurre que a lo mejor cree que he vuelto a nuestro cuarto y que quizá debería subir a buscarla para ver qué ha pasado. Así que empiezo a salir de detrás-del-sofá clavando los talones en el linóleo y arrastrando el culo un palmo o dos, y así una vez y otra.

Pero Emma tarda mucho en salir de la habitación y, cuando sale, no va a buscarme, como yo voy a buscarla cuando me zurran a mí. Oigo sus pasitos subiendo al

Nido, así que salgo sin hacer ruido de detrás-del-sofá y subo a buscarla.

La puerta de Richard está cerrada, así que no hay moros en la costa y subo los escalones de dos en dos. Emma está sentada al borde de la cama y no parece que la hayan zurrado. Parece más bien que la ha pillado una tormenta. Su pelo ya no es suave; está enredado por detrás y tiene el flequillo húmedo. Todavía tiene la cara hinchada, como si hubiera llorado, pero yo he escuchado con todas mis fuerzas y no sé si es eso lo que ha pasado.

Pero tiene la boca muy apretada, como el triturador de carne sujeto al borde de la encimera de la cocina, así que creo que voy a quedarme con las ganas de saber por qué estaba Richard tan enfadado.

Me acerco al ventilador y lo enciendo, pensando que a lo mejor le apetece hablarle, como hace siempre, y así sabré qué ha pasado, pero ella se queda sentada en la cama, así que me doy por vencida y voy por el libro de los sellos, paso la hoja de Rumanía y voy derecha a mi favorita: Bermudas. Toco la hoja y hago como si estuviera tocando la arena blanca bajo la palmera que se inclina al sol. Si pudiera elegir dónde vivir, elegiría las Bermudas. Allí es todo tan bonito que no puede haber nada malo, y seguro que hasta tienen una ley que impide que vaya la gente como Richard. Además, como Richard tiene el pelo castaño y muy fino, se le quemaría la coronilla; y los brazos, con todas esas venas que sobresalen por arriba y por abajo, se le pondrían rojos como un tomate.

Miro la cama y veo que Emma se ha acurrucado

como un bebé en la tripa de su madre. Intenta hacerse muy pequeñita y se abraza las piernas contra el pecho.

Odio a Richard.

La primera vez que vi a Richard, me dio una palmada en la cabeza y pasó de largo. Yo no le hice caso porque creía que no iba a quedarse. Mamá había dejado caer algunas indirectas: «Tenéis que ser muy buenas con mi amigo nuevo», «¿Por qué no subís a poneros esos vestidos que os compré la primavera pasada?»..., pero yo no caí hasta que era ya demasiado tarde.

Emma y yo estábamos jugando en el porche de delante cuando llegó con una lata llena de clavos, y mamá se puso contentísima. Le dijo a mamá que los clavos eran para arreglar unas tablas del suelo que estaban levantadas y que cuando andábamos descalzos nos dábamos en los dedos con ellas. Menuda cosa. Eso podría haberlo hecho hasta yo. Además, nadie se había dado en los dedos desde que murió papá, así que no entiendo a qué venía tanto alboroto. Pero Richard me guiñó un ojo y dijo que era para que mi hermanita no se hiciera daño. Mamá nos miró para que le dijéramos «Gracias, señor», aunque su guiño parecía tan falso como la mano izquierda del señor Brown, el que toca la armónica todos los días en la puerta de la droguería del señor White.

Una vez fui con Richard donde el señor White porque mamá nos lo pidió. Todavía era pronto, y Richard le hacía favores a mamá.

—Caroline, ¿por qué no vas con Richard? Así le haces compañía —dijo mamá. Pero supongo que a Richard no le apetecía que yo le hiciera compañía: en cuanto nos alejamos de la casa y mamá se perdió de vista, se le borró la sonrisa de la cara y dejó de hablar.

—Hola, mi niña —dice la señorita Mary desde detrás del mostrador. Luego ladea la cabeza y refunfuña en voz tan alta que la oigo—. No sé por qué les mandan a los niños tantos deberes en el colegio. Siempre tienen cara de cansados —luego levanta la cabeza de golpe y mira por encima de mi cabeza—. Enseguida estoy con usted —le dice a Richard.

—Enseguida estoy con usted... —Richard lo dice igual que ella, pero arrastra el final para que quede claro que la señorita Mary se ha dejado algo en el tintero.

—Enseguida estoy con usted, señor —dice ella, mirando su labor. A Richard le gusta que todo el mundo lo llame señor, hasta las señoras que son tan viejas que podrían ser su abuela.

La señorita Mary tiene unas uñas muy largas, que tamborilean cuando aprieta los números de la calculadora para saber cuánto se le debe. A veces usa la goma del lápiz que suele llevar en la oreja izquierda. Pero ese día tocaba uñas. La veo hacer la cuenta del señor Sugner, el de la biblioteca que también es la Sociedad Histórica de Toast. Si uno quiere saber algo sobre Toast, hay que hablar con el señor Sugner. Tap-taptiptip-tap.

Richard tiene la misma cara que si le hubiera pasado un tren por los pies. Mira enfadado a la señorita Mary y cambia de postura, resoplando, como si fuera culpa del señor Sugner que estemos allí y no de mamá, que necesitaba tiritas, pasta de dientes y una taza de medir. A mí me hace cosquillas el estómago cuando veo cómo mira a la señorita Mary, con asco, como si oliera mal, así que me acerco a un expositor lleno de postales polvorientas que nadie compra aunque sólo cuestan diez centavos. No son postales del pueblo, son postales de Carolina del Norte, con fotografías del Capitolio y de un sitio llamado Mount Airy.

Cuando me doy la vuelta no veo a Richard. Hasta miro en el pasillo de los pañales y otras cosas suaves y blandas, pero nada.

—No está aquí —la señorita Mary apunta con una uña a la izquierda de su barbilla y se rasca suavemente—. Mmm, mmm, mmm —tiene la boca torcida hacia abajo y sacude la cabeza como si pensara de Richard lo mismo que Richard piensa de ella.

—¿Dónde está? —pregunto. Sólo me he dado la vuelta un momento.

—Mira en el contenedor —y me parece (aunque está refunfuñando y no estoy segura) que la oigo decir—: Ahí es donde suele acabar la basura.

—¿Señorita Mary? —la voz del señor White corta el aire como un papel—. ¿Ocurre algo? —es muy raro que pueda sonreírme a mí así y hablarle a la señorita Mary como si fuera un maestro—. Señorita Caroline, ¿le apetece un caramelo? —me acerca un frasco de cristal muy grande lleno de huellas de dedos, porque todos los niños ponemos el dedo en el cristal para señalar el caramelo que queremos. Han vuelto a llenar el frasco y está hasta los topes de caramelos de todos los sabores.

Está tan lleno que el señor White tira al suelo con el dedo un caramelo cuando agarra el frasco por arriba. El caramelo se queda tendido en el suelo entre nosotros como si dijera: «¡Elígeme a mí, elígeme a mí!».

—Lo siento, señor —yo me quedo mirando el caramelo mientras digo esto, esperando que por arte de magia se meta de un salto en mi boca—. Ahora mismo no llevo dinero.

—Oh, no seas tonta —me sonríe aún más—. Es un regalo. Elige el que quieras —esto último lo dice mirando a la señorita Mary, aunque yo creo que me estaba hablando a mí. Antes de que cambie de idea, mi brazo, como si tuviera vida propia, se lanza al suelo, pasa del frasco de cristal y recoge el caramelo.

La señorita Mary estaba atareada con la cremallera de su bata gris, que lleva *Droguería White* bordado sobre el pecho y se parece a la del señor White, sólo que es gris en vez de blanca.

—¿He de suponer que su acompañante la ha dejado sola? —me pregunta.

Siempre me pasa lo mismo: la gente me hace preguntas justo cuando tengo la boca llena y no puedo contestar. Pero el señor White es tan amable que sigue hablando hasta que ve que mi mandíbula deja de subir y bajar, masticando el caramelo de café con cacahuetes.

—Si eso es cierto, éste debe de ser mi día de suerte. Justamente estaba pensando en lo bien que me vendría tener un ayudante en la trastienda, alguien que ponga en orden alfabético los botes y que ordene las cosas. ¿Tendrías la amabilidad de ayudarme un ratito, jovencita?

Ha elegido el momento perfecto para hacer la pregunta: justo cuando acabo de sacarme con la lengua un trocito de caramelo que se me había pegado a una muela.

—Sí, señor, pero no sé si puedo.

—¿Qué te parece si llamamos a tu mamá y se lo preguntamos? —dice él.

—Sí, señor —contesto. De todos modos, no sé dónde voy a ir, porque Richard me ha dejado allí sola. El señor White se acerca al teléfono, que está junto a la caja registradora de la señorita Mary, y marca nuestro número sin mirarlo siquiera; así de pequeño es nuestro pueblo.

—¿Libby? Soy Dan White —espera a que mamá lo salude. Luego carraspea—. Ejem, bueno, no quisiera molestarte, pero Caroline y yo nos estábamos preguntando si se puede quedar a ayudarme aquí, en la tienda, el resto de la tarde. Parece que su acompañante tenía, ejem, asuntos urgentes que atender, así que, si puedes prescindir de ella, te lo agradecería mucho.

Pausa otra vez. No hay modo de saber qué está diciendo mamá por la cara que pone el señor White. Debe de estar cansado, porque tiene los ojos medio cerrados y parece estar estudiando para un examen, como si intentara memorizar la voz de mamá o algo así.

—No lo sé —dice, mirándome no sé por qué—. Teníamos algunos clientes, así que supongo que volverá cuando vea que no hay tanta gente —me hace un guiño y levanta la voz a un tono normal—. Bueno, entonces todo arreglado —dice, carraspeando otra vez—.

Me quedo con la señorita Caroline hasta las cinco y luego la llevo a casa –pausa–. Oh, no es molestia en absoluto. De todos modos me pilla de paso. Tengo que ir a ver a los Godsey –pausa–. Hasta luego, entonces. Adiós.

A mis ojos les cuesta un rato acostumbrarse a la trastienda, porque comparada con la luz que hay fuera parece que allí es de noche. El señor White tenía razón: está todo hecho un lío. Mamá diría que es un Nido de víboras. Casi no hay sitio para que pase al otro lado de la habitación; las cajas están amontonadas unas encima de las otras por todas partes.

–Mira lo que se me ha ocurrido –dice el señor White detrás de mí mientras mira los montones de cajas–. Muchas de estas cajas están casi vacías. Podrías abrirlas, buscar las que sólo tienen una o dos botellas, sacar las botellas y ponerlas todas aquí, en la estantería de abajo, y luego doblar las cajas para que haya más sitio.

–¿Y dónde pongo las cajas vacías?

–Ven, vamos fuera. Voy a enseñarte dónde las amontonamos para la basura.

Yo me doy la vuelta y salgo otra vez a la tienda detrás del señor White, y luego por la puerta que lleva a un aparcamiento muy pequeño que hay fuera. En uno de los sitios para aparcar hay un contenedor enorme.

–Pon las cajas dobladas aquí, junto al contenedor.

–Vale.

–¿Seguro que podrás? –me pregunta.

–Sí, señor.

–Está bien, entonces –dice dándome unas palmaditas en la cabeza–. La manzana nunca cae muy lejos del árbol. Eres igual que tu madre. Cuando se empeña en algo, no hay quien la pare –vuelve a entrar en la tienda, sonriendo.

A mí me apetece ordenar la trastienda. Además, así, cuando vuelva Richard, no podrá llamarme holgazana.

Vacío una a una casi todas las cajas que quedan más o menos a la altura de mis ojos. El señor White tenía razón; un par de cajas sólo tienen dentro una botella pequeñita. Sólo estaban esperando que alguien se acordara de ellas. No tengo ni idea de cuánto tiempo ha pasado, pero sí sé que he aplanado quince cajas y que es hora de empezar a sacarlas al contenedor.

Cuando cruzo la tienda con el primer cargamento, la señorita Mary está tecleando en la calculadora para decirle al señor Blackman cuánto es lo suyo. Yo entro y salgo y en un periquete he sacado todas las cajas.

–¡Caramba! –dice un rato después el señor White, cuando entra a ver qué tal voy. Oh, oh. Espero no haber metido la pata, pero lo miro y me doy cuenta de que su boca se está convirtiendo en una sonrisa. Una sonrisa de verdad, con ojos y todo–. Que me ahorquen. Señorita Parker, ¡está contratada!

¿Estoy contratada?

–¿Señor?

–El trabajo es tuyo, si lo quieres –dice mientras mira los huecos que he dejado en el suelo. Ahora pueden estar de pie dos personas, una al lado de la otra–. No me había dado cuenta hasta ahora de cuánta falta nos hacías. ¿Crees que tu mamá podrá prescindir de ti una o dos veces por semana?

—Pe-pero si sólo tengo ocho años —digo yo, y no sé por qué pero empiezo a ponerme colorada—. ¿Los niños de ocho años pueden trabajar?

El señor White me mira como solía mirarme mi padre, o eso creo, y de pronto ya no siento vergüenza. Siento alivio.

—Tesoro, con todo lo que has pasado —me dice con mucha dulzura—, me parece que no te vendría mal un respiro de vez en cuando. Un sitio donde escapar, ¿entiendes?

Y de repente me doy cuenta de que sé lo que quiere decir. Digo que sí. Él me da una palmadita en la mano, sacude la cabeza y se da la vuelta para volver a la tienda.

—La pequeña Caroline Parker —dice más para sí mismo que para mí—. La pequeña Caroline Parker.

Me pregunto qué pensará Emma cuando se lo cuente. Puede que el señor White la deje venir también a ella a trabajar. Emma es muy flaca, pero es fuerte, eso seguro. No sé ni cuántas cajas podríamos vaciar si trabajáramos juntas. Y a ella también le vendría bien un respiro de vez en cuando.

Un rato después vuelve el señor White.

—Creo que ya has trabajado suficiente por hoy —dice, sonriendo otra vez.

En la trastienda hace mucho calor, y se seca la frente brillante con el pañuelo. No sé por qué la gente se guarda el pañuelo usado en el bolsillo, pero de todos modos el señor White se lo guarda después de usarlo.

—Le prometí a tu madre llevarte a casa, así que será mejor que nos pongamos en marcha.

—Sí, señor —digo yo, pisando la parte de arriba de la caja que acabo de vaciar para que se aplane como una tortita. Supongo que Richard encontrará el camino a casa tarde o temprano. Por desgracia.

En el coche del señor White hace más calor que en la trastienda y en el Nido juntos, porque lleva todo el día tostándose al sol en el aparcamiento. El asiento del coche me quema el culo, así que me inclino un poco, recostándome en los hombros, hasta que el aire enfría el asiento. El señor White no parece notarlo, y yo me alegro.

Al salir del aparcamiento se pone a hablar.

—Tu madre era la chica más guapa del pueblo cuando era un poco mayor que tú —dice el señor White—. ¿Sabes que fuimos juntos al colegio?

—Sí, señor —digo yo.

Estoy probando el asiento, pero todavía está ardiendo. Cuando era pequeña, solía mirar el anuario del instituto de mamá. Ella parecía una estrella de cine y el señor White todavía tenía pelo y estaba muy gracioso todo vestido de negro. Intentaba mirar a la cámara con cara de malo, pero la verdad es que tenía pinta de tontorrón. Mamá tenía alrededor de la cabeza una especie de niebla, así que parecía que venía del cielo. Su pelo era brillante, ni castaño ni rubio, y llevaba un peinado como ahuecado que la hacía parecer más mayor de lo que era. Tenía una sonrisa perfecta, y fue mirando esa foto cuando me di cuenta de que tiene hoyuelos. Ahora no se le notan. Sus ojos eran muy grandes y alegres, y no tenían ni una sola arruga, no como ahora, que tiene toda la cara arrugada. Llevaba unas perlas que sé que le pidió prestadas a su abuela aposta para hacerse la foto. El famoso collar de perlas. He oído hablar tanto de él que tengo la sensación de que estuve allí, ese mismo día, cuando mamá y papá se fueron a escondidas detrás del colegio para besarse. Papá le estaba sujetando la cabeza entre las manos cuando salió el director y los pilló con las manos en la masa. Papá se asustó tanto que le resbalaron las manos, se enganchó con el collar y las perlas se desperdigaron por el suelo y se fueron por el desagüe. Cuando volvió a casa, avergonzada, a mamá le dieron una buena paliza.

—¿Te ha dicho tu madre que fuimos juntos al colegio? —el señor White me mira, y por un segundo lo veo como era entonces.

—No me acuerdo. Supongo que lo sabía, eso es todo —no hace falta que le cuente lo del anuario. De todas formas seguro que se avergüenza de su foto.

—Ah —suspira—. En fin, todos los chicos estaban enamorados de ella. Incluido yo, supongo. Pero en aquel entonces era muy vergonzoso y no me atreví a pedirle que saliera conmigo. No, señor —silba—. Pero tu padre sí se atrevió, y la verdad es que no sé si alguna vez lo perdoné por haberme quitado a mi Libby —me guiña un ojo, y es un alivio, porque no sé si podría soportar oír al señor White hablando mal de papá—. Estábamos todos celosos de tu padre —dice, asintiendo—. Supongo que yo pensaba que se irían del pueblo cuando se casaran, pero tu madre no quiso. No, señor...

Mientras habla, pego muy despacio el trasero al asiento. ¡Fiu!, qué bien, sentarse normal.

—... tu madre clava los talones en el suelo y creo que le echan raíces, porque el caso es que aquí se quedaron.

No sé por qué, pero de pronto, al decir esto, un nublado cubre la cara del señor White. Así que yo mantengo la boca cerrada. En realidad no he hecho otra cosa, pero ahora tengo la impresión de que debería decir algo.

—¿Qué tal te va en la escuela? —me pregunta cuando tomamos la Ruta 5. Estamos a dos minutos de mi casa, así que con suerte esa parte de la conversación durará poco.

—Bien, gracias.

—¿Sí? Bueno, esto está muy bien. Es estupendo —dice mientras su cochazo entra en nuestro camino de tierra. Su coche parece fuera de lugar pasando por donde pasa la camioneta de Richard.

—Ya estamos aquí —dice, intentando parecer alegre, pero su cara y su voz no pegan la una con la otra. Así que me bajo del coche de un salto.

—Gracias otra vez, señor White —le digo.

—De nada —me responde alzando la voz—. Habla con tu madre y dile que me llame cuando hayáis decidido cuándo quieres venir otra vez. Puedes venir cuando quieras, Caroline. Cuando quieras —me guiña otra vez el ojo y yo cierro la puerta y subo corriendo los escalones del porche en busca de mamá y Emma para contarles mi día en la droguería del señor White.

El señor White es como todos los demás aquí en Toast: nunca se le ha ocurrido marcharse. Figuraos. Porque entiendo que cuando uno tiene mi edad no quiera marcharse, pero cuando uno es lo bastante mayor como para irse del pueblo, ¿por qué no largarse?

—¡Mamá! —grito antes de que la puerta del porche se cierre—. ¿Sabes qué?

Mamá está en la cocina, fumando con una mano mientras con la otra remueve lo que hay en la cacerola puesta al fuego.

—Mamá, ¡el señor White me ha dado trabajo! He vaciado todas las cajas de la trastienda y ha dicho que nunca la había visto tan limpia y tan ordenada y me ha contratado enseguida. Puedo comer caramelos siempre que quiera. Mamá, por favor, di que sí.

—Por todos los santos, tranquilízate —dice mamá, abriendo la nevera y mirando lo que hay dentro—. Anda, ve a la despensa y tráeme la melaza, ¿quieres?

—Mamá, ¿puedo trabajar donde el señor White después del colegio? ¿Puedo?

—Primero tráeme la lata de melaza —me contesta—. Ya hablaremos de eso.

—¿Por qué no puedo? Sería genial. Ganaría dinero y podría comer caramelos siempre que quisiera. Por favor, mamá.

Mamá se ha puesto otra vez a remover el guiso. La cuchara de madera gira despacito para que la olla no rebose. Yo me acerco a ella sin hacer ruido porque la oigo refunfuñar, pero sé que con mamá no te puedes poner pesada o hace justo lo contrario de lo que quieres.

—... empleada en la trastienda... —está diciendo. Creo—. Y la mudanza...

Sólo entiendo algunas palabras, así que me doy cuenta de que está dándole vueltas a algo.

—Mamá...

—Maldito hijo de puta —la cuchara se acelera, así que sólo es cuestión de tiempo que la olla rebose.

Es como si estuviera recitando la lista de la compra en sueños; sus palabras no tienen sentido.

—Mamá, ¿puedo? Por favor...

—¿Qué? —se gira como si hubiera interrumpido la conversación que estaba teniendo en su cabeza; sigue sujetando la cuchara, pero la ha sacado de la olla, así que la salsa roja cae goteando al suelo de la cocina como si fuera sangre. Plas. Veo extenderse cada gota en círculos perfectos. Plas.

—¿Puedo trabajar en la tienda del señor White? —plas.

Ella me mira de arriba abajo como si acabara de darse cuenta de que hace un mes que se me quedaron pequeños los vaqueros.

—Sólo hasta que nos mudemos, por favor...

—Qué coño, por qué no —suspira, y se vuelve hacia la sangre que bulle en el fogón.

Estoy tan contenta que me olvido por un segundo y la abrazo por detrás. Cuando se pone tiesa como una tabla recuerdo que no debo tocarla.

—Anda, vete —le dice secamente a la olla.

Yo subo corriendo al Nido para darle la noticia a Emma.

—¿Emma? ¡Emma! —subo los peldaños de dos en dos—. ¿Dónde estás?

—¡Aquí arriba! —me grita.

—¿Sabes qué?, me han dado trabajo en la tienda del

señor White, y puedo comer caramelos siempre que quiera –lo digo todo de golpe porque he subido tan deprisa que me he quedado sin respiración.

Emma está en la cama con Mutsie, su peluche preferido.

–¿Qué?

Yo respiro hondo y me estiro.

–El señor White me ofreció trabajo cuando Richard se marchó y me dejó en la tienda para irse no sé dónde.

Se lo cuento todo y, como me imaginaba, ella me hace la pregunta obvia.

–¿Puedo ir a trabajar yo también?

A mí me gustaría pensar que es porque quiere estar conmigo y no allí sola, en el Nido, pero seguro que es por los caramelos. Pero me da igual. A Emma y a mí nos chiflan los caramelos.

–Seguro que el señor White dejará que vengas a ayudarme –le digo. Y lo creo de verdad–. Hasta dijo que necesitaba toda la ayuda que pudiera conseguir. Esa trastienda está más desordenada que un lecho de flores en febrero.

Y así es como empezamos a trabajar en la tienda del señor White casi todos los días después del colegio.

—Supongo que no habéis visto nunca la Caja —la señorita Mary nos mira a Emma y a mí desde su sitio detrás de la caja registradora. Está cerrando su libro y quitándose las gafas de leer. La señorita Mary ha sido muy amable con nosotras toda la semana, pero supongo que eso no es nada nuevo. Ella siempre nos da palmaditas en el pelo como si fuéramos sus mascotas o algo así. El otro día hasta le puso a Emma un par de horquillas rosas de las que hay en un cestillo, junto a la caja, para que pudiera ver sin que se le viniera el pelo a la cara. La señorita Mary no tiene hijos, así que supongo que se conforma con nosotras.

—¿Qué es la Caja? —pregunta Emma.

—¡Uy!, la Caja es una cosa que hay que ver para creer —dice la señorita Mary con una sonrisa que se extiende por su cara arrugada—. Da mucho miedo. Hasta para preguntar por ella hay que ser mayor.

—¿Nosotras somos mayores? —le pregunto yo, pero Emma habla al mismo tiempo.

—¿Dónde está? —pregunta. Todavía no ha entrado ni un alma en la tienda y son ya las cuatro de la tarde. Supongo que es porque hace tanto calor que parece que se va a derretir el asfalto de la carretera.

—Creía que todo el mundo sabía lo de la Caja —la señorita Mary se da unas palmaditas en el regazo y Emma se sube en él como nunca la he visto hacer con nadie más—. Está donde Ike, y los niños pasan de uno en uno..., si es que tienen valor para entrar.

—¿Sí? ¿Sí? —las dos queremos que siga hablando de la Caja. Yo me froto los brazos para que se me quite la piel de gallina.

—¿Cómo es de grande? —Emma.

—Un poco más grande que una caja de zapatos —dice ella.

—¿Y qué hay dentro? —yo.

—Nadie lo sabe a ciencia cierta.

—Seguro que hay mocos —dice Emma desde el regazo de la señorita Mary. Está recostada en el pecho de la señorita Mary y le cuelgan las piernas a los dos lados de las de la señorita, que las tiene muy juntas para que Emma esté cómoda.

La señorita Mary sacude la cabeza.

—Lo que hay en la Caja hace que los niños salgan corriendo de miedo, y el susto les dura años —dice—. Nunca he oído que, después de levantar la tapa, alguien haya sido capaz de quedarse en la habitación para saber qué es lo que da tanto miedo.

—Tenemos que ver la Caja —digo. Emma asiente.

—No sé —dice la señorita Mary, sonriendo, y su piel parece todavía más arrugada—. No sé si estás preparada.

—¡Sí que lo estamos! —Emma se aparta y se da la vuelta para mirarla—. Seguro que sí.

—¿Estamos? —dice la señorita Mary, como si al principio sólo se refiriera a mí. Pero sabe que Emma se empeñará en venir, hagamos lo que hagamos.

—Señorita Mary, si yo voy, mi hermanita también vendrá —lo cual es cierto—. Todo el mundo lo sabe.

—A mí no me da miedo nada —dice Emma moviendo la cabeza. Y es verdad, claro. Si la señorita Mary supiera que yo soy la más miedica de las dos... Porque, si me dan miedo las arañas, no quiero ni pensar lo que haré cuando esté en la habitación con la Caja. Pero tengo que verla. Tengo que verla.

—¿Dónde está lo de Ike? ¡Gafe! —las dos preguntamos al mismo tiempo, pero yo digo «gafe» primero, así que gano.

—Muy lejos, en Lowgap, junto al Nudo —dice la señorita Mary. Lowgap es un pueblecito al borde de un bosque, cerca del Nudo de Cumberland, que se llama así no sé por qué. Mamá dice que es por la forma de la montaña que hay más arriba del pueblo, pero no sé a qué se refiere, porque la montaña es como cualquier otra montaña, no como un nudo. Lowgap da un poco de miedo porque hay muchos árboles y no llega el sol. Fuimos allí cuando éramos pequeñas y yo pensé que el sol se había olvidado de brillar sobre aquel sitio, de lo oscuro que es. Pero en un día como hoy seguro que es agradable. Todo el sol que no tienen en Lowgap lo tenemos en Toast.

—Carrie, tenemos que ir a Lowgap —Emma se baja de un salto de la señorita Mary, que se pone a alisarle el regazo—. ¿Cómo vamos a ir?

—Déjame pensar un momento —digo, enfurruñada. Porque sé que tenemos que ir a Lowgap, pero no se me ocurre cómo.

—Bueeeno —dice la señorita Mary arrastrando la palabra—, yo tengo una amiga cerca de Lowgap, en un pueblecito tan pequeño que ni siquiera viene en el mapa. Llevan tanto tiempo diciéndome que vaya a hacerles una visita que ya ni me acuerdo. Supongo que podría…

—¡Por favor, llévenos con usted, señorita Mary! —las dos nos abalanzamos sobre ella al mismo tiempo—. ¡Por favor! No la molestaremos —Emma empieza a tirarle de la falda, a agarrarla del brazo y a darle tirones, no sé por qué—. Por favor. ¡Por favor, por favor, por favor!

La señorita Mary se echa a reír, y su tripa se estira y se encoge como si fuera una boca. Entonces Emma sella el trato. Vuelve a subirse en su regazo y le da un gran abrazo.

—No me achuches, que voy con la ropa del trabajo —dice la señorita Mary, pegada a un lado de la cabeza de Emma, en mitad del abrazo—. Anda, vete y déjame que lo piense un rato.

Pero nosotras sabemos que ya está todo arreglado. Iremos a ver la Caja mañana, después de clase, cuando vayamos a trabajar. Mañana es el día libre de la señorita Mary, así que dice que nos recogerá detrás de la tienda después de que le pidamos permiso al señor White sin que nadie se entere.

—¡Cuidado, aquí viene Carrie *la Loca*! —grita Tommy Bucksmith desde el otro lado del mapa del país que hay pintado en el suelo, en medio del patio del recreo–. ¿Qué tal está Charley, tu novio?

Yo hago como si no lo oyera.

Charley Narley es un chico del pueblo del que todo el mundo se ríe. Su cuerpo creció, pero su cerebro no. Mamá dice que le falta un tornillo. Dice que en cada pueblo hay un Charley Narley, pero yo no me lo imagino. Charley es grande como un oso, y sólo sabemos que se llama Charley. Alguien, hace mucho tiempo, empezó a llamarlo Charley Narley, por la rima, supongo. Charley no se peina ni se corta el pelo, y lo lleva todo enredado por abajo y, encima, sucio. Cuando vamos por la calle nos sigue como un cachorro, diciendo en voz alta todo lo que hacemos. Por ejemplo, tú te acercas a zapatos Alamo y te pones a mirar el escaparate, y de pronto oyes detrás de ti:

–Se ha parado delante del escaparate. Está mirando los zapatos blancos. No, los zapatos rosas.

Luego sigues andando y oyes:

–Baja por la calle. Se saca algo del bolsillo. ¡Un chicle! Desenvuelve el chicle. Se lo mete en la boca. Mastica.

Y así todo el rato. Charley Narley no le haría daño ni a una mosca. Los chicos pasan por su lado para que los siga y hable, y luego uno se pone detrás de él y lo imita. Así:

–Ahora Charley está mirando a Tommy. Va más despacio. Mira a Tommy. Habla.

Entonces Charley se hace un lío y quiere ponerse detrás del que está hablando de él, y se lía todavía más y empieza a gritar aún más fuerte y entonces los chicos salen corriendo y Charley tiene que vérselas con el sheriff. Una vez llenaron de arena una media vieja, como ésas que llevan las señoras mayores en la iglesia, y la escondieron entre los arbustos para que sólo asomara la punta. Cuando Charley Narley pasó por allí y vio la media, tiraron de ella para que pareciera una serpiente y Charley creyó que era de verdad y se puso a gritar como una niña. La semana pasada se pusieron a tirarle cosas como si fuera una diana («¡Diez puntos si la lata de Coca-cola le da en el brazo derecho!»), y Emma y yo salimos para intentar que Charley fuera en dirección contraria. El señor White salió detrás de nosotras y les dijo a los chicos que se largaran, pero desde entonces dicen que Charley Narley es mi novio.

—Bah, cállate ya —digo en voz baja, pensando que Darryl Becksdale está lejos y no va a oírme.

—¿Qué has dicho? —oh, oh. Me ha oído—. ¿Estás defendiendo a tu amorcito?

—No.

—Entonces, ¿qué?

—Te crees muy listo —digo sin pensar primero lo que voy a decir—, pero no sabes nada.

—¿Ah, sí? —dice él, corriendo a mi lado mientras camino hacia la puerta del colegio—. Pregúntame lo que quieras. Apuesto a que sé la respuesta. ¿Ves? ¡No se te ocurre nada! —empieza a reírse de mentira. Sé que se ríe de mentira porque su verdadera risa es más baja, y además mira alrededor como si buscara público.

—Está bien —digo justo antes de entrar. Allí hace el mismo calor, pero por lo menos no tengo que estar al sol, que me quema la raya del pelo—. ¿Sabes algo de la Caja?

Por un segundo creo que se queda pasmado porque no abre la boca, pero luego dice:

—La Caja no existe, boba.

—Sí que existe —digo yo.

—¿Tú la has visto?

—Todavía no —digo, sonriendo de verdad, porque sé que dentro de cinco horas y veintidós minutos la veré.

—Mentira —dice él, y se va con sus amigos, que están intentando demostrar que saben hacer un puente con las cartas de una baraja.

—Señor White... —me sudan las manos y no es por el calor.

—Sí, Caroline —dice él, dejando a un lado el cuaderno de los pedidos—. ¿Qué puedo hacer por ti?

—Um... —carraspeo. Puede que así las palabras tengan sitio para salir—. Me estaba preguntando...

—¿Sí? —dice él.

—Um, si no le importa, señor... —carraspeo otra vez—, ¿podríamos tomarnos la tarde libre, por favor? Ayer trabajamos mucho colocando las botellas en las estanterías de delante, como nos dijo, y llegamos a la «m», aunque usted dijo que sólo teníamos que llegar a la «g», así que si pudiera dejarnos se lo agradeceríamos mucho...

—Está bien —dice él antes de que acabe. Vuelve a recoger el cuaderno de pedidos como si el tema estuviera cerrado, y yo odio volver a abrirlo para pedirle que lo guarde en secreto, porque me da mucha vergüenza pedirle a un mayor que me guarde un secreto, pero sé que tengo que hacerlo.

—Um... —ejem.

—¿Sí? —me mira muy serio por encima de las gafas de media luna que lleva en la punta de la nariz.

—Me estaba preguntando si podría mantener esto entre nosotros.

¿Qué acabo de decir? ¡Claro que puede! No es un bebé, por el amor de Dios. Qué idiota soy.

Él se queda pensándolo, y me pongo colorada como un pimiento porque estoy segura de que le he ofendido tratándolo como a un bebé, y entonces él va y dice:

—Creo que podré arreglármelas.

¡Fiuuu!

—Muchas gracias, señor —digo, y casi estoy en la puerta cuando me llama.

—Ah, Caroline...

Me doy la vuelta y lo pillo sonriendo como en su foto del instituto.

—¿Sí, señor?

—Será mejor que tengas cuidado —dice—. La Caja es la cosa más aterradora que verás nunca.

¡Lo sabe! ¿Nos oiría ayer? Me tropiezo al salir mientras le doy vueltas a esa pregunta, y entonces veo pararse el coche oxidado que la señorita Mary pide prestado para ir al pueblo. Lleva las ventanas subidas hasta arriba para que no se escape el soplo de airecito fresco que sale por la única rejilla que no está rota. Yo corro a sentarme en el asiento delantero antes que Emma, y se me olvida lo del señor White y lo de cómo se ha enterado de lo de la Caja.

—Emma, yo soy la mayor, ¡me toca a mí! —las dos hemos agarrado el asa de la puerta de delante al mismo tiempo e intentamos apartarnos la una a la otra a empujones. Una cosa es ir en el asiento de atrás del coche de mamá. Eso lo hago porque mamá se mete mucho con Emma. Pero esto es otra cosa. La señorita Mary le hace mucho caso a Emma, así que creo que el asiento de delante me toca a mí. Además, yo he tenido que ir a preguntarle al señor White.

—¡Emma! —meto el hombro entre su cabeza y la puerta del coche, pero, como ha pegado a tanta gente después del cole, es muy fuerte y no está dispuesta a soltar el asa sin pelear. La señorita Mary está medio de pie, medio sentada en su lado del coche, llamándonos.

—Será mejor que entréis antes de que cambie de idea y se acabó.

Nos metemos en el coche pitando. El aire fresquito me pone la piel de gallina al principio, pero luego me acostumbro.

—Bueno, ¿listas para ver la Caja? —dice la señorita Mary mientras saca el coche del aparcamiento y sale a la carretera principal.

—¿Es una cosa viva o muerta? —pregunta Emma.

—No empieces a darme la lata con tanta pregunta. Esto no es un concurso —yo veo la parte de arriba de su cara en el espejo retrovisor, que está todo agrietado. Nos mira a las dos y tiene un montón de arrugas alrededor de los ojos porque está sonriendo. Una vez oí que, cuando eres mayor, te sale una raya entre las cejas por haber fruncido el ceño cien mil veces. Si pasa lo mismo con las arrugas, entonces la señorita Mary ha sido una persona alegre toda su vida, porque tiene un montón de arrugas alrededor de los ojos.

—Díganos sólo eso —dice Emma—. ¿Es una cosa viva o muerta?

—No lo sé —dice la señorita Mary. Está parada delante del semáforo ámbar que hace que a uno no se lo lleve por delante un tráiler de los que pasan por Toast a toda pastilla hacia lugares más grandes y bonitos. Pero hoy no pasa ninguno, así que la señorita Mary arranca despacio y sale a la autopista que lleva a Lowgap.

—Seguro que es una cabeza cortada —dice Emma.

—Seguro que es una lengua de cerdo —digo yo—. Papá solía comer lengua. ¿Lo sabías?

—Seguro que es sangre —dice Emma, que no hace caso a lo que le acabo de contar de nuestro padre. Peor para ella.

—Eso no da mucho miedo —le digo yo—. Todo el mundo ha visto sangre. Nadie saldría corriendo de la habitación por ver una caja llena de sangre.

—Te digo que son mocos —dice Emma cruzando los brazos y sentándose muy tiesa para ver la carretera por la que vamos. Pero no sé por qué se empeña, porque no hay nada que ver.

—¿Y si Ike no nos deja ver la Caja? —esto es lo que más me preocupa—. ¿Y si dice que no somos bastante mayores?

—Os dejará pasar —dice la señorita Mary.

—¿Cómo es de grande? —pregunta Emma.

—Jo, ya te lo ha dicho —yo giro los ojos, aunque mamá me dice siempre que no lo haga—. Es del tamaño de una caja de zapatos.

La señorita Mary dice:

—Si empezáis a discutir, el viaje se nos hará eterno, así que dejadlo ya.

Eso es una tontería, porque discutir no puede alargar la distancia entre dos sitios. Pero no pienso decírselo a la señorita Mary. Es una suerte que su amiga viva cerca de Lowgap.

Al rato frenamos en medio de la calle principal de Lowgap. *Ciudad en alza*, pone en un cartel justo antes de que empiece la fila de tiendas. Pero no parece que esté muy en alza, porque casi todas las tiendas están cerradas. Algunas tienen tanto polvo en los escaparates que parecen llevar cerradas mil años. La señorita Mary se para junto a la acera, enfrente de una vidriera con el letrero: *Café Dot*.

—Supongo que tenéis tanta hambre como yo —dice mientras rebusca en su bolso, que está en el asiento de al lado.

Saca su pintalabios y se empina para repasarse los labios mirándose en el retrovisor. La señorita Mary no tiene esas grietitas que les salen alrededor de la boca a las mujeres que fuman, como mamá, así que el carmín se queda en su sitio. Los domingos, a mamá parece que le sangran los labios. La señorita Mary le pone la tapa al pintalabios, lo guarda en el bolso y se vuelve para mirarnos.

—Habrá que daros algo de comer antes de que se os haga un nudo por lo de esa vieja Caja.

Yo tenía hambre hasta ese momento, pero cuando la señorita Mary dice la palabra «Caja», se me quita de golpe el apetito. Anoche no pude cenar, aunque mamá nos hizo panecillos con salsa de carne, mi plato preferido.

El Café de Dot es igualito que el restaurante de Mickey en Toast. Hay un mostrador desde donde se puede ver cómo hacen la comida, o mesas, si uno quiere que le den una sorpresa. A mí me gusta el mostrador y por suerte ahí es donde vamos. En Dot, los taburetes dan la vuelta del todo. Donde Mickey, sólo hasta la mitad.

La señorita Mary dice que podemos pedir una cosa para compartir porque va a pagar ella y no nosotras, así que pedimos un perrito caliente.

—¿Con todo? —pregunta la camarera.

—Sí, por favor —digo yo. La campanilla de la puerta de cristal tintinea cuando la señorita Mary vuelve a salir por ella.

—¿Después vais a ir donde Ike? —nos pregunta la camarera a Emma y a mí después de clavar nuestro pedido en un armatoste de metal que hay entre la cocina y el restaurante.

—Sí, señora —decimos las dos al mismo tiempo.

—Ya me lo imaginaba —asiente, muy seria, como el señor White—. Buena suerte —dice, y por cómo lo dice comprendo que no voy a comerme mi parte del perrito caliente—. ¿Sabéis qué? —dice la camarera, intentando parecer alegre—, como aún no habéis visto la Caja, voy a traeros una Coca-cola con unos cacahuetes a cuenta de la casa.

Las dos nos sentamos muy tiesas y hacemos girar el taburete. ¡Coca-cola y cacahuetes! ¡Lo mejor del mundo!

—Te apuesto algo a que meto el primero —dice Emma prácticamente gritando.

—Vamos a tirar las dos —digo yo. Y pierdo.

El primer cacahuete que cae en la Coca-cola es el que hace más burbujas, y esta vez, cuando Emma lo mete, pasa lo mismo. Es como un experimento científico: la espuma sube hasta el borde del vaso y luego baja igual de rápido. Los demás cacahuetes sólo se hunden. Pero hacen que la Coca-cola sepa aún mejor que sola.

—Bueno, aquí está vuestro perrito —la camarera nos pone delante el perrito caliente lleno de cosas. De propina hay un pepinillo.

Me como mi parte, pero de pronto se me revuelve el estómago y me doy cuenta de que voy a vomitar, así que pregunto si puedo ir al cuarto de baño antes de irnos.

—Claro, bonita —dice la camarera—. Voy a abrírtelo —saca de detrás de la caja un llavero de madera con una cadenita y una llave colgando y ladea la cabeza, lo que significa que tengo que ir con ella. Pasamos por la cocina y el olor me da náuseas. Oh, oh. Ella abre la puerta justo a tiempo para que entre y me incline sobre el váter para vomitar el perrito y la Coca-cola. Oigo el chasquido de la puerta al cerrarse detrás de mí, y antes de que pueda agarrar el papel higiénico para limpiarme oigo que llaman a la puerta y la voz de la señorita Mary que dice:

—¿Estás bien, pequeña?

No puedo contestarle porque todavía estoy sin aire, pero ella no espera a que responda, entra y empieza a acariciarme la espalda. Luego siento sus manos frescas acariciándome la frente y retirándome el pelo de la cara y del cuello. Es tan agradable que me quedo inclinada un rato, aunque ya no hace falta.

–Me he pasado hablando de esa Caja –dice ella. Habla despacito, como se le habla a un pajarito–. No te preocupes. Nos volvemos a casa ahora mismo, si quieres. Nos pasamos un momento por casa de mi amiga para saludarla y tomamos otra vez la carretera…

–¡No! Por favor, no –digo yo, girándome para mirarla. Ella me limpia la barbilla con un pañuelo de papel que se ha sacado del bolso y que huele igual que ella, a flores y a detergente–. Ya estoy bien, de verdad. Por favor… Tengo que ver la Caja. Tengo que verla.

–Pero te has puesto mala de los nervios, niña.

–No, no. Se lo juro. Estoy bien. Por favor…

Contengo la respiración hasta que dice:

–Está bien –frunce el ceño al decirlo–. Pero ya no me parece tan buena idea. Vamos a pasarnos por allí sólo un momento para que le eches un vistazo.

Yo le echo los brazos al cuello sin pensarlo dos veces, como hacía con papá cuando volvía de un viaje.

–Gracias –le digo a su cintura. Su ropa huele tan bien… Noto su mano apoyada en mi cabeza, y por un momento siento que nada puede salir mal si sigo abrazando a la señorita Mary.

La tienda de Ike está unas puertas más allá del café de Dot, pero un poco retirada de la calle. Supongo que es para que puedan tener un porche delantero, donde hay mecedoras y una silla normal que no tiene asiento. Para sentarse en ella hay que ser muy grande si uno no quiere colarse por el agujero. En una de las mecedoras hay un viejo que mira hacia delante como si estuviera esperando algo, pero cuando nos acercamos gira la cabeza hacia nosotras y a mí me da la sensación de que estaba dormido con los ojos abiertos. Dentro de la puerta mosquitera hay un ventilador pequeñito que gira hacia un lado y hacia otro. Al lado de la caja hay frascos llenos de palotes de todos los colores. Un frasco entero lleno de palotes rojos (mis preferidos) y otro lleno de palotes morados (los preferidos de Emma). Debe de haber diez en total. Detrás de ellos hay toda clase de botellas, como donde el señor White, pero el resto de la tienda tiene las mismas cosas que el almacén de piensos de Toast: barriles de grano, rastrillos, sacos de arpillera llenos de harina que pierden un poco, así que el suelo parece salpicado con polvos de arroz. No sé qué hay al fondo de la tienda porque está oscuro, pero apuesto a que allí se está más fresco que en la entrada, donde el sol entra por la puerta y nos cae encima.

Emma me agarra de la mano y yo hago que no lo noto porque es muy orgullosa y, si la mirara y viera que está asustada, me soltaría enseguida.

—¿En qué puedo servirlas? —pregunta el hombre de detrás del mostrador. Parece el hermano gemelo del viejo de la mecedora, sólo que lleva subidos los dos tirantes del mono y su camisa parece más limpia. Además tiene el pelo menos gris y va peinado.

La señorita Mary ha estado mirando una mesa en la que hay libros de cocina, y se sobresalta al oír su voz. Veo que estaba leyendo un libro titulado *El paraíso del goloso*.

—Han venido a ver la Caja —nos mira a Emma y a mí y dice «la Caja» en voz baja, como si fuera un secreto entre ellos.

El hombre inclina la cabeza como hace el predicador en la iglesia los domingos, cuando la gente se levanta para confesar sus pecados en voz alta delante de todo el mundo. Cuando mueve así la cabeza, significa que sabía desde el principio que la gente había pecado.

—Entiendo —dice—. ¿Y cuántos años tienes, señorita? —me pregunta a mí. Debe de pensarse que Emma no se va a atrever a entrar.

—Ocho, y mi hermana tiene seis, pero es muy valiente y también quiere verla —digo yo.

El hombre mira a la señorita Mary, que le susurra algo para defender a Emma, porque Emma parece tener menos de seis años. El hombre nos mira de arriba abajo mientras la señorita Mary susurra y luego le dice algo en voz baja y yo pienso que han llegado a un acuerdo.

—Entonces, queréis entrar juntas, ¿no? —dice después de quedarse pensando un momento, rascándose la barbilla.

—Sí, señor —decimos las dos al mismo tiempo, sólo que esta vez ninguna de las dos dice «¡gafe!». Estamos demasiado asustadas.

—Creo que lo podemos permitir. Voy a avisarlos de que vais a entrar —dice mientras se limpia las manos en el delantal que lleva atado a la cintura. Yendo hacia el fondo hay una cámara que seguro que está llena de carne, porque el delantal del señor está manchado de rojo. ¡O es eso, o es sangre de la Caja!

—Tengo mucho miedo —le digo en voz baja a Emma. Ella me aprieta la mano—. No sé si voy a poder mover las piernas.

La señorita Mary se inclina para mirarnos a los ojos.

—Podéis cambiar de idea y nos vamos ahora mismo.

Yo muevo la cabeza de un lado a otro y miro por encima de la suya al hombre que viene hacia nosotras y nos hace señas con los brazos para que lo sigamos y así no tenga que bajar los escalones para ir a buscarnos a la entrada de la tienda.

—Está bien, entonces —la señorita Mary se pone derecha y nos da unas palmaditas en la cabeza—. Buena suerte, chicas. Yo voy a estar aquí todo el tiempo, ¿me oís?

No recuerdo cómo doy el primer paso por el suelo polvoriento, pero de algún modo camino hacia una puerta de madera que hay en mitad de las estanterías del fondo de la tienda. Pero nuestros pasos son muy cortos, porque la puerta parece estar muy lejos, aunque nos movemos hacia ella.

—Dios mío —susurro—. Dios mío, danos fuerzas.

Emma me aprieta aún más la mano, pero no sé si es la suya o la mía la que suda.

El hombre ya no sonríe. Nos abre la puerta para que entremos y está muy serio, como si hubiéramos hecho algo malo. Es normal, supongo, porque nosotras vamos hacia él como si tuviéramos algo que confesar.

Cuando estamos en la puerta dice:

—Bueno, chicas, ¿seguro que estáis listas para la Caja?

De pronto me doy cuenta de que tengo la boca reseca porque la llevo abierta, así que sólo puedo decir que sí con la cabeza, y veo por el rabillo del ojo que Emma hace lo mismo.

Yo miro la habitación a oscuras y veo tres figuras alrededor de una mesa con un mantel de cuadros blancos y rojos, como la que usábamos con papá cuando íbamos de merienda al campo. Mis ojos no se han acostumbrado aún a la oscuridad, pero creo que uno de los hombres es el viejo del porche. Hay humo, y me fijo en que al fondo hay una mesa de cartas y un cenicero con un cigarrillo. Otro de los hombres lleva gafas, pero noto que sólo tiene un cristal.

Y allí está. La Caja. Colocada en medio del mantel blanco y rojo. Es más rectangular que cuadrada; de metal gris oscuro, con una tapa que encaja perfectamente con la parte de abajo. Nadie nos dice una palabra. Se apartan a un lado, esperando a que una de nosotras estire el brazo para levantar la tapa.

Damos unos pasitos más y llegamos al borde de la mesa, y entonces me doy cuenta de que me toca abrirla a mí. Si no hubiera vomitado donde Dot, vomitaría ahora, así que supongo que es una suerte haber vomitado ya. Le suelto la mano a Emma y me limpio el sudor en los vaqueros. Respiro hondo y estiro el brazo hasta que mi mano queda a un dólar de distancia del borde de la caja.

Doy un salto cuando uno de los hombres dice:

—Venga, vamos —y el corazón se me acelera todavía más.

Entonces lo hago. Toco... el borde... de la tapa... y la levanta despacio... un poquito, una pizca, y de pronto una sacudida eléctrica me atraviesa tan rápido que grito, suelto la tapa y echo a correr sin esperar a Emma; le doy un empujón al señor de la puerta y escapo de las risas que retumban en aquella habitación llena de humo, cruzo la tienda y me abrazo a la cintura de la señorita Mary como el musgo a un árbol. Emma aparece en un periquete y también intenta abrazarse a la señorita Mary, y yo noto que ella nos empuja suavemente hacia la puerta mosquitera y dice por encima de nuestras cabezas:

–Gracias, señor –de un modo que (¿será posible?) parece que se está riendo–. Parece que la Caja sigue surtiendo efecto –le dice desde el porche al cajero, que le está abriendo la puerta del coche. Lo sé porque, aunque sigo agarrada a la cintura de la señorita Mary, veo unas botas de faena llenas de polvo al lado de los zapatos de la señorita, que parecen dos tallas más pequeños de lo que deberían para sus pies gordinflones, y además ella no habla alto para que él pueda oírla desde dentro de la tienda. ¿Está intentando que no se le escape la risa?

–Conduzca con cuidado –dice él, y cierra la puerta cuando nos montamos detrás, agarrándonos la una a la otra como si todavía estuviéramos abrazadas a la cintura de la señorita Mary.

Después de tanto alboroto, sigo sin saber qué había dentro de la dichosa caja. Sólo sé que es la cosa más horrible que he visto en toda mi vida.

Hoy es el día de la mudanza y no me importa reconocer que mamá tiene razón: estoy más cabreada que una abeja metida en un frasco. Emma ha guardado casi todas nuestras cosas, porque yo me niego a tomar parte en esta mudanza. A ella no le importa. Para ser tan pequeña, es muy ordenada. Tiene todos sus álbumes y sus cromos en un montoncito junto a la cama, así que no ha tenido más que meterlos en la caja que nos dio mamá para que la compartiéramos. La desordenada soy yo. Mis cosas son como vacas dispersas por un prado, tercas y difíciles de juntar. Y justo cuando Emma cree que las ha recogido todas, aparece otra en las escaleras. O encima de los colchones, donde van las almohadas.

Lo último que irá en la caja será el libro de los sellos, porque lo estoy mirando ahora mismo. Intento memorizar el orden en que van los países para no pensar en la mudanza.

Últimamente mamá dice que esta mudanza es el

recado de un tonto. No entiendo qué quiere decir. El recado de un tonto. Por cómo se lo dice a Richard, suena como si fuera a ponerse de mi lado, pero, cuando le pregunto qué quiere decir, me regaña. Ahora casi no tiene tiempo para Emma y para mí. Como somos cuatro en la familia y vamos a mudarnos, tiene la cabeza hecha un lío. Dijo que cuando nos mudáramos no iríamos a un colegio nuevo, y no sé qué quiere decir. Creo que me alegro, porque así no tendré que aguantar las torturas de ningún Sonny, ni que otra Mary Sellers se ría de mí, pero no sé dónde cree mamá que vamos a aprender. Yo estaba avanzando mucho en lectura. Y Emma está aprendiendo a sumar y a restar, pero apuesto a que sin colegio se le olvidará y tendré que hacerle yo todas las cuentas. Mamá dice que dejemos de hablar de eso, pero yo tengo ocho años, y se supone que las niñas de ocho años tienen que ir a la escuela; es nuestro trabajo, al fin y al cabo. Además, empezaba a hacerme ilusiones pensando que a lo mejor, en un colegio nuevo, conseguía ser popular por una vez en mi vida. Allí nadie sabría que en mi antiguo colegio se metían conmigo. He estado ensayando para decirles a mis compañeros nuevos que me eligieron la niña más simpática de la clase de tercero, y estoy segura de que, en cuanto lo supieran, querrían ser todos amigos míos. A Emma parece que no le importa no volver al colegio. Eso es porque, como os decía, ella mola mucho, y a la gente que mola le importa un pito lo que piensen los demás. Por eso molan tanto.

—¡Carrie! ¡Emma! —grita mamá desde abajo—, venid aquí, tenemos que hacer unos recados.

—¡Vale! —grito yo por las dos. Emma está muy callada últimamente. Yo creo que es por Richard, por cuando se encierra con ella. Es como si compartieran un secreto, pero no lo pillo. Él parece más contento que unas pascuas con su secreto, pero Emma tiene cara de no querer guardárselo. Pero es muy leal, porque no me lo ha contado ni siquiera a mí, y yo soy su mejor amiga en todo el universo. Pero a Emma siempre se le han dado bien los secretos. Nunca le cuenta nada a nadie. Por eso también tiene tantos amigos.

—¿Por qué tardáis tanto? —mamá empieza a parecer enfadada.

—Ya vamos, ya vamos —dice Emma, y bajamos la escalerilla del desván y luego las escaleras de verdad hasta llegar a la cocina, que es el cuartel general de mamá.

—Tenemos que ir por más cajas, así que poneos las chanclas —dice.

Casi no recuerdo cómo era mamá antes de que Richard la hiciera papilla. Una vez, cuando entré en el Cash-n-Carry a comprar un paquete de tabaco, el señor Appleton me dijo que la saludara de su parte. Eso no es nada nuevo aquí, en mi pueblo, pero fue cómo lo dijo, todo sonriente, como si mamá y él compartieran un chiste y sólo hiciera falta que yo la saludara de su parte para que se tronchara de risa lo que me dio que pensar.

En el coche me monto directamente en el asiento

de atrás, aunque mamá dice que ya soy mayor y puedo sentarme delante con ella. Pero no quiero que Emma piense que la damos de lado, así que me quedo detrás con ella.

—Hoy es martes y me parece que donde Harold acaban de desempaquetar el género —dice mamá. La tienda de Harold es la papelería del pueblo, y los lunes siempre reciben cajas nuevas de papel, así que vamos allí primero porque sus cajas están limpias y no huelen mal.

—Bingo —dice mamá, parando junto al montón de cartones aplastados del contenedor de detrás. Yo también me alegro—. Vamos —dice ella.

Salimos, bajamos la puerta de atrás de la ranchera y empezamos a cargas las cajas, que siempre pesan más de lo que parece al principio. Cuento trece pequeñas y me pongo triste, porque mamá dice que el trece era el número preferido de papá. Su número de la suerte. Nuestro padre nunca pasaba por debajo de una escalera, y todo el mundo sabía que se echaba sal por encima del hombro si se derramaba el salero, así que cualquiera pensaría que huiría del número trece, porque trae mala suerte y todo eso, pero mamá dice que papá estaba lleno de contra-no-sé-qué, que significa lo contrario de lo que dices, así que supongo que al final tiene sentido, más o menos.

—Vamos —dice mamá mientras volvemos a montarnos en el coche, y nos vamos al mercado. El peor sitio que se me ocurre para buscar cajas. ¿Por qué iba a querer nadie guardar sus cosas preferidas en cajas mojadas que huelen a calabaza? Se lo pregunté a mamá una vez y me dijo que era una melindrosa y luego, sólo por fastidiar, nos dio una caja en la que a un lado ponía *berenjenas*. Así que me quedo tan callada como Emma, y noto por el modo en que me mira mi hermana que las dos esperamos que mamá nos dé una de las cajas de Harold para guardar el resto de nuestras cosas.

Mamá aparca frente al mercado y se va para dentro.
—Enseguida vuelvo.

Emma y yo también salimos y nos quedamos mirando el montón de cosas que hay junto al contenedor. No es un buen día para recoger cajas. Hay un montón que tienen la parte de arriba y el fondo rotos, y las solapas de algunas de las otras no se tocan, así que, si pones algo dentro, se cae.

—Odio las cajas del mercado —dice Emma. Yo me sorprendo un poco, porque es lo primero que me dice en todo el día.

—Yo también —digo.

—Ojalá pudiéramos escaparnos —dice ella, y yo estoy a punto de caerme, porque cuando lo dice estoy agachada junto a una caja de uvas.

—¿Por qué no lo hacemos? —digo yo, toda emocionada porque Emma vuelve a estar de mi parte. ¡Por fin un secreto con mi hermana! Como en los buenos tiempos.

—Nos encontrarían —suspira—. Él nos encontraría y luego sería todavía peor.

—¿Y si fuéramos a algún sitio donde no pudieran encontrarnos? —le pregunto rápidamente, para que hagamos rodar la pelota antes de que mamá salga del mercado—. ¡Podríamos ir a cualquier parte! —digo—. Ni siquiera sabrían por dónde empezar a buscarnos.

Pero Emma mueve la cabeza de un lado a otro. Ahora siempre tiene el pelo enredado. Mamá dice que debe de tener Nidos de rata dentro, pero Emma no deja que se lo peine, ni que se lo corte, así que supongo que lo va a llevar enredado una buena temporada.

—Sí que sabrían —dice—. Seguro que nos encontraban. Los mayores se chivarían, y luego irían a buscarnos.

Justo en ese momento, antes de que me dé tiempo a convencerla, mamá sale por la puerta de atrás del mercado, la que usan los repartidores, y mira detrás de nosotras.

—Montad —dice aunque todavía no hemos cargado ni una sola caja apestosa en el maletero. Su voz es baja y dura, casi como la de un hombre. Arranca y acelera muy fuerte, y Emma y yo nos miramos la una a la otra y entramos corriendo antes de que la tome con nosotras.

Mamá no ha encendido la radio del coche, y eso es mala señal. Nunca conduce sin la radio puesta. Escucha la radio aunque estemos en mitad de la nada y sólo se oiga hablar a extranjeros.

—No sé cómo cree que vamos a comer —refunfuña, enfadada—. Ese hombre va a acabar conmigo.

Nos paramos delante de la casa y, cuando el coche se queda quieto, la nube de polvo que levantan las ruedas sigue hacia delante como si creyera que el coche va a alcanzarla. Cuando salimos y nos acercamos al maletero para descargar, mamá ya está entrando en la casa.

—¡Richard! ¡Richard! ¿Dónde estás, hijo de puta?

Emma y yo sacamos todas las cajas del maletero y ella hace un montón perfecto con ellas junto a la puerta de la cocina, pero no entramos. Ni locas entramos.

Emma da media vuelta y se va al prado, y yo la sigo.

—¡Eh, espera! —le grito. Cuando se empeña, anda mucho más rápido que yo. Supongo que hoy está empeñada.

Cuando la alcanzo casi no puedo respirar. Estamos al borde del prado, donde los cardos nos arañan las piernas y las garrapatas buscan el modo de subir a bordo. Así que seguimos andando hasta que llegamos a la hierba más baja que hay en el medio.

—Deberíamos escaparnos —digo—. Hagámoslo. Antes de la mudanza. Hay un millón de sitios donde podemos escondernos, y tendrá que irse sin nosotras. Richard empieza el lunes en su trabajo nuevo, y entonces ya se habrán cansado de buscarnos.

Emma me mira un segundo y luego sigue arrancando hierba con los dedos sucios. Noto que me está escuchando.

—En serio, es una buena idea y tú lo sabes —digo—. Podríamos irnos el viernes, no se darán cuenta hasta el sábado, nos buscarán el domingo y luego tendrán que irse. A Richard le importará un pimiento, y a mamá se le ocurrirá venir a buscarnos otro día, y entonces ya estaremos muy lejos.

Emma está mirando el árbol que hay al otro lado

del prado. Trepamos mucho a ese árbol, conocemos cada rama, cada nudo. Sabemos dónde poner los pies. Hasta podemos trepar en chanclas.

—Ni hablar —dice.

—¿Por qué? —digo yo.

—Porque... —dice ella.

—¿Porque qué?

—Está claro que no piensas como si tuvieras dos años más que yo —dice. Y yo me enfado, claro.

—¿Qué quieres decir con eso?

—Quiero decir que no podemos escaparnos. Si hay algo que no les gusta a los padres es que los niños se escapen. Él nos matará —me mira—. Nos matará.

Y está más seria que un muerto, como dice mamá. Pero yo no lo entiendo. Fue ella la que empezó a hablar de escaparse. Voy a convencerla aunque muera en el intento, y lo primero que voy a hacer en cuanto vivamos solas es cepillarle el pelo. Lo tiene tan bonito cuando está suave y limpio, como los pétalos de un pensamiento amarillo. Antes le gustaba que la peinara, así que estoy segura de que algún día volverá a gustarle.

Justo cuando la estoy mirando, se levanta y echa a andar hacia casa.

—Quédate aquí —le digo, pero como sigue andando me levanto y la sigo. Otra vez.

Nos quedamos escuchando en la puerta de la cocina y, como no oímos nada, la abrimos despacio para que no chirríe. La abrimos lo justo para meternos dentro y luego nos quitamos sin hacer ruido las chanclas y cruzamos descalzas la cocina como si el suelo estuviera lleno de cristales rotos. Yo llevo los brazos estirados para no perder el equilibrio, pero Emma puede andar así sin estirar los brazos. Arriba oímos a mamá y a Richard dando gritos. Un golpe. Mamá, que ha caído al suelo. Parece que tardamos un siglo en cruzar pasito a pasito el rellano que hay delante de su puerta, pero por fin lo conseguimos y subimos al Nido.

–¿Qué haces? –le pregunto a Emma.

–¿Tú qué crees? –me responde como si no acabáramos de tener esa charla en el prado.

Está sacando sus cosas de la caja que hizo anoche. Los montoncitos están sobre nuestra cama, y yo pienso que me estoy saliendo con la mía.

Así que me acerco a mi ropa y elijo las cosas que me gusta ponerme, no las cosas que mamá me compra en el pueblo, en el Elefante Blanco, un sitio que todo el mundo llama la tienda del hospital, porque el dinero que ganan va al hospital, como si el hospital fuera una obra de caridad y no un sitio horrible donde te pinchan con agujas. Esa ropa ya huele mal cuando la llevamos a casa, y cuando le digo que no quiero ponerme cosas de la apestosa tienda del hospital, mamá me llama otra vez melindrosa y me obliga a ponérmela sólo por fastidiar. Así que esa ropa la dejo en la caja y doblo la que me manda mi abuela de Ashville y la pongo junto a la de Emma, en la cama.

No nos decimos nada. Sólo recogemos la ropa, la doblamos, la ordenamos y pronto tenemos suficiente para vivir por lo menos una semana.

—Voy a bajar por el macuto —dice como si fuera lo más natural del mundo, y supongo que lo es, porque estoy casi segura de que después de todo vamos a escaparnos.

Justo entonces me acuerdo del libro de sellos, lo saco de donde está, al lado del ventilador de la ventana, y lo pongo encima de nuestro montón. No puedo creer que de verdad vayamos a escaparnos. Estaba segura de que iba a convencerla, pero creía que iba a costarme mucho más.

Emma vuelve y en cuanto me doy cuenta estamos guardando nuestras cosas en el macuto. No está tan lleno como cuando lo llena mamá, pero, claro, nosotras no somos tan fuertes como ella, así que no podemos llenarlo tanto si queremos alejarnos de esta vida en la que estamos atrapadas.

—Ya está —dice Emma igual que mamá cuando se abrocha el cinturón de seguridad después de salir del banco el día de paga. Mamá siempre está más contenta después de pasar por el banco el día de paga para ingresar el cheque de Richard.

—¿Cuándo nos vamos? —le pregunto a mi hermanita, porque imagino que a estas alturas lo tiene ya todo pensado, así que no tiene sentido que me haga la marimandona.

—Esta noche —me dice en voz baja—. Cuando se duerman.

Sé que debería ponerme contenta, pero de pronto me siento como aquella vez que Tommy Bucksmith me dio a propósito con el balón. No puedo respirar. Emma, en cambio, tiene mejor cara que en mucho tiempo. Supongo que será mejor que me haga la valiente por su bien, y eso hago. Por lo menos, pongo cara de valiente.

—¿Qué va a hacer mamá sin nosotras? —le pregunto.

—Qué va a hacer mamá sin nosotras —dice ella. Y, así, de pronto, queda decidido cien por cien seguro. Vamos a escaparnos y nadie podrá impedírnoslo.

—Chist —le digo a Emma, porque se supone que estamos durmiendo y está haciendo mucho ruido. Son las dos de la mañana y ya vamos con retraso porque nos quedamos dormidas a medianoche y no nos despertamos hasta hace cinco minutos.

Emma está saltando a la pata coja con una pierna metida en sus vaqueros y la otra colgando fuera, intentando no caerse y hacer aún más ruido. Vestirse a oscuras es más difícil de lo que creíamos. Menos mal que lo teníamos todo previsto y habíamos dejado fuera lo que íbamos a ponernos para escapar.

—Chist —le digo otra vez.

Cuando estamos las dos vestidas, nos acercamos de puntillas al macuto, que está debajo de la colcha. Sabíamos que mamá no iba a subir (dejó de subir cuando yo era más pequeña de lo que es Emma ahora), pero queríamos estar seguras, así que tapamos la bolsa con la colcha y la escondimos detrás de unas cajas que hay en un rincón de la habitación.

—Tú agarra del asa —le susurro a Emma. Emma se acerca al lado que tiene una tira marrón del mismo material que mis zapatillas y la agarra, se agacha junto a la bolsa y se prepara para levantarla a pulso como le enseñé antes de irnos a la cama.

El caso es que parece que el macuto pesa mucho más que hace un par de horas. No sé por qué es, pero no me gusta. No decimos nada en voz alta porque mamá a veces tiene el sueño ligero, pero yo estoy pensando: «Por favor, Dios mío, no dejes que se nos caiga la bolsa. Si se nos cae, estamos listas. Por favor, Dios mío».

Miro a Emma y, aunque está muy oscuro, un rayo de luna le da en la cara y veo que está esperando que le haga una señal con la cabeza, como le dije que haría cuando tuviera bien agarrado mi lado de la bolsa. Le hago la seña y retrocedemos hasta lo alto de la escalerilla, y de pronto pienso que la escalerilla es demasiado empinada. No podremos bajar con el macuto así agarrado. Además, me sudan las manos por los nervios y se me está resbalando la bolsa, así que doblo las rodillas y confío en que Emma vea que estoy bajando el macuto. ¡Fiu!, ella lo ve y baja despacio su lado y se queda mirándolo fijamente como si las dos deseáramos que pesara menos. Pero eso es imposible, así que abro mi lado y empiezo a sacar cosas. No veo muy bien, pero después de sacar dos montones de ropa, intento levantar la bolsa y es como si alguien nos hubiera concedido nuestro deseo agitando una varita mágica. Ato el macuto y le hago otra seña a Emma, y empezamos otra vez.

Bajamos la escalerilla del Nido peldaño a peldaño, sin hacer ruido. Ahora estamos en la zona de peligro: justo delante de la habitación de mamá y Richard. Escucho con todas mis fuerzas y me parece oír roncar a Richard, así que le hago otra seña a Emma y esta vez me ve porque la ventana del rellano es grande y deja entrar más luz. Ésta va a ser la peor parte porque las escaleras son de madera vieja y a veces crujen cuando menos te lo esperas. Normalmente, cuando no quieres que crujan. Y claro, en el primer escalón oigo ese temible criiiiiiiiic. Suena tan alto que podría ser la bocina que Richard sopló una vez justo al lado de mi cabeza porque le parecía muy gracioso verme saltar del susto. Emma se queda quieta y las dos nos esperamos a ver si se paran los ronquidos. La puerta sigue cerrada y, aunque no oigo a Richard, supongo que sigue dormido como un tronco. Esta noche el cubo de la basura ha chirriado siete veces, así que eso que llevamos adelantado. Los siguientes tres escalones están bien. Pero luego, en el quinto escalón, ahí está otra vez. Criiiiiic. Esta vez suena más bajo, como el gemido de una vaca que vi una vez tumbada de lado, intentando sacarse de dentro su ternero. Nos paramos otra vez y yo me pongo a rezar para mis adentros. Por favor, Dios mío, que no se despierten.

Esta vez es Emma la que me hace una seña y, como está más alta y seguramente puede ver que la puerta del dormitorio sigue cerrada, yo sigo andando. Después de tres escalones más sin crujido, llegamos al final y ya casi somos libres. Ahora tenemos que preocuparnos de la puerta de entrada, porque la mosquitera de la parte de fuera se cierra de golpe si no te andas con ojo. Pero esta noche tenemos muchísimo cuidado, así que creo que nos aplicaremos el cuento, como dice mamá siempre. Giro el pomo de la parte de acá de la puerta de madera antes de abrirla, y de pronto lo único que nos separa de la libertad es una mosquitera de metal oxidado. Empujo la manilla y la abro a cámara lenta. No, todavía más despacio que a cámara lenta. La abro tan despacio que ni siquiera se nota que se está moviendo. Tengo muchísimo cuidado y, claro, vale la pena: ¡no chirría! ¡Fiu!

Ahora le toca a Emma cerrarla tan despacito como la he abierto yo. Ella me lee el pensamiento y hace exactamente lo que he hecho yo al salir. La verdad es que no es fácil hacer todo esto mientras sujetas un macuto, y pienso para mí misma que cuando sea mayor no tendré nunca un macuto. Son muy difíciles de agarrar, palabra.

Emma deja que la puerta se cierre detrás de ella y miramos las dos el camino de tierra donde duerme por las noches la camioneta de Richard. Delante de nosotras se extiende el resto de nuestras vidas.

Seguramente en Bermudas las noches no son tan oscuras. Tengo que esforzarme mucho para ver por dónde pisamos, así que ni siquiera pienso en lo cansada que estaba hace unos minutos. Tampoco tengo hambre, y eso está bien porque para comer sólo hemos traído un tarro medio lleno de mantequilla de cacahuete Jif que me guardé anoche en el último momento.

Todo está dormido; las hojas ni siquiera se frotan las

unas contra las otras, como cuando es de día. Imagino que es porque están ahorrando energías para mañana. Mañana. ¿Qué vamos a hacer mañana? No se lo he dicho a Emma, pero si queréis que os diga la verdad, me preocupa un poco dónde vamos a escondernos cuando salga el sol. No avanzamos tan deprisa como yo pensaba, así que no creo que consigamos llegar a la estación de autobuses para tomar el autobús de las 5:55 a Raleigh. Voy a tener que pasar al plan B. El problema es que en realidad no he pensado ningún plan B, así que le estoy dando vueltas ahora. Um.

—¿Crees que nos encontrarán? —me pregunta Emma.
—No —le contesto, aunque no estoy segura.
—Vale —dice, y sigue andando.
—Oye, Em —digo yo.
—¿Qué?
—¿Por qué cambiaste de idea?

Me moría de ganas de preguntárselo desde ayer, cuando volvimos del prado y empezamos a guardar las cosas, pero me daba miedo hablar en voz alta sobre nuestra huida, por si acaso Richard estaba al pie de la escalera.

—No sé —dice, pero no la creo.

Andamos un poco más.

Después de andar mucho rato sin hacer ruido, el macuto empieza a pesar un montón.

—Cuando lleguemos al granero, podemos dejarlo un momento en el suelo —digo.

El granero parece más alto que de día. El tejado puntiagudo se clava en el cielo negro y parece el sombrero de las brujas de los cuentos que leemos. Delante de las puertas, que tienen los maderos blancos cruzados, soltamos el macuto y cae al suelo como un peso muerto. Eso era justamente lo que parecía: un muerto.

—Cuánto pesa —dice Emma frotándose los brazos.

Entonces se me ocurre una idea.

—Oye, Em, ¿y si no lo llevamos? —digo.

Es sólo una idea, pienso para mis adentros. Vamos a necesitar toda la ropa que llevamos dentro, así que supongo que no querrá. Además, sólo tenemos catorce dólares y treinta y ocho centavos, así que no podemos comprarnos ropa nueva ni aunque vayamos al Elefante Blanco. Que no vamos a ir, creedme.

—No podemos irnos sin ropa —dice ella. Y tiene razón.

—Pero nos estamos retrasando —le digo con lo que mamá llamaría mi voz de abogada del diablo. Creo que es así como la llama. Oh, Dios, ya estoy empezando a olvidar las cosas que dice mamá.

—Ya lo sé —dice, y por cómo ladea la cabeza me doy cuenta de que está pensando qué podemos hacer.

—¡Ya lo tengo! ¿Y si sacamos la ropa que de verdad nos hace falta y nos la ponemos encima de la que llevamos? Así no tendremos que cargar con ella —digo.

—¡Sí! —dice ella.

Y así es como acabamos llevando tres capas de ropa que a mí me hacen sudar y a Emma la hacen parecer gorda.

Pero dejadme que os diga que es la mejor decisión que hemos tomado nunca. Es genial no tener que cargar con nada, menos con el tarro de Jif y mi libro de sellos, y sé que casi nunca entra nadie en ese granero, así que no encontrarán el macuto. Al menos, durante unos días. Y para entonces ya estaremos muy lejos.

Pero ojalá se me hubiera ocurrido traer una goma para hacerme una coleta, porque el pelo me molesta mucho. Tengo la nuca ardiendo, así que me pongo a pensar qué puedo usar para recogérmelo.

Bingo. Delante de mí veo los largos brazos de un sauce llorón, y de pronto me doy cuenta de que puedo usar una de las ramitas más finas, de las que tocan el suelo como si fuera un piano.

—Espera un segundo —le digo a Emma, y doblo una ramita hacia un lado y hacia el otro para romperla, porque todavía está viva y no es fácil arrancarla. Pero es una suerte que no se rompa fácilmente, porque así me la pongo alrededor del pelo y ya está hecha la coleta. Ya tengo menos calor.

—¿Tienes miedo? —me pregunta Emma. Y antes de que pueda contestarle siento que me da la manita.

—No —le miento. Le aprieto un poco la mano para que sepa que no importa que me deje a mí ser la valiente para variar. Pero no me siento muy valiente. Por lo menos ahora, en la oscuridad, tan lejos del Nido. Oh, Dios, ¿qué vamos a hacer?

Mientras espero una señal de Dios diciéndonos qué debemos hacer a continuación, andamos. Y andamos. Y andamos.

Emma me ha soltado la mano hace rato y va renqueando detrás de mí, así que seguro que está cansada. Al triple de la distancia que puedo tirar una piedra está la granja de los Godsey, y de pronto comprendo que es allí donde vamos a escondernos. Una vez, cuando éramos más pequeñas, mamá nos llevó con ella cuando fue a ver a la señora Godsey por no sé qué cosa que la ponía enferma, y nos quedamos jugando fuera mientras ellas hablaban dentro. No sabíamos de qué hablaban, pero por el modo en que nos advirtió mamá que no las molestáramos, creo que eran cosas de dinero supersecretas. Pero de todas formas esas cosas son un rollo, así que no me molesté en averiguarlo. Estaba muy contenta porque Emma descubrió debajo del porche un agujero por el que cabíamos las dos. Espero que nadie lo haya arreglado, porque será nuestro escondite cuando salga el sol. Hasta podríamos dormir un poco, si todo está tranquilo.

—Oye, Em —le digo—. Mamá sigue odiando a los Godsey, ¿verdad?

—No sé —contesta—. Creo que sí.

—Perfecto —digo yo. Mamá no querrá venir a la granja de los Godsey a buscarnos, así que imagino que tenemos todo el día para planear dónde iremos después.

No estamos muy lejos de la puerta de la casa, y es una suerte porque parece que está a punto de salir el sol. Además, apuesto a que los chicos de los Godsey van a salir a trabajar al campo y seguro que madrugan. Los chicos de los Godsey tienen las manos negras y pegajosas la mitad del año de tanto recoger tabaco. Es como si nunca se lavaran o algo así.

Nos paramos, intentando descubrir en qué lado del porche estaba el agujero y ver si sigue allí.

—¿Todavía tienen ese perro? —le susurro a Emma.

—¿Cómo quieres que lo sepa? —me contesta en voz baja.

—Sólo es una pregunta. Si todavía lo tienen, será mejor que te prepares para correr, porque con sus ladridos despertará a toda la casa.

Noto que Emma está que se cae de sueño. Yo soy más mayor, así que no me canso tanto si duermo menos.

No hay ni rastro del perro. ¿Cómo se llamaba, por cierto? No me acuerdo. Tenía un nombre estúpido. Seguro que se lo puso un chico: Spot, Buddy, o algo así.

Me acerco al lado izquierdo del porche, que parece tan hecho polvo como la última vez que estuvimos aquí, y allí está el agujero. Sólo que parece mucho más pequeño que cuando nos metimos por él la última vez.

—¿Qué le ha pasado al agujero? —dice Emma en voz baja.

—No le ha pasado nada —contesto—. Es que hemos crecido, nada más. Pero todavía podemos pasar por él. Tú mira. Yo paso primero.

Eso sí que es nuevo, que yo pase primero. Seguramente habrá un millón de clases distintas de arañas y ciempiés escondidos debajo del porche, y no de esos ciempiés tan bonitos, como orugas, que son peludos y suaves. Hablo de ésos que tienen escamas y un montón de patas y que corren superrápido, derechos hacia ti. Pero tengo que entrar yo primero porque Emma está muy rara, lo noto. No estoy acostumbrada a verla así, de modo que será mejor que me ponga las pilas, como siempre nos dice Richard.

Estoy de rodillas, justo delante de la madera con rombos que forma un tabique al aire libre, en forma de diamantes, a un lado del porche. Siento que el sol va a salir en cualquier momento, así que meto la cabeza por el agujero y, claro, los hombros se me traban en la madera rota. Ojalá dijera palabrotas, porque en este momento diría una. Es una suerte que no las diga, porque si dijera la que quiero decir alguien podría oírme, y si alguien me oyera nos encontrarían seguro, y si nos encontraran tendríamos que volver a casa y, si volviéramos a casa, Richard nos mataría.

Me giro un poco de lado e intento moverme en esa dirección, pero es como si el porche se negara a dejarme entrar.

—Déjame intentarlo a mí —susurra Emma. Así que saco la cabeza, me agacho y me aparto para que lo intente ella. ¿Qué es eso? Jo, creo que es el perro.

—Date prisa —le digo—. ¡Vamos!

Ella también lo oye, y mete de un empujón los hombros por la madera rota como si sólo fueran unos deditos. En cuanto me descuido, aquel ruido está justo encima de nuestras cabezas. Es una especie de arañazo. Unas zarpas sobre la madera.

—¡Corre! —digo.

Ella mete las piernas por el agujero y ahora me toca a mí, y es asombroso lo rápido que vas cuando tienes miedo de que te pillen. Meto primero el brazo y el hombro, como si fuera a recoger algo de una estantería, y luego meto la cabeza (pero sólo un poco, porque noto que la madera me araña la mejilla) y, claro, el otro hombro entra como si nada. Menos mal, porque el perro está ladrando como un loco encima de nosotras y se oyen pasos que van corriendo a la puerta para dejarlo salir.

Debajo del porche busco piedras a tientas, cuanto más grandes, mejor. Las que encuentro las voy amontonando delante del agujero para que, cuando salga el perro, no nos atrape. Emma se quita el jersey, hace una bola con él e intenta meterlo en el agujero, pero, si queréis que os diga la verdad, es una tontería.

—No —le digo, sacándolo y tirándolo detrás de mí—. Piedras —le susurro rápidamente, pero es demasiado tarde.

La manilla de la puerta da un chasquido y nos quedamos heladas. El perro sale por la puerta como una bala y baja los escalones ladrando como si hubiera visto un fantasma, lo cual es muy divertido, si lo piensas, porque en parte es verdad. Si estaba mirando por la ventana, como seguro que estaba, hemos debido de parecerle fantasmas.

Justo cuando lo oímos bajar los escalones, Emma y yo nos acurrucamos al fondo de debajo-del-porche. Así es como voy a llamarlo aquí. Es como detrás-del-sofá. Estoy deseando decírselo a Emma. Espero no meter la pata y decirlo en voz alta cuando lo estoy pensando, como me pasa en el colegio, porque, si lo hago, estamos perdidas.

Las dos nos quedamos muy quietas, como si se nos hubiera olvidado respirar. Intento recordar si el perro era muy grande, porque no queda mucho del agujero después de amontonar las piedras. Ladra como un perro grande, y espero que lo sea, porque así no cabrá.

Me parece que está dando vueltas por los escalones, así que me agarro a Emma con todas mis fuerzas y ella a mí. Debemos de parecer dos estrellas de mar con los tentáculos enredados debajo del agua. La siento temblar. El ladrido se aleja, y Emma ladea la cabeza hacia mi oreja.

—No voy a volver nunca, ¿sabes? —dice—. Nunca.

Por cómo me mira, tengo la sensación de que me daría una patada en el culo si le dijera que volviera conmigo, y no es que quiera hacerlo, de verdad. Pero digamos que quería irme a casa. Apuesto a que Emma no querría volver, ni siquiera conmigo. Eso no está bien, ¿verdad? Quiero decir que en la mayoría de las familias son los hijos pequeños los que van por ahí detrás de los grandes. Pero entre nosotras siempre es Emma la que lleva la voz cantante. Menos ahora, debajo del porche. Creo que las dos estamos igual de asustadas porque nos pillen. No sé qué haría la señora Godsey si el perro nos descubriera.

Hablando del perro, ya no lo oigo, así que o se ha ido a seguir buscándonos, o es un vago.

—Creo que se ha ido —le susurro a Emma al oído por si acaso.

Menos de un minuto después se oye abrirse la puerta otra vez y luego una lata golpeando las planchas de madera encima de nuestras cabezas. Si no supiera que los Godsey tienen perro, pensaría que se les ha caído algo, pero mi nariz me dice lo contrario: han sacado la comida del perro. Y Buddy, o Spot, o como se llame, no vuelve ni por ésas. Eso es lo que me preocupa. ¿Dónde se ha metido el dichoso perro?

—Caroline... —el susurro de Emma hace que se me ponga de gallina la piel del cuello. Nunca me llama por mi nombre completo. Siempre me llama Carrie.

Muy despacio, tan despacio que casi no se me ve moverme, me giro hacia donde siento que Emma está mirando, y entonces veo por qué el perro no ha subido corriendo a comerse el desayuno. Justo al otro lado de la pared de rombos está Buddy Spot, agachado como si estuviera a punto de saltar sobre un conejo, mirándonos fijamente como por el cañón de un rifle. Oh, Dios, por favor, Dios mío.

Emma y yo dejamos de respirar más o menos al mismo tiempo. Es como si las dos supiéramos que, si movemos un músculo, estamos perdidas. Se acabó. Es esa hora de la mañana en que el día no sabe qué va a ser, si soleado o nublado, si alegre o triste, así que no estoy muy segura, pero os juro que parece que a Buddy Spot le sale humo de la nariz, como a uno de esos dibujos animados de los sábados por la mañana. Nosotras lo miramos fijamente, como si fuera un concurso. Oh, Dios, creo que voy a estornudar. Oh, Dios, por favor, no dejes que estornude. Si estornudo, estamos acabadas. Cerraré los ojos. ¡Eso es! Los apretaré muy fuerte... y así quizá no tenga tantas ganas de estornudar. Voy a estornudar, voy a estornudar... Oh, Dios... está... ¡funciona! ¡Creo que se me ha pasado! ¡Fiu!

Pero justo entonces levantamos los tres la cabeza al mismo tiempo al oír unos zapatazos (bum, bum, bum) que van hacia el porche. Buddy Spot nos mira y luego vuelve a mirar hacia el porche, y es como si estuviera pensando si abalanzarse sobre nosotras o no. Oh, Dios. Quiere ladrar, lo sé. Las uñas sucias de Emma se me clavan aún más en el hombro, y me mareo.

Bum. Oh, Dios. Bum. Por favor, Buddy Spot, pienso para mí misma, márchate. Bum. Sé bueno, Buddy Spot. Bum. Sé bueno, perrito.

Y de repente se levanta, se sacude para quitarse el polvo del pelo y sube corriendo los escalones para dejarse acariciar por una mano que parece que no tiene dueño, porque las escaleras cortan la parte de arriba del cuerpo que está justo a cuatro matas de nosotros. Buddy Spot es mi perro favorito de todos los tiempos. Más que Lassie, incluso. Me muero de ganas de acariciarlo para darle las gracias por no chivarse.

El modo en que mueve la cola, siguiendo la mano que lo acaricia, de pronto hace que eche de menos a mamá. Me pregunto qué hará cuando vea que no estamos. Me pregunto si Emma dice en serio que no va a volver nunca. Porque nunca es mucho tiempo. ¿Y si se hace mayor y tiene un bebé y quiere enseñárselo a mamá? Aun así, ¿no volverá? ¿O y si la detienen y la policía dice que el único modo de que salga de la cárcel es que vuelva a casa con su madre? ¿Seguirá negándose a volver? ¿O y si tiene un accidente horrible y no puede usar los brazos y alguien tiene que ocuparse de ella todo el tiempo y darle de comer puré como a los bebés? ¿Quién va a hacer eso, sino mamá? Supongo que lo haría yo. Pero ¿y si me muero? ¿Seguiría Emma sin querer volver?

La tierra en la que estamos sentadas huele fatal y me hace daño en el culo. Además, estoy muerta de hambre. Emma puede pasar sin comer, pero yo no. Yo necesito comer algo. Echo mucho de menos a mamá. Entiendo que Emma no la eche tanto de menos, porque mamá no se porta tan bien con ella como conmigo, pero yo ya la echo de menos una barbaridad.

Ya es del todo de día. Y es muy raro, porque en realidad no hemos dormido, así que parece que el día está acabando en vez de empezar. Richard debe de estar preparándose para mudarse y prosperar. Emma y yo, bueno, supongo que podría decirse que no vamos a prosperar, ni a mudarnos. Sólo vamos a escapar.

Emma me suelta los hombros, y veo que estaba tan asustada que me ha dejado cuatro medias lunas grabadas en la piel. Ella también mira las marcas y luego mira para otro lado, como si no me necesitara tanto, después de todo. Pero las dos sabemos que no es así.

—¿Qué hacemos ahora? —le susurro. Estoy cansada de ser la líder.

Emma levanta los hombros y luego los baja otra vez y sigue mirando por la pared de rombos como si la respuesta estuviera allí.

—Oh, oh —dice en voz baja, y al mirar en esa dirección veo allí, al otro lado de la pared de rombos, fuera de nuestro alance, el tarro de Jif caído de lado. Debió de caérseme cuando oí al perro y me metí pitando debajo del porche.

—Tenemos que recuperarlo —dice Emma. Yo sólo lo miro fijamente, como si pudiera acercarlo por arte de magia—. Si alguien lo ve, estamos muertas.

Antes de que pueda decir o hacer nada, Emma se

acerca arrastrándose al agujero que hemos tapado y empieza a quitar las piedras.

—¿Y si vuelve el perro? —le susurro.

—Seguro que no vuelve en todo el día —me responde mientras mete los hombros por el agujero y estira el brazo hacia el frasco de mantequilla de cacahuete.

—Date prisa —digo.

—Bingo —dice cuando vuelve a mi lado. Gira la tapa sin hacer ruido y la sujeta delante de mí para que unte el dedo. La mantequilla de cacahuete nunca me ha sabido tan rica, la verdad.

Mientras intento quitármela del paladar con la lengua, Emma se pone a contar con los dedos.

—Creo que llevamos fuera siete horas —dice—. ¿Tú crees que son las siete de la mañana? —yo digo que sí con la cabeza porque me parece que es esa hora.

—Me muero de hambre —dice. Me estoy chupando otra vez el dedo lleno de Jif, así que ni siquiera puedo abrir la boca, aunque le acerco el tarro, pero ella sacude la cabeza.

—¿Por qué? —consigo decir con la boca llena de mantequilla de cacahuete. No lo entiendo. Cuando mamá nos hace sándwiches de mantequilla de cacahuete y crema de malvavisco, separamos el pan y Emma se queda con el lado del malvavisco y yo con el de la mantequilla de cacahuete, pero nunca imaginé que prefiriera morirse de hambre antes que comer mantequilla de cacahuete.

Entonces Emma va y hace una cosa que nunca, ni en un millón de años, la hubiera creído capaz de hacer. Se arrastra hasta el montón de piedras, las quita otra vez, mete los hombros por el agujero, saca las piernas y desaparece por los escalones del porche. Así como así. Yo me quedo aquí sentada, sujetando el tarro de Jif, con la boca todavía llena de mantequilla de cacahuete, y ni siquiera puedo respirar de lo nerviosa que estoy. Emma no hace ruido, sube los peldaños de puntillas. Pero lo más raro es lo que piensa hacer. Antes de que pueda arrastrarme hasta el agujero por si tengo que salvarla de los Godsey, vuelve junto a la pared de rombos y no puedo creer lo que lleva en la mano. ¡El cuenco de hojalata con la comida del perro! Lo pone con cuidado junto al agujero, se mete dentro y vuelve a colocar las piedras.

—¿Se puede saber qué vas a hacer? —le pregunto con claridad, porque la mantequilla de cacahuete se me ha derretido en la boca, cansada de esperar a que la masticara y me la tragara.

—¿Tú qué crees? —dice como hace unas horas, cuando se puso a vaciar la caja en el Nido. Hace un cuenco con la mano y agarra un poco del engrudo de carne. ¡Ni siquiera lo huele antes de probarlo! Se lo come como si fuera un helado un día de agosto. Yo me quedo allí, mirándola, y me estoy preguntando cómo puedo ser hermana de una niña capaz de comer comida para perros cuando encima de nosotros se abre la puerta y suenan unas chanclas en el suelo del porche.

Nos quedamos heladas.

Emma no mastica y yo no respiro.

Un paso (flip). Dos pasos (flop). Tres pasos (flip). Justo en ese momento pienso que voy a hacerme pis en los pantalones. Cuatro pasos (flop). Oh, Dios. Cinco pasos (flip). Tierra.

Es la señora Godsey. Cielo santo. Sus pies apuntan hacia fuera como si pensara alejarse de la casa, y dentro de mi cabeza empiezo a rezar para que así sea, pero tengo un vacío en el estómago que me dice que no. Oh, Dios.

—¿Dónde está el dichoso cuenco? —dice en voz alta. Entonces sus pies se vuelven hacia un lado de los escalones del porche. Estamos tan cerca de ella que veo las uñas de sus pies con la pintura rosa descascarillada. Sus pies se vuelven hacia el otro lado de los escalones.

Oh, Dios, estamos perdidas. Ahora lo sé.

Se dirige hacia nosotras. Flip. Flop. Flip. Flop.

—¿Qué coño...? —masculla para sí misma cuando se inclina, y entonces la vemos agachada a un metro de nosotras, recogiendo algo del suelo. Lleva una bata de estar en casa como la de mamá, sólo que la suya no está descolorida, parece nuevecita. Las flores de la tela no son de las que se ven en la cuneta de la carretera. Son moradas, amarillas y rojas, como las zapatillas color rubí de Dorothy. Sé de buena tinta que la señora Godsey va a peinarse y a que le pongan laca al Salón de Belleza de Luanne, que en realidad no es un salón de belleza, es sólo una habitación junto a la cocina de Luanne, con un lavabo y un secador de ésos de burbuja. Mamá dice que la señora Godsey es tan engreída que tiene envidia hasta de su propio espejo. Siempre lleva los labios pintados, menos ahora, supongo que porque es muy temprano, pero no importa, sigue siendo muy guapa. ¿Qué está mirando en la tierra y por qué no se va?

Oh, Dios mío. ¡Mi libro de sellos! Justo cuando lo veo, la señora Godsey gira la cabeza y nos mira directamente.

—¿Qué coño...? —dice en voz alta para que la oigamos—. ¿Quién hay ahí? —se cierra el cuello de la bata, pero no hace falta porque lleva la cremallera abrochada hasta arriba.

Emma se pega a mí y yo me acuerdo de que no estoy viendo todo aquello por la tele. Está pasando de verdad.

—¿Quién hay ahí? Billy, ¿eres tú? ¡Sal de ahí ahora mismo!

Emma se pega todavía más a mí y yo oigo lo que me dijo hace poco: «No voy a volver nunca».

—¿Me oyes, chico? Sal de una vez —la señora Godsey se ha levantado. Ahora sólo le vemos los pies y un poco de las piernas, pero sigue allí y parece que no se va a ir.

—Voy a contar hasta tres y, si no sales, te voy a poner el culo que tus amigos creerán que eres negro. Uno —dice dando un golpe en el suelo con el pie derecho (no, al revés, con el izquierdo). Aunque lleva chanclas, hace el ruido que hacen los mayores.

—Dos.

Yo me acurruco un poco más e intento moverme hacia el agujero, pero Emma me agarra del tobillo, así que no puedo ir muy lejos.

—¡Tres! —cuando dice «tres» se agacha otra vez. Empieza a quitar las piedras del agujero y antes de que pueda retroceder mete la mano y me agarra del brazo–. ¡Sal de ahí!

Emma me suelta el tobillo y cinco dedos me arrastran hasta el agujero. La señora Godsey sabe que tiene que soltarme para que pase por el hueco, y eso hago después de respirar muy hondo para armarme de valor.

No puedo verle la cara mientras salgo, pero me imagino que se habrá quedado de piedra. Supongo que, como esperaba que saliera Billy por el agujero, que salga yo debe de ser toda una sorpresa.

–Por todos los santos –dice en voz alta. Cuando levanto la vista del suelo veo que se agarra aún más fuerte el cuello de la bata.

–En nombre del cielo, ¿qué...? ¿Eres la hija de Libby Culver? –lo pregunta con la nariz toda arrugada, como si yo oliera mal. Luego vuelve a mirar debajo del porche–. ¿Hay alguien más contigo ahí abajo?

Menudo lío: ¿le digo que sí y me arriesgo a que obligue a salir a Emma, o le miento y digo que estoy sola y dejo que Emma siga por su cuenta? Jo. ¿Qué hago?

–¡Contesta, niña!

–Um... –pero antes de que pueda decir nada, veo que la señora Godsey está mirando otra vez por el agujero. No va a esperar a que conteste. Oh, Emma.

–¡Sólo estoy yo! –digo, pero es demasiado tarde. Emma está al borde del agujero, mirando qué pasa.

Yo me quedo más fría que los pies de una rana. La señora Godsey no dice nada, pero yo sé que es mala y está enfadada y eso no es buena mezcla en una señora como la señora Godsey.

—No sé si arrancarte las orejas yo misma o dejar que lo haga tu madre —me dice. No soporto mirar a Emma, porque sé que va a querer salir huyendo, y no sé si voy a poder. Estoy cansada y esas lametadas de mantequilla de cacahuete no me han quitado el hambre.

—Sube a casa para que llame a tu madre —me dice la señora Godsey.

—No pasa nada, enseguida volvemos, señora Godsey —dice Emma con una voz que no reconozco.

—¿Ah, sí? —dice ella, intentando poner una voz tan aguda como la de Emma.

—Sí, señora, ya nos vamos a casa —dice Emma—. Sólo estábamos jugando al escondite.

—¿Al escondite?

Eso no va a colar.

—Sí, señora —chilla Emma—. Pero ya hemos acabado, así que nos vamos a casa. Perdón por haberla molestado.

—¿Dónde está la comida del perro? —la señora Godsey dobla por el medio su corpachón para intentar ver por debajo de los escalones del porche.

—No sé —responde Emma. Y entonces echa a correr. La señora Godsey se nos queda mirando cuando yo también echo a correr, y de pronto somos libres otra vez.

Yo creía que no tenía fuerzas para huir, pero en cuanto empiezo a correr se me olvida lo cansada que estoy, así que sigo hasta que la granja de los Godsey es un recuerdo lejano. Emma se para por fin, pero respira tan fuerte que parece que todavía está corriendo.

—Madre mía, creía que estábamos perdidas —digo intentando respirar.

—Yo... también —a Emma le cuesta tanto respirar que dice esas dos palabras como si fueran dos frases separadas.

—¿Y ahora dónde vamos? Ya sabes que va a llamar a mamá y a Richard —digo yo.

Emma ya respira normal y mira los árboles que se ven a lo lejos. No dice nada, sólo señala con el dedo que allí es adonde vamos ahora: al bosque. Y no me refiero a uno de esos bosques en que los cervatillos comen musgo y los conejos dan golpes con los pies mientras hablan con las mofetas. Hablo de uno de esos bosques que hacen que el día más soleado parezca negro y el día más caluroso frío. De ésos que te agarran por los hombros, te voltean, te empujan en la dirección por la que crees que vas y se ríen de ti cuando no llegas. Mamá siempre nos advertía que no nos metiéramos en aquel bosque y nosotros le hacíamos caso. De todos modos los árboles no sirven para trepar, son muy altos y tienen ramas largas y finas y montones de agujas pinchudas.

—Te dije que no iba a volver —dice Emma.

—Ya lo sé, ya lo sé. Jo, dame un respiro. Yo tampoco voy a volver, para que lo sepas.

—Pero quieres, se te nota.

Bueno, a eso no puedo decir nada, así que las dos nos quedamos calladas hasta que llegamos al lindero del bosque.

—¿Crees que nos pasará algo? —me pregunta sin quitar ojo de la oscuridad que hay delante de nosotras.

—No, qué va —digo yo.

Pero ella sabe que estoy mintiendo, así que no sirve de nada.

—Vamos.

Lo primero que notas cuando te adentras en un bosque es lo blanda que está la tierra. Las capas de pinochas son tan profundas que es como andar sobre cojines.

—¿Crees que andar por la luna será igual? —pregunta Emma.

—Seguro.

—Dime la verdad, ¿tú crees que nos encontrarán?

La verdad es que no sé cómo contestar a esa pregunta, así que no abro la boca.

—Carrie...

—¿Sí?

—¿Crees que nos encontrarán?

—No lo sé.

—¿En qué estás pensando? —me pregunta, yendo un poco más despacio para oírme mejor.

—Estaba pensando en las pistolas de Richard. Seguro que viene a buscarnos con esa escopeta que tiene en el garaje.

Ahora es Emma la que se queda callada.

—Tú me has preguntado qué estaba pensando.

—Ya lo sé —refunfuña ella. Se ha puesto de mal humor—. Richard y sus putas pistolas.

—No puedo creer que hayas dicho esa palabrota —Emma nunca dice tacos. La verdad es que antes siempre se chivaba de mí si decía «jolín» porque se creía que eso era una palabrota.

—Qué más da. Entonces, ¿crees que traerá la escopeta?

—Seguro que sí, porque mamá estará tan preocupada buscándonos que no se dará cuenta —le digo—. Le encanta esa escopeta, eso seguro.

Emma se está balanceando en el tronco de un árbol que hay en medio del camino que hemos tomado. Bueno, en realidad no es un camino, sino un espacio entre árboles. Pero el árbol debió de caerse hace mucho tiempo, porque está tan cubierto de musgo que parece que se lo ha tragado la tierra.

—Lo que no entiendo es por qué la limpia todo el rato si siempre la tiene guardada en el armario —dice Emma, bajándose del tronco de un salto y echando a andar otra vez por las pinochas.

Yo me encojo de hombros porque tampoco sé la respuesta.

—¿Por qué se casaría mamá con él, de todos modos? —me pregunta, y se agacha para tirar de un champiñón muy pequeño que crece encima de una piedra cubierta de musgo. Pero sólo está llenando el aire de palabras, porque sabe que no tengo ni la menor idea de qué vio mamá en ese hombre.

—¿Sabes qué te digo? —me dice mamá, que está de pie delante de la tele, impidiéndome ver los dibujos animados del domingo por la mañana—, que eres una holgazana.

¡El sheriff Dawg! ¡Mi preferido!

—¡Caroline! Levántate ahora mismo y prepárate para ir a la iglesia, o tu padre te dará una buena paliza.

Pero papá no tiene pinta de ir a darme una paliza. Venía bajando por las escaleras, sonriendo a mamá y frotándose las gafas con un pañuelo de papel.

—Será mejor que hagas algo con tu hija si quieres que encontremos sitio —le dice mamá, y se va a la cocina a buscar no sé qué en la nevera.

—Caroline Clementine, haz caso a tu madre y apaga eso —se acerca con una mirada de las que hacen cosquillas—. O tendrás que ayudar a Bobby Bolker a encender todas las velas.

Con eso basta para conseguir que haga cualquier cosa. Bobby Bolker es peor que una zarigüeya cocida. Tiene una cosa blanca metida en los oídos, lleva el pelo grasiento y peinado hacia atrás y tiene la piel tan pegajosa que parece que no se lava desde que tenía tres años.

—Vale, vale —le digo a papá, que ya está dándole la lata a mamá en la cocina para que le dé un beso. Ella le espanta como si fuera un mosquito hambriento.

Practico recordando otras cosas sobre papá. Cómo sonreía todo el tiempo cuando estaba con mamá. Y cómo fingía que me daba azotes en el culo cuando mamá se lo decía, pero en realidad daba golpes en la cama a mi lado y yo chillaba como si me estuviera haciendo daño, y luego él me guiñaba un ojo y me dejaba sola en mi habitación para que pensara qué había hecho para merecerme la azotaina. Mamá nunca se enteraba. Era nuestro pequeño secreto.

Además olía muy bien. Y mamá decía que solía llevarme con él el día que ponían las moquetas, porque me gustaba hacer volteretas en medio de la habitación cuando acababan, antes de que volvieran a poner los muebles. Creo que eso también lo recuerdo, pero la verdad es que no estoy segura. Pero todavía me encanta el olor de la moqueta nueva.

Mamá pasó mucho tiempo sin salir de su cuarto cuando murió papá. Tuve que sacar una silla del cuarto de estar y llevarla a la cocina para encaramarme a los armarios y sacar comida porque durante ese tiempo ella no hizo nada de comer. Tenía la puerta cerrada todo el tiempo, igual que la boca de la señora Streng cuando me veía en la tienda del pueblo, sacando caramelos del frasco de cristal cuando papá me daba un cuarto de dólar. Y la comida que saqué del armario no era de la buena. Eran cereales, pero no había leche para ablandarlos; latas de alubias cocidas, que nos comimos frías; y una bolsa de azúcar que le puse por encima a los cereales, pero que acabamos comiendo directamente de la bolsa cuando se acabó lo demás. A mí no me importaba. Antes me encantaba el azúcar, pero ahora no me gusta ni pizca.

La habitación de mamá olía a calcetines sudados.

—Mamá... —yo le hablaba todo el rato. Creo que imaginaba que, porque ella no me hablara a mí, no significaba que no pudiera oírme—. Mamá, soy yo, Carrie.

Su cuerpo parecía muy pequeño debajo de las mantas. Lo único que asomaba era la coronilla.

—Sólo quería decirte hola y enseñarte la rana que hemos encontrado Emma y yo —no llevaba a Botón de Oro a la habitación, porque no sabía si a mamá iba a gustarle, pero si hubiera dicho que quería verla, habría ido corriendo a buscarla.

Pero no hizo falta. De la cama no salía nada. Estaba oscuro porque la persiana estaba cerrada, y normalmente no lo hago, pero tiré de la cuerda para que entrara un poco de luz en aquel agujero. El sol entró en la habitación como la luz de una linterna y de pronto vi motitas de polvo flotando en el aire como si no supieran dónde posarse. Puede que por eso a mamá le gustara estar a oscuras: para no ver el polvo.

¡Ya sé! Voy a limpiar el polvo. Así podrá tener las persianas subidas.

—Enseguida vuelvo, mamá —le dije aunque imaginaba que no iba a ir a ninguna parte.

Me encanta el plumero. Es como tener un pájaro amaestrado, las plumas son tan suaves y tan algodonosas... Fui abajo, lo saqué del armario de la cocina y subí otra vez corriendo antes de que mamá volviera a bajar la persiana.

—Ya estoy aquí —dije, cerrando la puerta sin hacer ruido. Aunque mamá no había salido de su cuarto para ver cómo estábamos, no creía que le apeteciera oír ruidos. Quizá le recordaban cómo murió papá. Así que me acostumbré a cerrar las puertas girando primero el pomo y soltándolo cuando la puerta ya estaba alineada con el marco.

El problema era que el plumero sólo echaba más motas al aire y volvía el aire sofocante.

—Oye, ¿qué te parece si abro la ventana?

Yo le hablaba con la misma voz con que me hablaba ella cuando estaba mala y necesitaba tomar tónica y papilla de plátano para asentarme el estómago.

—Voy a abrirla una pizca, para que entre un poco el

aire de la primavera. Ojalá vieras lo bonito que está todo ahí fuera –le decía. La brisa me ayudó un poco y enseguida quité el polvo de la cómoda y del baúl que hay al pie de la cama.

La mesilla de noche quedaba justo junto a su cara, y aunque tenía casi toda la cabeza tapada, no quería que se enfadara si la despertaba. Pensé en dejarlo. Pero en cierto modo la mesilla de noche era lo más importante de limpiar, porque era lo que ella veía más. Me acerqué de puntillas, más callada que un ratón. Antes de empezar me incliné para comprobar que estaba dormida. Bingo. Así que quité todos los frascos de pastillas y las fotos de papá y las mías, de cuando era más enana que Emma ahora, y el vaso de agua a medio beber y luego dejé que el plumero hiciera el resto. Borró todos los rodales de donde habían estado colocados los frascos no sé cuánto tiempo y enseguida se vio el color verdadero de la madera como si fuera nuevecita y acabara de salir de la tienda. Yo no podía creer la suerte que había tenido, mamá no había dicho ni pío. Imaginaba la sorpresa que se llevaría cuando lo viera todo limpio. Después de colocarlo todo otra vez como ella lo tenía, recogí las latas de Tab que había en el suelo, junto a la cama. La mayoría tenían un montón de colillas flotando en el líquido marrón del fondo así que tuve mucho cuidado para que no se me cayeran y, ¡hala!, lo conseguí.

Salí de puntillas de la habitación, dejando la persiana subida y la ventana abierta para que no oliera como el servicio del colegio.

Tuve tanto cuidado para que no se me cayeran las

latas de Tab que tuve que subir y bajar dos veces las escaleras para tirarlas todas a la basura.

Cuando vino el reverendo Cleary, al principio se le pusieron los ojos como platos y luego me miró todo triste y me dio unas palmaditas en la cabeza y abrió la puerta de mamá. Yo miré alrededor y no comprendí por qué ponía aquella cara, aunque la cocina estaba muy sucia y desordenada, y el cuarto de mamá peor aún. Dos cosas que mamá antes nunca dejaba que se ensuciaran. Me dio tanta vergüenza que entré e intenté recoger un poco la basura, pero era demasiado tarde. Había un montón que no me atrevía a tocar: era un montón de cacerolas viejas que la gente nos trajo con comida, pero los bichos se habían apoderado de ellas y a mí me daba asco espantarlos. No me atrevía a decírselo a Emma porque intentaba ser superamable con ella porque fue ella la que vio morir a papá.

Emma nunca hablaba de eso, pero yo oí a mamá hablando con la señora Godsey el día que enterramos a papá y mamá decía que fue espantoso. Los hombres iban a por dinero, dijo. Recuerdo que la señora Godsey dijo que, si hubieran sabido que éramos pobres como ratas, papá todavía estaría vivo. Dijo que a fin de cuentas había muerto por pobre, porque supongo que los ladrones se hartaron y se enfadaron cuando lo registraron todo y no encontraron ningún dinero. Entonces fue cuando le dispararon. Delante de Emma. Pensaron que era tan pequeña que no podría chivarse, y supongo que tenían razón. Después de que papá muriera, Emma dejó de hacer ruido. Antes no hablaba mucho, pero estaba aprendiendo a hablar y hasta podía decir «mamá». Después de eso apenas hacía sonidos.

Yo estaba jugando en el jardín con Forsyth. Nos turnábamos haciendo que éramos el caballo y su dueño. Forsyth relinchaba y yo le cepillaba el pelo como si fuera una yegua, y luego extendía la mano como si tuviera un azucarillo invisible en la palma para que se lo comiera. Forsyth oyó los tiros y se volvió hacia mí para preguntarme si sabía qué era eso y, tonta de mí, como quería seguir jugando, le dije que sí, que sólo era un coche que subía por la carretera. Pero el aire nos trajo la voz de su madre, y Forsyth se marchó corriendo a casa. Cuando la vi entre sus padres, en el entierro de papá, miró por encima de mi cabeza como si estuviera más interesada en un pájaro que volaba por el cielo que en mirarme, y tuve un mal presentimiento, como si Forsyth Phillips y yo no pudiéramos volver a ser amigas. Mamá dijo que la señora Phillips no dejaba ya que Forsyth viniera a nuestra casa, pero al final seguimos siendo amigas porque su madre nos dejaba jugar en su casa.

El cuarto de estar estaba lleno de sangre. Yo no la vi, pero fue una suerte que no tuviéramos moqueta, porque las manchas no se habrían quitado nunca. Antes y después del entierro entró y salió mucha gente de casa, estuvieron limpiando y nos llevaban comida, y todos parecían tristes cuando me miraban, pero a mí me daba vergüenza y salía corriendo de la habitación para animar a Emma. Pero yo les oía hablar en voz baja sobre «la pobre Caroline» y sobre lo bien que lo estábamos sobrellevando, «teniendo en cuenta lo que ha pasado». Apuesto a que nadie se atrevía a hablar de Emma porque sabían que harían llorar a mamá todavía más. Pero a decir verdad a mí me preocupaba más Emma. Y mamá.

Mamá lloró tanto esos primeros días que yo sentía temblar el suelo de debajo de su cama. Aunque estaba un piso más arriba, mi cama está justo encima, contra la misma pared. Así que me quedaba allí tumbada y sentía llorar a mi madre. Una y otra vez. Sobre todo por la mañana, como cuando te despiertas el día de Navidad con la sensación de que va a pasar algo especial y luego, un segundo o dos después, te acuerdas de qué es. Pero esto era lo contrario. La oía removerse en la cama como si acabara de despertarse e intentara recordar qué estaba pasando, y luego, claro, se acordaba de por qué era tan horrible el día y la pared empezaba a temblar. Eso pasaba todos los días. Todos los días. Emma no se despertaba cuando la pared empezaba a sacudirse, como yo. Cuando por fin se despertaba, se quedaba mirando el techo, pestañeando. Yo me acurrucaba a su lado por si quería hablar conmigo en voz baja, para que mamá no la oyera y se acordara de cómo había muerto papá. Pero al final no hacía falta, porque Emma estuvo mucho tiempo sin decir ni mu.

Creo que mamá se mantenía viva porque comía de noche, cuando nosotras estábamos en la cama. A veces dejaba pistas: un envoltorio o un poco de papel marrón del que usaba para envolver la carne cruda. Y latas de Tab. Siempre latas de Tab. Papá y ella tenían cajas de Tab que compraban en el supermercado de descuento, para que nunca nos quedáramos sin ellas, y supongo que era lo que estaba más a mano cuando mamá dejó de hacer la compra. Pero yo nunca la vi salir de la habitación. Ni una sola vez. Ni siquiera salía para obligarnos a ir al colegio. Y yo no podía dejar que Emma comiera y bebiera sola (era muy pequeña), así que hacía novillos. Al principio era genial. Miraba el reloj de margarita de la cocina y pensaba en qué estarían haciendo los chicos de mi clase y me ponía contenta porque sabía que no tendría que hacer los deberes, ni borrar el encerado, ni nada de nada. Lo único que me gusta del colegio es la geografía. La mayoría de los niños dicen que lo que más les gusta es el recreo, pero yo lo odio. Las pelotas me golpean como si fuera un imán que las atrae. Todo el mundo lo sabe. Ya ni siquiera apuntan hacia mí. Sólo siguen jugando a lo que estén jugando cuando salgo (al balón prisionero, al fútbol, al voleibol), y sólo es cuestión de tiempo que una pelota rebote en mi cabeza o me dé en la espalda. Siempre intento hacer como si me hiciera gracia, pero no funciona. Hago como si supiera que la pelota venía hacia mí y quisiera que me golpeara, pero eso tampoco funciona. Así que ya no finjo, sólo doy un brinco cada vez que una pelota se acerca a mí.

Así que no echo de menos el recreo. Ni un poquito.

Desde que mamá dejó de salir de su cuarto, la ropa ha empezado a amontonarse allí donde Emma o yo decidimos quitárnosla. A mí me gusta el montón que hay al pie de la escalera porque puedo saltar encima de él desde el tercer escalón y parece una almohada. Emma me copió una vez y se cayó de culo, pero había tanta ropa que no se hizo daño ni nada. Pero no sonrió. Cuando se olvidó de hablar se olvidó también de cómo se usa la boca para sonreír.

Un día mamá estaba en la mesa de la cocina cuando bajamos del Nido. Así como así. Como si fuera normal. Yo olí el humo del cigarro a mitad de la escalera e intenté no hacerme ilusiones, pero corrí el resto del camino por si acaso era ella de verdad.

—¿Mamá?

Ella no levanta la vista; sólo estira un poco la espalda y alza la cabeza para que vea que está despierta.

Yo la abrazo y aunque ella sigue con los brazos estirados junto a los costados, sé que se alegra de que esté allí. Por lo menos, eso creo.

Mamá tiene los ojos como los de una linterna de calabaza: todos hundidos, huecos y oscuros. Me dan miedo, pero disimulo.

—¿Quieres que te prepare el desayuno? —le pregunto, pero entonces me doy cuenta de que no le va a gustar lo que tenemos para comer.

Sus ojos de calabaza se fijan en mí y luego se mueven por la cocina como si la viera por primera vez.

—Me pregunto cómo vas a hacerlo —son las primeras palabras que me dice en no sé cuánto tiempo. Las dice muy despacio, como si acabara de aprender a hablar.

—Espera, ya verás —digo yo. Puede que le guste mi desayuno. Es fácil. Uso la taza que tiene un dibujo de Sacagawea, de cuando mamá y papá fueron al oeste cuando eran muy jóvenes; la lleno de harina, echo la harina en un cuenco que sé que debería haber fregado hace días. Luego pongo el cuenco debajo del grifo y cuento hasta cinco, y después lo remuevo todo hasta hacer una pasta. La sartén está en el fogón desde ayer, así que lo único que tengo que hacer es ponerle un poco de masa dentro y ver cómo crece hasta formar un redondel que nos llenará la tripa un buen rato. La paleta no se desliza debajo de la tortita porque tampoco la he fregado, pero nadie es perfecto.

Mientras se hace la masa, miro a mamá de reojo, sólo para asegurarme de que sigue allí, en carne y hueso. Ojalá no hubiera hecho esto, porque odio verla llorar. Una cosa es sentirla llorar, y otra verla en persona.

Yo nunca lloro por papá. Puede que mamá llorara suficiente por las tres.

—Vale, vamos a hacer una cosa —le digo a Emma, intentando ponerme al mando porque va a hacerse de noche y tenemos que buscar un sitio donde dormir—. Hay que encontrar una cueva pequeña o algo así para escondernos y dormir un poco.

—¡Pero si falta mucho para que anochezca!

—Sí, pero si andamos por ahí de día nos verán —le explico yo. No sé de dónde ha salido esto, palabra de honor. Cuando pienso en papá estoy segura de que nunca vamos a volver con Richard—. Vamos a tener que movernos de noche.

Emma se encoge de hombros otra vez y me sigue. Parece muy contenta por estar lejos de casa, y no se lo reprocho ni pizca.

—Cuéntame más cosas de papá —me dice mientras le quita la corteza a una rama de pino para hacer con ella una varita.

—¿Estás sorda? ¡Tenemos que ponernos a buscar un escondite! Hoy no es día de merienda, Em —le digo. Y entonces me duele el corazón como cada vez que me acuerdo de papá.

El Día de la Merienda fue un invento de papá. Mamá lo intentó una vez con Richard, pero yo no la dejé. El Día de la Merienda molaba tanto como cuando la maestra dice que vamos a dar clase fuera, debajo del sicómoro, porque es el primer día de sol y calor después del frío invierno. El Día de la Merienda era tan guay como pelar una manzana en una sola tira larga y rizada. El día de antes, Mamá hacía pollo frito y empezaba a llenar la cesta de mimbre. Teníamos un mantel a cuadros blancos y rojos, como un tablero de damas, igualito que el de los cuentos, y mamá lo guardaba primero en la cesta, bien doblado hasta que quedaba hecho un cuadrado perfecto. La ensalada de patatas de papá se enfriaba en la nevera, bien crujiente, con sus trocitos de pimiento rojo dulce, y yo ensayaba mi tos falsa para que, cuando fuera al colegio, vieran que «estaba incubando algo». Esa parte me la inventé yo. Mamá y papá decían que estaba mal, pero todo formaba parte de los Preparativos para el Día de la Merienda.

Porque ese único día en todo el año yo hacía novillos en la escuela y mamá y papá me llevaban al Yermo de los Pinos, al borde del mar, y nos pasábamos todo el día tumbados a la bartola, comiendo el pollo de mamá y la ensalada de patatas de papá.

Cuando mamá se casó con Richard, se le metió en la cabeza que Richard retomara el Día de la Merienda donde lo dejó papá. Se puso a freír pollo y hasta hizo ensalada de col (en lugar de la ensalada de patatas de papá), pero cuando sacó la cesta de mimbre del sótano, que está frío hasta en pleno verano, yo le dije que para qué. Y ya no volvió a intentar resucitar el Día de la Merienda, porque el Día de la Merienda murió con papá.

—¡Aquí! —me grita Emma desde arriba. Está inclinada sobre algo y sacude el brazo como si yo fuera Hellen Keller y no hubiera oído su voz.

—¿Qué? —por fin llego a su lado. Desde hace un rato ando mucho más despacio.

—Es perfecto —dice—. Podemos tumbarnos la una al lado de la otra y taparnos con agujas de pino y así no nos verán.

—No sé, Em —digo yo. No quiero que se sienta mal, pero no es eso precisamente lo que tenía pensado—. Vamos a seguir mirando. Seguro que encontramos alguna cueva un poco más allá.

—Anda, vamos —suspira, y gira los ojos una vez, pero me sigue, así que supongo que podría ser peor.

—Me muero de hambre —digo en voz alta.

—Yo también.

—Oye, ¿cómo es que te comiste la comida del perro? Fue asqueroso.

Veo que se encoge de hombros.

—Cuando hay que comer, hay que comer —dice.

—Pues cómete la mantequilla de cacahuete, como un ser humano normal —digo yo. Pero justo en ese momento recuerdo que la última vez que vi el tarro de Jif fue debajo del porche de los Godsey, antes de que nos encontraran.

—Tengo tanta hambre que podría arrancarme mi propio brazo a mordiscos —dice Emma, empezando un juego al que siempre jugamos.

—Y yo tanta que podría caminar descalza sobre resina y luego comerme los dedos de los pies —digo yo.

—Yo tengo tanta hambre que podría comer caca de perro —dice ella, sabiendo que me ha ganado. No hay nada peor que comer caca de perro. Hoy tenemos tanta hambre que el juego ha durado muy poco.

—Ponte a buscar champiñones como ésos que estabas mirando ahí detrás, en el tocón del árbol —le digo. Las dos nos ponemos a estudiar el suelo mientras andamos como si fuéramos a hacer un examen.

Pasamos mucho rato sin hablar. Cada vez que vemos una pinta blanca asomando por debajo de las pinochas, nos agachamos y nos turnamos para comer. Los champiñones silvestres no saben tan mal cuando se está de verdad hambriento.

—Esto no me está quitando el hambre —dice Emma, y yo estoy pensando lo mismo.

—Ya.

—¿Qué era eso? —Emma se para y gira la cabeza para mirar detrás de nosotras. Oh, Dios.

—¿Qué? —yo también giro la cabeza.

—¡Chist! Escucha —me susurra.

Estamos paradas, como si alguien hubiera lanzado un hechizo sobre nosotras y nos hubiéramos quedado congeladas mientras andábamos. Estoy tan asustada que no puedo bajar el brazo, aunque no haría ningún ruido.

—¿Oyes eso? —me susurra Emma.

—No —le respondo yo en voz baja—. ¿Qué es? ¿Quéesloqueoyes? —digo de un tirón.

—Viene alguien —Emma ya no susurra. Me agarra de la mano y echa a correr—. ¡Corre!

Y otra vez me olvido del hambre que tengo. Me olvido de que estoy cansada. Y corro como si fuera cuestión de vida o muerte.

—¡Allí! —me dice Emma jadeando. Me suelta la mano y señala un árbol viejo que parece tan fuera de lugar como nosotras en aquel pinar. Es un árbol perfecto para trepar.

Nos encaramamos al tronco de un salto, como si tuviéramos ventosas en las manos y los pies. No hay tiempo de pensar en nada, sólo de trepar tan alto como podamos. Es fácil porque, cuando nos hemos encaramado a una rama, la siguiente está tan cerca que prácticamente se inclina para subirnos al nivel más alto. La resina se me pega a las palmas de las manos. No sé ni cuánta trementina haría falta para quitarla.

Emma trepa más deprisa que yo, pero tengo que pararme un segundo. Estoy abrazando una rama que es casi tan gorda como yo. Con una pierna rodeo un lado y con la otra el otro.

—¡Ven aquí, monito! —papá se pone la mano en las cejas para tapar el sol.

—¡Mira qué alta estoy, papá!

—Ya te veo, monito. Lo estás haciendo muy bien. Pero será mejor que bajes antes de que a tu madre le dé un infarto —dice él.

—¡Caroline, baja de ese árbol ahora mismo o te vas a enterar de lo que vale un peine! —grita mamá desde el porche de atrás, donde está guardando las conservas en frascos de mermelada limpios.

—Vamos, monito —papá me sonríe—. Ven con papá.

—Psst —me susurra Emma—. ¿Ves qué es?

—Espera un segundo —le contesto mientras me acerco un poco al tronco arrastrando el trasero. La corteza me engancha la camiseta y tira de ella hacia el otro lado, pero ahora mismo no puedo hacer nada al respecto. Miro por entre las ramas y no lo sé seguro, pero creo que no hay nada allá abajo. Así que eso es lo que le digo a Emma.

—¿Seguro? —me grita desde arriba.

—Segurísimo —y entonces espero. Y ella también, supongo, porque se queda más callada que una iglesia en lunes. Luego oigo un ruido de hojas y unos gruñidos y me doy cuenta de que está bajando hacia mi rama.

—Eh —dice desde una rama a un brazo de distancia de la mía. Si quisiera, podría tirarla de un empujón, de lo cerca que está—. Antes he oído acercarse algo, seguro. Lo sé.

Me fijo en que la resina le ha enredado todavía más el pelo. Ahora seguro que tendrá que cortárselo. Mientras la miro, no se me ocurre qué decir.

—Pues lo que fuera ya no está —es lo único que digo. Vuelvo a apoyar la mejilla en la corteza llena de bultos. Ojalá tuviera un espejo para ver las marcas que me está dejando en la cara.

—Lo he oído, Carrie —repite ella—. Te lo juro.

—Vale, has oído algo. Pero ya se ha ido. No hay moros en la costa, así que vamos a bajar y a seguir andando.

—Tú primera —le digo a su rama.

—No, tú primera.

—Jo, Em. Estoy cansada de hacerlo yo todo la primera. Por qué no puedes hacer por una vez lo que te digo en vez de al revés —pero me bajo de la rama y paso al siguiente nivel. Estoy tan cansada que creo que no voy a poder sujetarme con los brazos si empiezo a caerme. Tenemos que bajarnos del árbol pitando. Si no, una de las dos se cae seguro.

—Voy yo primera, pero ¡date prisa! No puedes esperar a que llegue al suelo para empezar a bajar. Tienes que empezar a moverte ya, Em.

Esto es lo que más odio de trepar a un árbol, cuando hay que saltar de golpe al suelo. Siempre creo que me voy a romper una pierna o algo así. Esta vez estoy tan cansada que, en vez de saltar, me dejo caer, y no es tan terrible como creía.

—Oye, Em, déjate caer al final. Es guay. El suelo está blandito, así que no duele.

Bum.

Emma también está abajo, y seguimos nuestro camino.

Vamos andando y me pongo a pensar en lo bonito que sería tener una moqueta de pinochas muy suaves dentro de casa. De pared a pared. Para la gente que no vive cerca de un bosque, pero querría.

—¡Lo sabía! —grita una voz detrás de nosotras.

Emma y yo damos un grito y nos giramos. Allí parado, con una sonrisa bobalicona en la cara, como si acabara de ganar un concurso, está George Godsey, el más pequeño de los hijos de los Godsey.

Emma parece tan aliviada como yo porque sólo sea George, porque George, más que un matón, es un pelmazo.

—Vete a casa, George —dice Emma con mala uva, y le da un empujón en el pecho. Yo tengo que aguantar la risa porque, como tiene las manos llenas de resina, se le pegan a la camisa y lo atraen otra vez hacia ella como si fuera una goma elástica.

—No puedes obligarme —dice George, y parece que tiene tres años, palabra—. Además, éste es mi bosque, así que no tengo que hacer lo que me digas.

—A ver si creces, George Godsey —le digo yo.

Emma y yo nos damos la vuelta y nos ponemos a andar otra vez, pero las dos sabemos que George no se va a ir así como así. Sus hermanos se meten con él por divertirse, sus padres no le hacen ni caso, y sus amigos... Bueno, sus amigos no parecen notar si está con ellos o no, así que que dos chicas crucen «su bosque» le parece una pasada.

—¿Qué estáis haciendo, además?

George tiene la pesada costumbre de decir la palabra «además» en casi todas las frases. Me saca de quicio.

—¡Nada! —gritamos Emma y yo al mismo tiempo.

—¿Y qué hacéis en nuestras tierras, además?

—No es asunto tuyo —dice Emma.

—Sí que lo es.

—No.

—¡Cállate! Aquí hay que hablar en voz baja —esto se lo digo a Emma sobre todo, pero George también tiene que quedarse callado, claro.

—¿Adónde vais? —susurra George.

A lo mejor si no le hacemos caso se cansará y se irá a su casa. Creo que Emma está pensando lo mismo.

—Vamos, anda —me dice gimoteando—. ¿Qué es lo que pasa? Si me lo dices, yo te digo una cosa que no debo decirle a nadie.

Nosotras mantenemos la boca cerrada y los pies en marcha.

—Y además mola mucho. No sabes lo que mola. Venga, Carrie. Dime qué haces aquí. Dímelo. No voy a dejarte en paz hasta que me lo cuentes, así que será mejor que me lo digas de una vez. Dímelodímelodímelodímelo...

—¡Está bien! —Emma da media vuelta y le tapa la boca con la mano para que se calle. Antes de empezar a hablar, me guiña un ojo, pero el problema es que acaba de aprender a guiñar y no lo hace muy bien, así que George la ve arrugar un lado de la cara y empieza a gruñir.

—¡Te he visto! —dice entre los dedos de Emma. Ella quita la mano despacio y se pega a su cara.

—Será mejor que cierres el pico, George Godsey —dice en voz baja, muy despacio—. Si de verdad quieres saber qué está pasando, prométeme que no le dirás a nadie en todo el universo que nos has visto —George dice que sí con la cabeza muy deprisa y los ojos casi se le salen de la cabeza, como si fuera un dibujo animado—. Nunca jamás. ¿Me has oído?

Yo conozco a Emma y sé que no va decirle lo que está pasando de verdad, pero en el fondo estoy deseando saber qué va a decir, igual que George.

—¿Lo juras?

—Lo juro —George levanta la mano derecha como si eso hiciera legal el juramento o algo así.

—Entonces, vale —Emma me lanza una mirada de mayor para que George se crea que va a contarle algo superimportante—. Será mejor que te sientes.

Ahora mismo, George sería capaz de saltar del árbol más alto que encontrara si Emma se lo pidiera, de las ganas que tiene de saber qué pasa. Se sienta en el suelo y cruza las piernas blancuchas estilo indio. No le quita ojo a Emma.

—Hemos descubierto que los asesinos de nuestro padre viven aquí, en este bosque, y hemos venido a atraparlos —Emma suelta esto sin mirarme siquiera. ¿Cómo se le habrá ocurrido una idea así?

Noto que la historia de Emma es mejor que cualquier cosa que George hubiera soñado. Parece que se le ha olvidado respirar. Después de un minuto, dice unas palabras.

—¿E-en este-te bos-bosque? —tartamudea—. ¿Es-estás se-segura?

Intenta ponerse de pie y yo noto que George Godsey nos va a dejar por fin en paz.

—Sí —Emma inclina la cabeza como cuando está en la iglesia, muy seria, como si estuviera en un funeral—. Están aquí, en alguna parte. Sólo tenemos que encontrarlos.

George no dice ni adiós. Nosotras nos quedamos

mirando aquellas piernas blancas y flacuchas mientras se aleja corriendo hasta que ya no lo vemos.

—Arreglado —me dice Emma.

Y volvemos a ponernos en camino.

—¿Cómo se te ha ocurrido decir eso de papá? —le susurro a Emma aunque George se ha ido hace mucho, pero hay que ser precavida, como yo siempre digo. La verdad es que nunca hemos hablado de cómo murió papá. Siempre imagino que Emma no piensa en ello, como era tan canija cuando lo mataron y todo eso...

—No sé —dice.

—¿Sus asesinos viven en este bosque y vamos a atraparlos?

—Bueno...

—¿Bueno qué?

—Puede que vivan aquí, nunca se sabe. Nunca los atraparon, ¿no? —pero esto es más una respuesta que una pregunta, así que lo dejo pasar. Emma tiene razón.

—Aun así —no hace falta que diga más. Papá es territorio mío y ella lo sabe.

—¿Qué ha sido eso? —se gira, muy asustada. Esta chica tiene el oído de un águila o algo así.

—¿El qué? —digo yo.

—Chist.

—Será George Godsey que ha vuelto —digo muy bajito.

—Chist —esta vez sisea como si estuviera enfadada.

Así que me callo.

Y entonces yo también oigo algo. Y es imposible equivocarse: alguien está pisando ramas. Y el ruido se acerca cada vez más. Las dos levantamos la vista y miramos alrededor buscando un buen árbol para trepar, pero no hay ninguno a la vista. Sólo montones de pinos.

–Como os mováis, os vuelo la puta cabeza –dice una voz, y yo estoy a punto de mojar los pantalones. Me quedo paralizada de la coronilla a las uñas de los pies. Esto es peor de lo que imaginábamos. Mucho peor que cualquier cosa para la que estuviéramos preparadas, palabra.

–Vaya, vaya, vaya, qué tenemos aquí –dice, y su voz suena como si estuviera sonriendo.

Yo ni siquiera puedo mirar a Emma. Tengo tanto miedo que no puedo mover la cabeza ni un poquito. Casi tengo ganas de que nos pegue un tiro de verdad, porque sé que lo que va a hacer será diez veces peor.

–Podéis huir, pero no esconderos –la voz está justo detrás de nosotras ahora y sólo es cuestión de segundos que nos rodee.

Por favor, Dios. Por favor, sálvanos.

Estoy mojando los pantalones, pero no puedo remediarlo.

Y allí está él, de pie delante de nosotras, como si fuéramos un ciervo que acabara de cazar. Lleva puesta la ropa de caza, ésa con manchas grises, verdes y marrones, tan fea como su cara, con todos sus agujeros y verrugas.

Richard.

–Fijaos, menudo montón de mierda, se ha meado en los pantalones –dice, señalando mis piernas con el rifle–. Daos la vuelta –nos señala con el arma que nos giremos–. ¡Moveos!

Yo miro a Emma por primera vez y de pronto me entran ganas de vomitar. Es como si Emma estuviera pegada contra una pared, de lo tiesa que tiene la espalda. Y la cabeza igual. Es como un soldadito marchando a la guerra. Su cara está como en blanco, como si fuera de piedra.

Richard ha dicho algo, pero no le he entendido. Estaba mirando a mi hermana.

—A partir de ahora, se acabó —está diciendo él—. Comer comida de perros —farfulla—. ¿Queréis comida de perros? Pues eso vais a tener. Comida para perros. Sí, señor.

Me pone la punta del rifle en la espalda y me empuja para que ande más deprisa. Miro de reojo y veo que a Emma le hace lo mismo.

—Se acabaron las comiditas hechas en casa, perritos.

Emma desconecta como si apagara una radio, y yo intento hacer lo mismo.

Y así salimos del bosque, pasamos por delante de la casa de los Godsey, pasamos el granero rojo y subimos hasta nuestro jardín, lleno de porquería. Mamá está en el porche de delante, con los brazos cruzados como los maderos del granero en el que está escondido nuestro macuto.

—¡Mira lo que he cazado, Lib! —grita Richard muy alto, y Emma y yo nos asustamos otra vez al oír su voz y damos un brinco—. ¡Ya tenemos cena!

Mamá sacude la cabeza mirándonos mientras subimos los escalones.

Richard sigue dándonos con el rifle en la espalda, así que entramos, aunque yo no quiero.

—Mamá... —le tiendo los brazos al cruzar la puerta mosquitera, pero ella da un respingo y se retira como si yo tuviera piojos. Siento que las lágrimas bullen por mis mejillas.

—No, no, no —dice Richard con ese retintín que ponen los mayores cuando te señalan moviendo el dedo si has hecho algo malo—. ¡No hables! —grita—. ¿Me has oído? ¡Calla la puta boca!

Mamá se va y a mí empieza a dolerme el estómago vacío. Tengo la sensación de que no volveré a verla nunca.

—¡No os paréis! ¡Seguid andando! —dice él, pero esta vez por lo menos no grita—. Quiero que veáis lo que habéis hecho. ¿Veis todas esas cosas que hay que embalar? ¿Las veis? —grita otra vez—. No están embaladas porque he tenido que ir a buscaros. Y ahora voy a tener que pasarme la noche en pie cargando toda esta mierda que ya debería haber guardado si no hubiera sido por vosotras, señorita Caroline y señorita Emma o como coño os llaméis. Yo ni siquiera lo sé. No sois de mi sangre. Sois una puta mierda. Por lo que a mí respecta, no existís. Vamos... —nos empuja otra vez con el rifle—. Fuera otra vez. Tengo una sorpresa para vosotras.

¿Dónde está mamá?

Fuera, en la parte de atrás, está el cobertizo, que lleva cerrado desde no me acuerdo cuándo, y la cuerda de tender, que está vacía por primera vez desde hace siglos, seguramente porque la ropa está toda empaquetada y lista para la mudanza. Y allí, justo entre la cuerda de tender y el cobertizo, saliendo de la tierra dura como un árbol de metal que intentara crecer, hay una estaca como ésas que se usan para matar a Drácula. Y de ella sale una cadena muy gorda.

—Acercaos allí y sentaos —nos empuja otra vez hacia la punta de la cadena—. Pedazos de mierda —nos pega una patada con la bota.

Esta vez me cuesta un poco más recuperar el aire. Y luego, de pronto, se arrodilla sobre nosotras como si fuera a desollarnos y destriparnos. Pero la cadena hace un chasquido y yo doy un respingo cuando noto el frío en el cuello. La cadena me rodea el cuello como una de esas serpientes que vimos levantar a un predicador en la iglesia, sólo que ésta parece mucho más pesada. No la tengo apoyada sobre los hombros. Cuando los dos extremos se tocan, oigo otro chasquido y comprendo en el fondo de mi corazón, donde de verdad se saben las cosas, que estoy atada a aquella cadena. Miro a mi derecha, lo cual no es fácil con el grueso collar metálico que llevo, y Richard le está poniendo el mismo cachivache a Emma en el cuello. Clic. Ahora ella también está encadenada. Pero de pronto me doy cuenta de que hay una gran diferencia entre Emma y yo. La cadena aplasta la parte de arriba de mi cuerpo y tira de ella hacia mis piernas cruzadas, pero Emma, aunque es más pequeña y todo eso, está sentada muy recta y se comporta como si le estuvieran poniendo una corona de diamantes en la cabeza, como si estuviera orgullosa de estar encadenada. Como estoy encorvada como Igor, siento el olor agrio de mis pantalones. La tierra se me ha pegado a la parte de dentro de los vaqueros y me da un escalofrío, aunque hace calor allí fuera, al sol.

Y así nos quedamos sentadas durante no sé cuánto tiempo. Yo encorvada y Emma tiesa como una flecha. De vez en cuando oigo abrirse y cerrarse una puerta dentro de la casa, o un golpe aquí o allá, como si una caja llena de cosas cayera al suelo. El sol que nos está achicharrando se mueve hacia un lado y —¡por fin!— se esconde detrás del cobertizo, así que se está haciendo tarde, eso por lo menos lo sé. Emma y yo estamos calladas. ¿Qué vamos a decir, de todos modos?

—¿Dónde está mi niña?
—¡Aquí arriba, papá!
—Baja a darle a tu padre un abrazo. ¡Esta noche estamos de fiesta!

Papá podía agarrarme desde cualquier escalón que saltara; hasta del séptimo, que está en medio de la escalera. Cuando me agarraba, decía gruñendo:

—¿Qué le das de comer a esta niña, Lib? ¿Intentas cebarla para la feria? —pero se reía y me abrazaba muy fuerte, y yo sentía el olor a moqueta de su camisa.

—Tenemos todo un sabueso —decía él—. ¿Qué moqueta he puesto hoy, tesoro?

Yo aspiraba otra vez para asegurarme.

—¡Industrial! —gritaba, y a papá se le ponía cara de sorpresa.

—¡La leche! ¡Has acertado al cien por cien! ¿Lo has oído, Lib? ¡La niña ha vuelto a acertar!

Y me achuchaba muy fuerte y luego me dejaba con cuidado en el suelo, como si me dejara sobre un lecho de algodón.

Cuando estaba de buen humor, papá daba vueltas con mamá por el cuarto de estar como si estuvieran en un salón de baile. Mamá estaba muy guapa en sus brazos, girando sin parar, y se le hinchaba la falda del vestido como si fuera la muñequita de una tarta.

Luego papá me daba vueltas a mí y yo me sentía como una bailarina, suave y delicada, alta y grácil.

—Eres mi princesita —decía—. La princesita de papá.

Ya es de noche y estoy tumbada de espaldas en la tierra, mirando las estrellas. La misma tierra que antes ardía al sol ahora está fría como el hierro. Dentro de la casa no se oye nada, pero las luces están encendidas.

—Psst —le susurro a Emma.

—¿Qué? —contesta en voz baja.

—¿Tú qué crees que va a pasar ahora?

—¿Cómo voy a saberlo?

—¿Crees que vendrá mamá? —pregunto.

—No.

—¿No? —no se me había ocurrido que mamá no saliera a vernos. A decir verdad, me había hecho ilusiones—. ¿Por qué no?

—Si le ha dejado que nos encadenara así, dejará que haga cualquier cosa.

En eso tiene razón.

—¿Y la comida? —le pregunto. Como os decía, a veces Emma es como la hermana mayor, aunque no sé cómo sabe tantas cosas. A Richard lo conoce muy bien.

—No cuentes con ello.

—Entonces, ¿van a dejar que nos muramos de hambre?

—Todo es posible.

Después de unas tres estrellas fugaces vuelvo a susurrarle:

—Tenemos que pensar un plan. Tiene que haber algún modo de salir de ésta.

Emma no me responde.

—¡Emma! Escúchame. Podemos salir de ésta si pensamos juntas.

Silencio.

—¿En qué estás pensando? —le pregunto un rato después.

Y nada.

—¿Em?

—¿Por qué no te callas de una vez? —dice, y la verdad es que no lo dice amablemente.

—¿Estás pensando en un plan?

—No. Tus planes son lo que nos han metido en este lío. Tus planes son los que nos han jorobado del todo. Tú y tus grandes ideas. «Vamos a escaparnos. Podemos hacerlo. Nunca nos encontrará». Ojalá no te hubiera hecho caso, eso es lo que estoy pensando, si quieres que te diga la verdad.

—Fuiste tú quien empezó a recoger las cosas para marcharnos.

—¡Sólo porque tú querías huir!

—Nadie te obligó a venir. Además, lo hice por ti.

—Pues yo lo hice por ti —dice entre lágrimas.

—Pues por mí podías haberte quedado aquí con Richard y con mamá. Susurrando secretitos detrás de la puerta. Debí imaginarme que te pondrías de su lado...

Apenas he dicho esto cuando un gran peso cae encima de mí y empieza a tirarme del pelo y a darme golpes en la cara. Yo le devuelvo los golpes y la tiro al suelo para echarme encima de ella, pero la cadena está toda enredada y empieza a ahogarnos a las dos. Nos ponemos a toser y yo estoy arañándome el cuello intentando abrir un hueco entre los eslabones y mi garganta cuando un enorme triángulo de luz cae sobre nosotras y la tierra.

—¿Qué coño estáis haciendo?

Siento que me hago pis encima otra vez, pero al menos está calentito. Emma y yo nos quedamos muy quietas, confiando en que se vaya.

—Tienes que estarte muy quieta si quieres que venga. Si empiezas a dar vueltas, se asustará.

—Pero ¿cómo va a saber que se me ha caído?

—El hada de los dientes siempre sabe cuándo se les caen los dientes a los niños —dice papá con una sonrisa y un guiño—. Está en el libro del hada de los dientes.

—¿Palabra de honor?

—Palabra de honor —dice, y me tapa con la colcha hasta la barbilla, como a mí me gusta—. Así que estate quieta y duérmete enseguida y, cuando te despiertes, habrá una moneda reluciente debajo de tu almohada, donde está el diente. Buenas noches, princesa.

—Buenas noches, papá.

El agua fría nos corta la respiración. Nos empapa la ropa como la sangre de papá empapó el suelo donde murió.

—Así aprenderéis a estaros quietas —dice Richard, dejando la cacerola vacía en los escalones de cemento de la cocina—. La próxima vez os callo a hostias.

Yo empiezo a tiritar antes de oír que la puerta de la cocina se cierra de golpe. Y así, cerrada, sigue mucho tiempo. Sé por el ruido de los eslabones de la cadena que Emma también está temblando.

Richard apareció cuando las lágrimas de mamá acababan de secarse. Un buen día se presentó en el pueblo, recién llegado de «ningún sitio en particular». Cualquiera pensaría que eso no es un sitio de verdad, pero debe de serlo, porque eso es lo que respondía Richard cuando la gente le preguntaba por sus raíces. Se fijó en mamá como un abejorro se fija a una flor, y nunca la perdía de vista. Se pasaba por casa todos los días y traía flores silvestres que recogía en la cuneta de la carretera, una lata de clavos, un tarro de mermelada a medio comer (dijo que sólo quería probarla para asegurarse de que era lo bastante buena para mamá), y, una vez, un bote lleno de cucharas (nadie sabía para qué). Mamá aceptaba todos sus regalos con una sonrisa fija en la boca, pero sus ojos seguían siendo tristes y fríos. Richard no sabía la cara que tenía mamá cuando sus ojos también sonreían. Cuando ella salía de la habitación para poner las flores en agua o la mermelada en la nevera, Richard nos lanzaba una mirada malvada que desaparecía en cuando volvía mamá.

—Tu mamá se va a liar con el vagabundo —me gritó un día Mary Sellers en el recreo. No me dio tiempo a pensar qué contestarle de lo rápido que se lanzó Emma a por ella y empezó a tirarle del pelo y a darle puñetazos en la tripa hasta que Mary se fue llorando a buscar al señor Stanley, que ese día estaba cuidando el recreo.

A mí no se me había ocurrido que mamá volviera a casarse, pero me di cuenta en cuanto Mary lo dijo. Los montones de ropa que crecían por toda la casa eran cada vez más pequeños. La basura se metía en bolsas y se sacaba fuera. Los platos estaban tan bien restregados que parecían nuevos de lo mucho que brillaban. Era como si mamá intentara demostrar que sabía llevar la casa.

—No podemos seguir así —dijo un día, de repente—. No hay dinero y yo no sé hacer nada útil. Ni siquiera sé multiplicar. Y tampoco voy a ganar un concurso de ortografía, la verdad.

Es cierto: mamá nunca lee. Ni para sí misma, ni para nosotras cuando nos vamos a la cama. Canceló la suscripción al periódico en cuanto murió papá.

—No nos queda más remedio —dijo. Y eso fue todo.

Mamá se casó con Richard dos días después, en el ayuntamiento, con el mismo vestido con que enterró a papá.

Yo estuve una semana entera sin poder mirar a la cara a Mary Sellers.

—¡Arriba! —la cacerola se desliza desde la punta del pie de Richard hasta más o menos un cuerpo de Barbie de mí y a dos de Emma.

Allí, apretujado en un apestoso montón todavía con forma de lata, hay un amasijo húmedo y marrón de comida para perros.

Yo miro a Emma parpadeando. Tiene peor cara que yo, seguro. La porquería forma una marca negra a un lado de su cara y tiene el pelo mugriento lleno de palitos.

Ella me mira parpadeando y se arrastra hasta la cacerola, tirando de la cadena. Entonces hace un cuenco con la mano, como si fuera a beber de un arroyo cristalino, agarra un poco del revoltijo y se lo come con la mano.

Yo no sé si tengo tanta hambre como para comerme eso. Claro que, por otra parte, tengo demasiada hambre como para no comérmelo.

–Habrá ido aposta a comprar comida para perros, sólo para torturarnos –digo más para mí misma que para Emma mientras reúno valor para comerme aquello. Sólo con pensar en tocarlo me dan arcadas.

–¿Dónde crees que estará mamá? –le pregunto, pero ella está muy ocupada desayunando.

Me mira mientras mastica y luego me tiende la mano sucia, llena de comida para perros, y me la acerca muy despacito para que la huela y yo, con los ojos cerrados y con cuidado de no respirar por la nariz, me meto un poco en la boca y trago. Sin masticar. No, señor. Apenas toco la comida con la lengua. Sólo la engullo y luego trago aire para quitarme el olor y el sabor de la boca. Ella agarra otro puñado y me lo da otra vez. Y otra. Cuando me aparto, relame la cacerola.

Debo de haberme quedado dormida al sol porque me despierto sobresaltada cuando noto una sombra encima de mí. Es mamá.

Es raro que tenga negro e hinchado el ojo derecho,

porque Richard es diestro, así que en nuestra familia los ojos morados suelen ser los izquierdos. El labio de arriba lo tiene el doble de grande de lo normal, así que enseguida me doy cuenta de qué estuvo haciendo anoche.

—¿Por qué hacéis esto? —pregunta con las manos flojas a los lados. Ella también parece que lleva una cadena al cuello—. Os lo buscáis vosotras, ¿es que no os dais cuenta? —se inclina sobre mi cabeza y creo que va a acariciarme la cara, pero agarra la cadena que llevo al cuello. Retira la mano cuando nota el metal ardiendo contra mi piel.

—No le llevéis la contraria —susurra, metiendo los dedos entre los eslabones para que haya más hueco entre la cadena y mi cuello—. ¿Por qué le lleváis la contraria? ¿Por qué tenéis que contestar todo el tiempo? —sigue susurrando, pero me doy cuenta de que no espera que respondamos—. Por vuestra culpa me hundo cada vez más —se retira, mira de lado, supongo que a Emma, que sigue dormida—. Enseguida vuelvo —dice.

A mí me pesa tanto la cabeza que no puedo levantarla, así que me quedo allí esperando a que vuelva. No sé qué va a pasar, pero no tengo nada más que hacer, así que cierro los ojos para que no me dé el sol y me recueza un poco más. Luego, de pronto, suena la cadena, giro la cabeza y la veo agachada en el suelo, intentando meter una llave en el candado de la estaca para sacar los dos extremos de la cadena. Hasta sin la cadena me pesa tanto la cabeza que no puedo levantarla, y tampoco puedo abrir los ojos del todo, aunque ya no los tengo entornados. Creo que están hinchados.

—Levantaos —dice en voz baja—. Y ni se os ocurra contestarle hoy —vuelve a la casa y nos deja allí solas.

—¿Em? ¿Tú ya estás de pie?

—Sí —me susurra—. Espera —estira el brazo para ayudarme a levantarme, y yo tengo que esforzarme para alcanzarlo. Me duele todo el cuerpo.

—¿Dónde vamos a ir? —me pregunta—. No podemos entrar. A lo mejor no sabe que ya no estamos atadas.

Yo me muero de ganas de tumbarme a la sombra del árbol que hay en un rincón del jardín de atrás, pero Emma tiene razón. Es mejor que hoy no nos vea.

—¿Y si nos vamos con la señorita Mary? —digo. Emma dice que sí con la cabeza.

—Les dejaré una nota para que no crean que hemos vuelto a escaparnos —digo. Me arrastro hasta la puerta de la cocina, y escucho por si oigo señales de vida, y cuando oigo el tictac del reloj que sigue colgado en la cocina vacía, entro despacio. Tardo un minuto en encontrar un boli, y luego escribo encima de una caja de cartón en la que pone *Cocina*: «Estamos en la tienda del señor White. Luego volvemos. C y E», y vuelvo a salir por la mosquitera.

Andamos muy, muy despacio por el mismo camino de tierra que anoche, a oscuras, nos parecía tan mágico y tan largo. El sol motea con su luz los dos carriles que nos alejan de la casa por el Camino del Molino de Murray.

Unas puertas más allá de la tienda del señor White veo a Charley Narley, pero cuando nos ve, seguramente por primera vez en la historia de Toast, se da la vuelta. No nos sigue ni va gritando todo lo que hacemos. Sólo da media vuelta y se queda mirando no sé qué a lo lejos.

—¡Dios mío! —dice la señorita Mary al vernos. Yo todavía no me he mirado al espejo, así que supongo que parecemos tan hechas polvo como los trapos que mamá cuelga en la cuerda de tender después de limpiar—. ¿Se puede saber qué ha pasado? ¡Señor White! Será mejor que venga enseguida —está toda asustada y tiene el ceño fruncido. Pero en vez de darse unas palmaditas en el regazo, como suele hacer, se acerca a nosotras, se arrodilla y me toca la cara como si fuera de cristal.

—Ay, cariño, ¿qué te ha hecho? —me dice. Yo la miro a los ojos y veo que se le están saltando las lágrimas.

—No es nada —digo yo—. Pero estoy preocupada por Emma, nada más.

Emma tiene quemaduras rojas por todo el cuello y la cara llena de comida para perros reseca, de chupar la cacerola, así que supongo que parece que está mucho peor de lo que está en realidad. Pero se mece sobre los pies como una de esas margaritas de la cuneta cuando pasa un camión y casi las arranca del suelo.

—¡Dios mío! —el señor White también se arrodilla delante de nosotras. Luego se levanta y dice—: Voy por toallas y una pomada, Mary. ¿Puedes traer el hamamelis?

Y van de acá para allá corriendo, recogiendo las cosas que nosotras ordenamos en las estanterías. La señorita Mary saca una caja de tiritas, aunque el señor White no se lo ha pedido, y luego nos lleva detrás del mostrador y al cuarto de atrás, donde está más oscuro y hace más fresco porque, como el sol quema tanto, el aparato de aire acondicionado está a toda potencia. Primero va el hamamelis, que escuece un poco pero se seca enseguida y me quita la quemazón que noto en la parte de abajo del cuello, y entonces me doy cuenta de que debo de tener la misma pinta que Emma. El señor White toca despacito otros sitios de mi cara y mi frente y luego abre un tubito metálico, lo aprieta y sale una pomada blanca. Es tan agradable sentirla en la piel que me dan ganas de echarle los brazos al cuello.

—No llores, osito —dice. Estoy tan contenta con la pomada, supongo…—. Ya te he limpiado. Si lloras, se hará una plasta pegajosa —me sonríe como si intentara convencer a mi boca de que haga lo mismo, y funciona, claro.

—¿Puede curar también a Emma? —le pregunto.

—Claro que sí, tesoro —dice—. Pero ahora quiero que te eches un rato mientras la curo a ella. Parece que no has descansado mucho últimamente, así que ven a mi oficina y te buscaré un buen sitio para que te tumbes. Traeré a Emma cuando acabe de curarla.

Lo sigo a su oficina, en la que nunca había entrado, pero estoy demasiado cansada para mirar alrededor, así que me tumbo en una manta que el señor White ha tendido en el suelo, detrás de su mesa, y ni siquiera oigo cerrarse la puerta cuando se va.

Me despierto al sentir a Emma acurrucarse a mi espalda unos minutos después (creo), y enseguida vuelvo a dormirme.

Aunque está todavía oscuro en la oficina del señor White, tengo la sensación de que hemos dormido un buen rato porque, cuando abro los ojos, me siento mucho mejor. Supongo que me ha despertado la voz de mamá al otro lado de la puerta. Zarandeo a Emma para que se despierte y esté preparada, porque estoy segura de que mamá ha venido a buscarnos para llevarnos a casa.

Y, cómo no, un triángulo de luz entra en la habitación cuando la puerta se abre y la silueta de mamá aparece en medio, rodeada de amarillo.

—Venga, vámonos —dice, buscando a tientas con la mano el interruptor de la luz. Le da al interruptor y la luz parpadea sobre nosotras. No puedo adivinar por esas dos palabras cómo va a ser el viaje a casa, pero sí sé que es mejor que nos pongamos en marcha. Ni siquiera me estiro al levantarme, aunque me gustaría. Emma sí, y parece que se siente mejor al hacerlo.

—¿Estás segura, Libby? No es molestia en absoluto —está diciendo el señor White desde un lado—. Tengo mucho sitio en casa. Muchísimo. Puedo ir mañana a primera hora...

Entonces veo la boca de mamá, y comprendo que el camino a casa va a ser tranquilo, seguro. Tiene los labios apretados. Cuando están así, en línea recta, por lo menos sé que no va a ponerse a gritar. Nos hace una seña para que nos acerquemos y se aparta para que pasemos por la puerta.

—No necesitamos caridad, Dan —dice por encima del hombro mientras sujeta la puerta de la calle, y eso significa que tenemos que ir derechas a la ranchera, que está delante de la tienda, en marcha.

—Claro que no. Es sólo que... —pero la puerta se cierra y el tintineo de la campanilla corta la frase del señor White.

Ojalá hubiera sabido que ésta sería la última vez que vería al señor White y a la señorita Mary.

Apenas se ha cerrado la puerta del coche cuando mamá da marcha atrás, sale a la calle de Delante y gira hacia el Camino del Molino de Murray. En el semáforo saca un cigarro del paquete y aprieta el mechero del salpicadero. No pisa el acelerador hasta que ha acercado la llamita roja a la punta del cigarro y ha dado una buena chupada. Parece que no le importa que el señor Jackson esté detrás de nosotras, esperando a que nos movamos porque el semáforo se ha puesto en verde.

—Lo siento, mamá —digo desde el asiento de atrás.

Si no hubiera convencido a Emma para huir, nada de esto habría pasado. Mamá no me mira por el retrovisor; está mirando fijamente la carretera que tiene delante de sí.

—Lo siento mucho —dice Emma.

No importa que no nos conteste. Para mis adentros le prometo que no volveré a darle problemas. Y que evitaré que Emma se los dé. Estará muy orgullosa de nosotras. Además, ella todavía no lo sabe, pero voy a darle todo el dinero que he ahorrado trabajando en la tienda del señor White. Así por una vez podrá comprarse algo bonito. He ahorrado doce dólares y cincuenta y siete centavos. Ojalá no me hubiera comprado esos palotes. Así podría darle aún más. Pero por lo menos con doce dólares y cincuenta y siete centavos se puede comprar algo. Ya verá. Se pondrá tan contenta...

La camioneta de Richard ya está cargada y mamá nos llama desde abajo, así que le echo un último vistazo al Nido. Emma ya está abajo, pero yo les he dicho que se me ha olvidado una cosa para poder subir. Adiós, ventilador. Adiós, techo inclinado.

Antes mamá me miró con mala cara cuando me puse a llorar, así que trago saliva dos veces y funciona.

—¡Caroline, eres más lenta que una tortuga! —grita desde abajo—. ¡Baja de una vez y vámonos!

A mamá no le gusta darle muchas vueltas a las cosas. Ojalá me pareciera más a ella. Parece que lo único que hago es pensar en las cosas. Pienso tanto en ellas que acaban gastándose en mi cabeza.

—Ya voy, mamá —le digo.

Adiós, Nido.

Richard va a ir solo en la camioneta y nosotras detrás en la ranchera, con mamá. El día promete. Mamá enciende la radio mientras pasamos por delante del granero del molino. Emma va mirando por una ventanilla y yo por la otra, intentando memorizar todo lo que teníamos aquí. Supongo que la próxima familia que viva aquí disfrutará de las flores de las botas de Richard, pero eso es lo único que me alegra dejar atrás.

El brazo de Richard cuelga por la ventanilla de la camioneta y señala cuando va a tomar un desvío, porque tiene el intermitente roto. Mamá también, pero ella no se molesta en señalar.

—Mamá...

—¿Qué? —me mira por el retrovisor.

—¿Por qué papá y tú nunca os fuisteis de Toast?

Ella baja un poco la radio y se queda pensando.

—Porque no hizo falta —dice con la voz plana como una tortita.

—¿Y por qué tenemos que mudarnos ahora? —pregunta Emma.

—¿A qué vienen tantas preguntas de repente? Ya sabéis por qué nos mudamos —contesta mamá—. Richard ha encontrado trabajo en un aserradero en Murchison y tenemos que irnos. Y no quiero que estéis tan tristonas. Hay que mirar hacia delante, no hacia atrás —dice, pero supongo que no se da cuenta de que va mirando a los lados mientras cruzamos el pueblo como si ella también quisiera grabárselo todo en el cerebro.

—A mí también me tocaron limones, ¿sabéis? —sigue hablando—, pero aprendí a hacer limonada con ellos —frena un segundo al pasar por donde Mickey y luego sigue adelante—. Nadie me dijo que había que ponerle azúcar, pero así es la vida. Amarga.

Eso explica, supongo, por qué mamá tiene siempre esa cara, como si acabara de morder un limón amargo.

—No nadamos en la abundancia —dice—, así que hay que ir donde esté el dinero.

—¿El dinero está en Murchington? —pregunta Emma.

—Es Mur-chi-son, y no me contestes después de lo que me habéis hecho pasar estas últimas veinticuatro horas.

La radio vuelve a subir. Yo miro a Emma enfadada. Siempre va y pone a mamá de mal humor.

El día se convierte en noche y justo antes de que vuelva a hacerse de día vemos una señal que pone: *Bienvenido a Murchison… ¡Árbol va!* A mí me recuerda a Bugs Bunny, cuando tala un árbol y grita «¡Árrrrbol va!» antes de que caiga al suelo. Supongo que el cartel se refiere a eso.

Aquí hay muchas montañas y yo sigo esperando a que pasemos por el pueblo, pero después de la señal de árbol va no hemos visto pasar ni un perro pulgoso.

De pronto, sin saber por qué, aparece un semáforo intermitente y la camioneta de Richard se para, así que nosotras también. Él se baja y se acerca a la ventanilla de mamá. Es raro estar allí parados, en medio de la carretera, pero de todos modos no hay nadie a la vista.

—No puede estar muy lejos —dice, echando el humo de su cigarro—. Dijeron que torciéramos a la derecha al llegar el semáforo, pero no hay ningún desvío a la derecha.

Tiene el brazo apoyado en el techo del coche, encima de la cabeza de mamá. Ella mira su mapa.

—No sé qué esperas encontrar en ese mapa, Lib —ella

vuelve a doblarlo y apaga la radio. De todas formas no sonaba nada. Sólo un zumbido y palabras sueltas.

—Vamos a seguir. Si lo ves, pita —dice él mirando hacia atrás porque va andando hacia su camioneta.

—¿Qué es lo que estamos buscando? —le pregunto a mamá.

—El Camino del Río Turn —dice ella mientras acelera un poco—. Mantened los ojos bien abiertos.

Unos minutos después los árboles se apartan a los dos lados de la carretera y vemos una vieja bomba de gasolina con un tenderete de comida al lado. Está tapado con tablas, pero por lo menos hay signos de vida. Un poco más allá empiezan los caminos: el Camino de Gumberry, el Camino de Sunnyside, el Camino del Centro. El Supermercado Lottie está justo en la esquina del Camino del Centro y... veamos... hay un letrero escrito a mano, así que cuesta distinguirlo... ¡el Camino del Río Turn!

—¡Ahí está! —grito justo cuando mamá toca el pito dos veces para avisar a Richard, pero es demasiado tarde: ya se lo ha pasado. Él frena y da la vuelta metiéndose en el trozo de grava que hay junto al Supermercado Lottie. Mamá ha parado en la cuneta del Camino del Río Turn para que Richard sea el primero que recorra el camino nuevo que lleva a nuestra nueva casa. Pero apuesto a que no hay Nido, así que no me hago muchas ilusiones.

Tengo el estómago hecho un nudo y noto que mamá se está preparando para lo que vamos a encontrarnos, porque se pone muy tiesa en el asiento. Richard frena y pasa muy despacio delante de unas casas que son cada vez más pequeñas y que están cada vez más separadas, así que un rato después sólo se ven números escritos en piedras o en tablas de madera triangulares junto a caminos de tierra por los que apenas cabe un coche. Por fin nos paramos delante de un trozo de madera con el número 22 pintado encima. Emma se pega a mi lado para echar un vistazo.

—Ya estamos aquí —dice mamá casi sonriendo—. Hogar, dulce hogar.

Las ramas de los arbustos se turnan para hacer cosquillas y azotar los lados del coche mientras pasamos a su lado. Lo único que puedo decir del sitio donde vivimos ahora es que hay mucho verde. No nos atrevemos a sacar la cabeza por la ventanilla por miedo a quedarnos tuertas. Los árboles tienen unos troncos muy anchos, como ésos sobre los que escribe el señor Grimm. De ésos alrededor de los cuales las hadas bailan en corro. Las ramas no empiezan hasta más arriba de la mitad del tronco, tan altas como todos los árboles que he visto juntos.

Pronto la colina está tan llena de matorrales y ramas caídas que no podemos seguir en coche (un árbol entero está atravesado en la carretera, un poco más adelante, con las raíces de lado como si un gigante lo hubiera confundido con una mala hierba), así que Richard y luego mamá se paran allí, y casi no hay espacio para que abramos la puerta del coche y salgamos. Yo miro hacia arriba y casi no veo el azul del cielo, del dosel que forman las ramas de los árboles. Bajo nuestros pies, la arena se mezcla con el musgo y las pinochas, y da la impresión de que estoy de pie en un trampolín.

—Bueno —dice Richard, buscando en la parte de atrás de la camioneta una caja que podamos acarrear el resto del camino—. Habrá que seguir a pie. De todos modos, las personas no están hechas para viajar más allá de donde puedan llevarlas sus pies.

Emma agarra un montón de mantas de la ranchera, yo agarro los dos lados de una caja y echamos a andar sobre piedras, raíces de árboles y pinochas, subiendo por la falda de la colina hasta el número 22 del Camino del Río Turn.

—Escuchad. ¿Oís eso? —Richard se para un poco más arriba, en el sendero—. Es un halcón, fijo. ¿Lo oís, niñas?

Yo sólo oigo el ruido que hacen nuestros pies al romper las ramas, pero de todas formas digo que sí. Y Emma también.

Justo cuando empiezan a temblarme los brazos del peso de la caja, oigo un silbido delante de nosotras. Richard ha encontrado la casa.

—¡Uuuuh! —grita.

Los árboles y los arbustos se retiran para dejar sitio a la casa, pero poco. Parecen matones esperando a que la casa se caiga a pedazos para poder volver a ocupar su sitio. Yo creo que no tendrán que esperar mucho; la casa parece a punto de rendirse. El tejado está hundido de un lado, como un caballo que estuviera medio echado. La parte alta y puntiaguda del tejado se alza sobre la puerta, por encima de cuatro o cinco peldaños y después de unas cuantas planchas de madera que pasan por ser un porche. Hay ventanas a los dos lados de la puerta, pero parecen hechas de madera, de lo sucias que están. Como conozco a mamá, sé que ésa será la tarea número uno.

—Limpiad las ventanas, limpiad las ventanas —nos dice sin parar.

A la parte baja del tejado parece que le falta un tablón o dos, pero así Richard nos dejará en paz algún tiempo, así que eso no me preocupa. La puerta araña el suelo cuando mamá la abre. Acaba empujándola con el hombro para que podamos meter las cajas por el hueco. Richard ha dejado sus cosas en el suelo y ha vuelto a la camioneta a por más, y supongo que a nosotras nos tocará hacer lo mismo no tardando mucho, pero me muero de ganas de ver dónde vamos a construir Emma y yo nuestro Nido. Además, si tenemos que elegir entre los dos lados de una habitación, quiero elegir el bueno antes que ella. No soy tonta.

Cuando se me acostumbran los ojos a la falta de luz, veo que hay porquería por todas partes: encima de la vieja mesa de madera que hay en medio de la habitación en la que entramos directamente, que es el cuarto de estar (creo), en las paredes y, sobre todo, en el suelo. Por todo el suelo. Cielo santo, hay más tierra dentro de la casa que fuera. Y también hay hojas y pinochas, y yo no me explico cómo habrán entrado allí hasta que miro hacia arriba y veo un boquete enorme en el techo, justo encima del cuarto de estar, y entonces todo tiene sentido. Junto al techo parece que hay un par de Nidos de pájaros, y la rama de un árbol muerto, que explica lo del boquete.

Mamá se ha quedado muy quieta. Agarra la caja como si no quisiera que se ensuciara en el suelo. Es imposible saber lo que piensa de nuestra casa nueva, que a fin de cuentas no es tan nueva.

—Es bonita —digo yo—. Yo la limpiaré, mamá. Ya lo verás.

—Sí, la dejaremos nuevecita —dice Emma.

Mamá ni siquiera parpadea.

—Dame esa caja. Voy a echar un vistazo arriba —le digo después de dejar la mía en el suelo. Pero cuando voy a quitarle la caja de las manos me doy cuenta de que la agarra como si fuera un salvavidas.

—Bueno, está bien —digo, y agarro a Emma de la mano para que se dé cuenta de que tenemos que quitarnos de en medio—, ahora volvemos.

La escalera también tiene agujeros, así que cuesta un poco llegar arriba. Subimos al segundo piso andando por los lados, agarrándonos a la pared. Tengo que ladear la cabeza para que no se me metan las telarañas en la nariz o, peor aún, en la boca, mientras me agarro a la pared. Hay muy poca luz porque las ventanas están mugrientas, así que cuesta encontrar un sitio donde agarrarse, porque no hay barandilla ni nada. En lo alto hay dos huecos que parecen puertas, y, cuando nos acercamos, veo que alguien arrancó las puertas viejas de sus bisagras. El cuarto de la derecha es grande y cuadrado, con una sola ventana y un jirón de tela colgando de la esquina de arriba del marco de la ventana. El cuarto de la izquierda es diminuto, casi como un cuarto de coser, y enseguida comprendo que ése es el nuevo Nido. Emma también, porque se va derecha a él y estira los brazos de par en par para medirlo. Con un poco de suerte, podremos meter nuestro viejo colchón. Allí se estará bien. En la pared hay un ventanuco muy chiquitín que queda más alto que nosotras. Cuando esté limpio, tendremos luz en la habitación. No hay problema.

La otra habitación será la de mamá y Richard, y en el segundo piso no hay nada más, así que bajamos otra vez.

Mamá sigue parada en el cuarto de estar, así que la rodeamos y volvemos al coche para recoger nuestras cosas. El montón de Richard va creciendo. Será mejor que nos demos prisa.

En cada viaje arriba y abajo me fijo en algo que no había visto antes. Como en que las paredes del cuarto de estar (donde mamá está echando raíces) tienen todavía pegados trozos de papel rosa descolorido. Y que seguramente quien fuera se dejó la mesa de la cocina porque es tan grande que no cabe por la puerta. Richard dice que seguramente la hicieron dentro de la casa, y que el que la hizo pensó que no iría a ninguna parte. Y en la pared del fondo del cuarto de estar hay una chimenea hecha de piedras muy suaves. Richard dice que seguramente las sacaron del río; que el agua las pulió. Son tan grandes que el río habrá tardado muchos años en pulirlas. Encajan perfectamente unas encima de las otras y por los lados.

—¿Vas a mover el culo o quieres que te lo mueva yo? —Richard escupe en el suelo de la casa y le da a mamá un azote bien fuerte en el trasero.

Mamá no dice nada en todo el día. Deja su caja en el suelo, donde está de pie, y se pone a limpiar, como me imaginaba. Nos da a Emma y a mí un cubo y nos dice que vayamos por agua. No nos molestamos en preguntarle dónde, porque ella tampoco lo sabe.

—¿Y si bajamos por el camino? —Emma señala hacia la izquierda de la casa.

Doblando por el tejado medio caído descubrimos un claro estrecho de tierra pisoteada, así que no somos las primeras que pisamos por allí y, no sé por qué, pero saberlo hace que me sienta mejor.

—¿Quién crees que vivía aquí antes? ¿Y por qué dejaron todo tan roto? —me pregunta Emma.

—¿Cómo quieres que lo sepa?

—Sólo era una pregunta.

—Seguramente eran personas mayores que no podían arreglar las cosas —digo yo.

Andamos en fila porque el sendero es tan estrecho que no podemos ir la una junto a la otra. Emma estira el brazo a cada paso para tocar las hojas o rozar las ramas. Cuesta mirar hacia delante o a los lados porque todavía no conocemos el terreno y no sabemos cuándo nos va a poner la zancadilla una piedra o una raíz. Así que por ahora las dos miramos el suelo. Por eso vamos a paso de tortuga.

—¿Crees que nos dejarán tener un perro? —pregunta Emma, pasando por encima de una rama caída cubierta de musgo.

—Ojalá —las piedras son tan grandes que te puedes torcer el tobillo si no las pisas bien.

El sonido del agua es cada vez más alto, y enseguida el agua reluce en las piedras.

—¡Tenemos nuestro propio río! —grita Emma—. ¡Mira!

En eso tiene razón: no hay nadie alrededor, así que es nuestro.

—Será mejor que le pongamos nombre antes de que venga alguien —digo.

—Yo lo vi primero, así que debería llamarse río Emma.

—No podemos llamarlo río Emma. Es una idiotez.

—Pues yo voy a llamarlo así.

—Pues yo no.

Entonces se queda callada y noto que está pensando si merece la pena llamar así al río si sólo ella va a usar ese nombre. Y comprendo que al final me saldré con la mía.

—¿Y si le ponemos río Toast? —dice. Yo me quedo pensando un momento. En realidad no es un río, porque el agua se mueve sólo un poquito más rápido que un grifo que gotea.

Si pusierais cinco tomos de enciclopedia en el suelo y saltarais por encima de ellos con sitio de sobra, veríais lo ancho que es nuestro río. El cubo no baja ni a la mitad antes de tocar el fondo, pero se llena enseguida, así que mamá se pondrá contenta.

—No está mal —digo yo—. ¿Y si le ponemos río Brillante? —le digo a Emma.

Mientras yo lleno el cubo, Emma hace equilibrios sobre las piedras resbaladizas, un poco más arriba, siguiendo la falda de la colina. Como en la cerca, ni siquiera tiene que estirar los brazos; se mantiene derecha sin hacer ningún esfuerzo.

—Pareces el hada de un cuento —le digo. Y es verdad. Esas hadas que viven en los bosques y salen de reinos musgosos y bailan a la luz de la luna con sus vestidos resplandecientes. Aunque Emma no lleva un vestido resplandeciente. Tiene un lado de los pantalones rotos, de cuando se subió al tejado de Forsyth y estuvo a punto de saltar para demostrarnos que podía aterrizar como un gato y se resbaló y se deslizó hasta el borde y se quedó allí colgando hasta que el señor Phillips agarró su escalera para bajarla. Lleva la camisa manchada de salsa de tomate o de sirope o de moras o de cualquier otra clase de comida. Y todavía tiene el pelo enredado por la parte de atrás, como siempre.

—O río Diamante —me grita—. ¡Eso es! Río Diamante. Así lo vamos a llamar.

—Tenemos que volver —le digo cuando el cubo está lleno.

Ella se baja de un salto de la piedra más alta a la que se ha subido y echa a andar detrás de mí por el sendero, que de vuelta no parece tan largo como de ida.

—Vuestra madre os está buscando —gruñe Richard cuando nos ve salir del claro entre los árboles.

Como perros, ninguna de las dos lo mira a los ojos. Emma y yo no hemos hablado de lo que pasó en la casa vieja, pero es como si supiéramos que, si lo miramos a los ojos, nos atacará. O que podría. Y con eso basta para que nos quitemos de en medio. Ojalá pudiera compensarle, como voy a hacer con mamá, pero con Richard no hay modo de saber qué le hará feliz. Hoy es oír un halcón, y no creo que nosotras podamos mejorar eso. Emma parece que no piensa en esas cosas porque a ella ser buena nunca le ha servido de nada, pero yo recuerdo de cuando vivía papá que algunos días daba resultado.

—Caroline Louise Culver, ven aquí ahora mismo —me llamó mamá con su voz de enfadada. Yo seguí su voz y acabé en medio de la cocina, mirándola a ella y a papá.

—¿Sí? —dije yo, pero con sólo mirarlos se me saltaban las lágrimas.

—¿Tienes algo que contarnos, Caroline? —dijo papá con esa voz que nunca usaba.

—¿Qué, papá? —sólo estaba ganando tiempo, lo sé. Me puse a llorar, pero la cara de mamá siguió igual. La de papá se derritió.

—Ha llamado tu maestra —dijo mamá—. Nos ha dicho lo que ha pasado hoy en ciencias sociales...

La voz de mamá era cada vez más dura y más alta, pero papá la interrumpió.

—¿Qué ha pasado, ratoncito? ¿Por qué has hecho eso?

La respuesta es que no sé. Pedí permiso para ir al cuarto de baño cuando estábamos haciendo dibujos de los indios que vivían aquí antes que todos nosotros. No había nadie más en el cuarto de baño cuando entré, y en cuanto me descuidé lo tenía en la mano.

—Es asqueroso, eso es lo que es —decía mamá—. No puedo creer que haya dado a luz a una niña capaz de hacer algo así. No sé con qué cara voy a presentarme en el pueblo ahora.

Los ojos de papá parecían tan tristes como los míos, sólo que no tenían lágrimas.

—¿Es que te manchaste las manos? ¿No había papel higiénico, ni toallas? —me preguntó como si de verdad quisiera comprenderlo.

Yo sacudí la cabeza, pero enseguida deseé haberle seguido la corriente. Eso habría tenido sentido. Fui a hacer caca y me limpié en las paredes del lavabo porque no había papel higiénico. Pero no era cierto.

—Estás metida en un buen lío, jovencita —dijo mamá—. En un lío más profundo que el río Yadkin.

—Hazle caso a mamá —papá se rindió, ya no intentaba que le explicara lo que sabía que no podía explicar.

Se marchó de la habitación y mis orejas se quedaron escuchando el plan de mamá para que compensara a la escuela, a ella y a la señorita Hall, pero mi corazón se fue de la habitación con papá.

Nunca volví a hacer algo así, pero tampoco lo olvidé.

Desde ese momento me propuse ser la mejor niña sobre la que mamá había puesto nunca sus ojos color verde tortuga. Barría la cocina todas las semanas, cuando ella acababa de hornear, y me aseguraba de que toda la harina acabara dentro del recogedor. Separaba las piezas de hierro negro que encajan encima del fogón, como si fueran piezas de un puzle, y las fregaba a mano, una por una. Sacudía la alfombra del cuarto de estar en el porche, como le gustaba a mamá, y veía cómo saltaban al aire los trocitos de hojas, los pelos y el polvo y se alejaban flotando en los rayos de sol. Intentaba hacerlo todo bien para que mamá me besara en la frente por la noche, antes de irme a la cama, como hacía antes.

Tardé un poco en poder mirar a la cara a papá, pero no pasó mucho tiempo antes de que volviera a llamarme «guisantito» y se diera palmaditas en el regazo para que me sentara en sus rodillas.

Así que compensar a la gente funciona. Aunque seguramente no con Richard.

He intentado con todas mis fuerzas que el agua no se derramara, pero me he tropezado con una raíz y no contaba con que el suelo resbalara tanto, así que he perdido parte del agua por el camino. Todavía hay suficiente para limpiar, así que supongo que no pasa nada. Mis dedos tienen la forma del tubo de madera hueco que hay en la parte de arriba del asa y que se supone que impide que el metal se te clave en la mano. Hace mucho rato que dejaron de dolerme y ahora no los noto en absoluto. Cuando dejo el cubo en el porche, enfrente del cuarto de estar, abro la mano sólo un poco, lo justo para soltar el asa. Tiene forma de garra, mi mano. Abrir los dedos uno a uno es como empujar una puerta muy pesada que no se abre hace mucho tiempo. Crujen cada vez que intento estirarlos.

—¿Dónde estabais?

Mamá sale volando por la silueta de una puerta mosquitera (es una silueta porque la mosquitera ya no está; lo único que queda es el marco). No espera nuestra respuesta, agarra el asa del cubo y, como si no pesara nada, lo mete dentro del cuarto de estar, que está igual que cuando nos fuimos, sólo que ahora tengo que entornar los ojos, así que dentro de la casa está oscuro.

—Ahora que habéis vuelto de vuestro paseíto por el bosque, poneos a limpiar las ventanas —dice, y un cepillo de raíz cae dentro del cubo, salpicando—. Primero mojad bien el cristal, usad ese trapo mojado que hay encima de la pastilla de jabón para limpiarlo, y luego quitad toda esa mugre con el cepillo de raíz. Limpiad bien todos los resquicios. Venga, moveos —y se va.

—¿Qué son los res-qui-cios? —me dice Emma en voz baja, pronunciando despacio la palabra.

—Y yo qué sé —digo yo—. Creo que lo mejor será que limpiemos bien todo el marco de la ventana, ya que estamos. Así seguro que acertamos.

De vez en cuando mamá pasa volando por la habitación. Empieza a vaciar una caja y desaparece un rato y luego vuelve a salir de la cocina pasando la fregona por donde pisa y entra en el cuarto de estar, donde nosotras estamos acabando de limpiar la última ventana. Richard da golpazos arriba. Debe de estar desembalando todo lo que han traído. Se ha llevado arriba una lata de cerveza y no ha vuelto a bajar a por otra, así que supongo que es buena señal.

Me pregunto dónde vamos a ir Emma y yo al colegio aquí, en el quinto pino, y entonces me acuerdo. Mamá dijo que no teníamos que preocuparnos por el colegio, y eso es lo que empiezo a hacer yo. Preocuparme.

—Mamá, ¿qué va a pasar con el colegio? —digo mirando hacia atrás. He sentido que volvía a entrar en la habitación desde el porche de atrás por la corriente de aire.

—Deja ahora el colegio —dice—. Veo una mancha ahí arriba, en el rincón de la derecha de la del medio.

Yo me echo para atrás para echar un vistazo y allí está. La quito con el trapo como si fuera un mosquito al que hay que matar.

—Pero ¿dónde vamos a ir? —pregunta Emma.

—No empecéis —dice mamá. Y se va otra vez.

Algunos días se puede hablar con mamá. Y otros no.

—Déjala en paz, niña —dice la yaya—. Déjala.

Papá ha vuelto a irse a vender moqueta y la puerta de mamá está cerrada a cal y canto. Mi abuela (la llamamos «yaya» porque cuando yo era pequeña no podía decir «abuela», y se quedó con «yaya») está pasando una temporada con nosotros.

Pero a ella no le gustan los llantos. Papá me lo dijo antes de irse de viaje. («Sé buena, ratoncito», dijo, agachándose para mirarme a los ojos, «y recuerda que a tu yaya no se le dan bien las lágrimas, así que no llores y cuida de mamá, ¿vale?»). A papá suelen hacerle efecto las lágrimas, pero esta vez no impidieron que se fuera. La puerta de mamá llevaba cerrada algún tiempo antes incluso de que se fuera.

—Quiero a mi mamá —digo yo, pero me da la tos porque estoy intentando con todas mis fuerzas contener las lágrimas, y algunas, en vez de salir, se me van por la nariz—. ¿Mamá? Mamá, ¿puedo entrar? ¿Mamá?

—He dicho que la dejes en paz —la yaya me pone las manos en la espalda y sé que, si no me aparto de la puerta, esas manos se harán mucho más fuertes—. Venga, sal fuera a jugar.

—¡Mamá! —lo intento una última vez, pero la puerta de mamá sigue sin moverse, así que las manos me enseñan dónde tengo que ir.

Entonces fue cuando aprendí que hay días que no se puede hablar con mamá.

Cuando acabamos de limpiar las ventanas de abajo, Emma y yo nos abrazamos a la pared y subimos por la escalera rota para echarle otro vistazo a nuestro Nido.

—¡Eh! ¡Cabe el colchón! —dice Emma. Ella sube la escalera mucho mejor que yo porque tiene mucho equilibrio.

El colchón nos está esperando al otro lado del cuartito. Encaja perfectamente entre las dos paredes, y hasta sobra un poco de espacio. Incluso puedo poner mi colección de sellos en mi lado de la cama para poder mirarla cuando quiera. Hay un montón de sábanas dobladas al pie de la cama, así que las desdoblo y me subo a la parte de arriba de la cama, donde van las cabezas, para remeter las esquinas. Emma se ocupa de los pies y en un periquete tenemos un sitio donde dormir.

—Vamos a probarla —dice Emma, y se sube gateando al sitio donde se acostará dentro de unas horas.

—El techo es mucho más alto que antes —digo yo. Se está bien en nuestra habitación. Mis ojos siguen las formas de la pintura descascarillada del techo—. Eh, cierra un poco los ojos y mira el techo. ¿A que parecen nubes?

—Sí —dice Emma.

Las sábanas están frescas debajo de nosotras. Mamá dice que no hay nada mejor que unas sábanas frescas en un día caluroso. Y tiene razón.

—¿Por qué no la dejas en paz? —dice mamá, más que preguntarlo, en voz baja, al otro lado de nuestra puerta. Yo me despierto parpadeando.

—¿Qué has dicho? —la voz de Richard es mucho más alta. No entra luz por nuestro ventanuco. Imposible saber cuánto tiempo llevamos durmiendo.

—¿No ves que está cansada? —le responde mamá.

Yo giro un poco la cabeza para mirar a mi hermanita, a la que mamá acaba de defender por primera vez desde que yo me acuerdo. Pero luego los ruidos se alejan y las palabras rebotan, furiosas, por la escalera. Algunas llegan a nuestros oídos y, cuando eso pasa, sé que no vamos a salir de nuestra habitación sin aire. El calor ha quedado atrapado allí, así que estamos tumbadas encima de las sábanas, con los brazos y las piernas estirados todo lo que podemos sin echarnos una encima de la otra, para que el poco aire que hay se mueva a nuestro alrededor. Tengo la nariz atascada, aunque falta mucho para la época del año en que suele pasarme eso. Tengo la boca abierta y pronto me doy cuenta de que estoy jadeando como un perro.

—Emma, ¿estás despierta? —le digo en voz baja, por si acaso está dormida.

—Sí —me responde.

—¿Qué crees que va a pasar con el colegio? Es raro que mamá no nos quiera decir dónde vamos a ir.

Ya me ha dado por las uñas otra vez. Es una mala costumbre. No hace falta que mamá me lo diga. Me muerdo las uñas, y me las dejo tan cortas que luego no tengo dónde morder, así que sigo con la piel de alrededor. Si mamá anda cerca, podéis estar seguros de que dirá «vale ya» de vez en cuando. Si no me quito la mano de la boca enseguida, me la quita de un manotazo, así que paro en cuanto la oigo. Hasta Emma está harta. Tumbada en la sábana, que ahora está toda sudada, me susurra que pare, y yo paro. Un segundo.

—De todas formas, no quiero ir a un cole nuevo —dice—. Si nos quedamos aquí, mejor.

—Sí, supongo —digo yo. Pero en realidad no estoy de acuerdo con ella. Como decía antes, esperaba ser popular en mi nuevo colegio. Además, ¿con quién vamos a jugar aquí, en el quinto pino?

Luego, de repente, nos quedamos dormidas otra vez. Hace mucho calor, así que te giras y estás fresquita un momento y luego te das cuenta de que por el otro lado te estás asando. No hay ninguna postura cómoda. Es la clase de sueño que sólo rellena el tiempo hasta que se haga de día.

—¡Eh, hola! —dice la mujer que lleva una cosa cuadrada cubierta con un paño de cocina—. Orla Mae, deja de dar patadas. Me estás haciendo agujeros en las piernas con tanto tirar piedras —le dice a la niña que va detrás de ella—. ¿Está vuestra mamá en casa? —nos grita a Emma y a mí.

—Sí, señora —decimos las dos al mismo tiempo, y

Emma me da un empujón para ir a buscarla y dice: «¡gafe!». Yo corro tras ella. Quiero ver con mis propios ojos qué piensa mamá de aquella señora tan simpática y de su hija.

—Enseguida volvemos —les digo a las dos, que se han quedado paradas al pie de los escalones del porche, intentando aparentar que no se mueren de ganas de entrar.

—¡Mamá! —está gritando Emma dentro de la casa—. ¡Tenemos visita!

Mamá sale de una puerta trasera en la que no me fijé ayer. Se limpia las manos en el delantal y se mete detrás de las orejas el pelo que se le ha venido a la cara.

—Vale, vale —nos dice—. Ya voy. Subid arriba y poneos presentables.

Richard cortó tablones del tamaño de los peldaños y los clavó encima de los rotos, así que ahora es fácil subir al segundo piso.

—Corre —me dice Emma, sacando una pierna de los pantalones rotos que todavía lleva puestos de ayer y rebuscando entre el montón de ropa que hay al pie de la cama—. Vamos.

—¡No! Eso es mío —la agarro de la mano justo a tiempo; intentaba ponerse mi camisa de botones amarilla—. Voy a ponérmela yo.

—Vale. Jo.

Bajamos corriendo las escaleras para echarle un vistazo a aquella Orla Mae que da patadas a las piedras mientras anda. Están en el porche de delante, con mamá.

—Está por ahí, bajando un trecho, como a un kilómetro y medio, poco más o menos… —dice la señora. Ahora la que lleva la cazuela cuadrada tapada con un paño de cocina es mamá—. Tarda unos diez minutos a pie todos los días.

—¿Por qué no pasáis? —dice mamá cuando abrimos el marco de la mosquitera. Pero yo noto por el tono de su voz que en realidad no quiere que pasen.

—No, no —dice la señora—. Tenemos que irnos. Orla Mae se moría de ganas de ver quién había venido a vivir aquí. Ayer vimos pasar por el pueblo vuestra camioneta y el coche y todo el mundo está deseando conoceros —nos mira y empuja a su hija hacia nosotras—. Está es Orla Mae.

—Hola —digo yo. Emma levanta la mano como si saludara. A veces le entra la timidez con la gente que no conoce.

Por el modo en que Orla Mae nos mira de arriba abajo me doy cuenta de que no todo el mundo lleva los mismos pantalones hasta que están suaves como el azúcar y le llegan por encima de los tobillos. Hace que me sienta rara porque los dedos de los pies me asoman por las puntas de los zapatos.

—¿Quieres ver nuestro río? —le pregunto a Orla Mae. Ella dice que sí con la cabeza y nos sigue escaleras abajo y por la senda que hay al lado de la casa.

—Bueno, creo que será mejor que pases. Parece que han hecho buenas migas —le dice mamá a la mamá de Orla Mae.

—¿Cuántos años tienes? —le pregunta Emma a Orla Mae mientras vamos brincando por el suelo blando, hasta el río Diamante.

—Siete —dice Orla Mae.

—¿Cómo te llamas de apellido? —le pregunto yo.

—Bickett.

—¿Vas al colegio?

—Claro —dice—. Voy a Donford. Allí es donde va todo el mundo de por aquí. ¿Tú cuántos años tienes?

—Ocho, y mi hermana Emma seis —digo yo.

—Yo tengo una hermana pequeña —dice Orla Mae—. Y cuatro hermanos mayores. Trabajan en el aserradero. Mi madre dice que vuestro papá también va a trabajar allí. Pero yo nunca los veo. Son mucho más mayores. Pero mi hermana tiene dos años. Es un rollo, no para de llorar. Yo la ayudé a nacer.

—Primero, no es nuestro padre, es nuestro padrastro, nuestro padre está muerto y, segundo, ¿qué quieres decir con que la ayudaste a nacer? —dice Emma de un tirón.

—Estaba al pie de la cama con la señora que vino a ayudar a mamá. Yo tiré de ella para sacarla.

—No puede ser —digo yo.

—De verdad —por cómo lo dice, casi la creo.

—Aquí está nuestro río —dice Emma en voz alta, señalando el agua.

—¿Por qué dices que es vuestro río? —pregunta Orla Mae. Cuando habla, se le levanta el labio de arriba como si estuviera oliendo caca de perro.

—Es el río Diamante —le contesta Emma a Orla Mae, sin darse cuenta de que Orla Mae ha cruzado los brazos como si esperara que Emma deje de hablar para demostrarnos que estamos equivocadas—. Está en nuestra propiedad, así que es nuestro y nadie va a decirnos lo contrario.

—Mi papá dice que vuestro padre va a trabajar en el turno del humo —dice Orla Mae.

—Padrastro —la corrige Emma otra vez.

—Que vuestro padrastro va a trabajar en el turno del humo —dice.

—¿Qué es el turno del humo?

—Es el peor de todos —contesta ella—. Tienen que tener mucho cuidado para que el serrín no se prenda fuego de noche. Vuestro padrastro tendrá que remover el montón sin parar para que no se incendie.

—¿Remover el serrín? —digo yo. Qué raro.

—Sí —dice ella—. ¿Vosotras vais a trabajar en las cajas?

—¿Qué?

—Para la trementina —dice como si fuéramos estúpidas—. Seguro que trabajáis en las cajas. Igual que yo. Es en verano, cuando hay más corriente, pero huele fatal. Yo me pongo un trapo hecho con una camisa vieja de mi padre. Me lo atan alrededor de la boca para que no tosa mucho.

—¡Orla Mae Bickett! ¡Orla Mae! —la llama su madre por entre los árboles—. Tenemos que irnos, niña. ¡Venga, vamos!

—Adiós —dice Orla Mae, y se va volando como una abeja detrás de la miel.

—Trementina —le digo a Emma.

Emma se encoge de hombros y se baja de la piedra en la que estaba sentada encima del río Diamante.

—¿Cómo vamos a saber qué hacer? —le pregunto, pero en realidad no espero respuesta porque sé que no la tiene.

Volvemos despacito del río, así que cuando llegamos

a casa las Bickett ya se han ido y mamá no está por ninguna parte.

—Vamos por allí, detrás de la casa —dice Emma, señalando con el dedo.

Noto que llevamos mucho rato fuera porque empiezan a sonarme las tripas.

—Vamos a volver. Tengo hambre —digo.

—Vale —dice Emma. Y otra vez tardamos mucho menos en volver a casa que en alejarnos.

—¿Mamá? —grito cuando entramos por la puerta de la cocina.

—¿Qué? —nos responde a voces.

—Tenemos hambre —dice Emma.

La cocina es mucho más pequeña que la de antes y tiene mucha menos luz porque la ventana da a los árboles, que son muy altos. En una caja, en el suelo, hay un poco de pan y un tarro de miel, así que supongo que podemos empezar por ahí y ver dónde acabamos. El problema es que no encuentro cubiertos para untar el pan con miel, así que tendremos que apañarnos sin ellos. Espero que no venga mamá. Nos llama salvajes cuando no usamos cuchillo y tenedor, así que no quiero ni pensar lo que diría si nos viera partiendo el pan a cachos, frotándolo entre las manos hasta que se hace una bola y metiendo las bolas en el tarro de la miel. Un largo hilo de miel dorada se estira desde el tarro hasta mi boca. Cae por mi barbilla y se esparce por media encimera. Emma se ríe y me copia, y entonces se convierte en un juego: a ver qué hilo se estira más sin romperse. Yo doy un paso atrás y la miel se queda pegada. Un... paso... más...

—¿Qué coño estáis haciendo? —me asusto al oír a mamá y el hilo se rompe y cae suavemente sobre la encimera, donde se funde en el charquito que ya se ha formado.

—¿Eh? —digo con la boca llena. Me doy la vuelta, pero Emma corre a esconderse. Aunque no sé dónde.

—A mí no me digas «eh» —dice mamá. Y me da un azote en el culo. El problema es que no estaba preparada, así que me choco con la encimera y tiro el tarro de miel al suelo, el tarro rueda un poco y la miel dorada se derrama antes de que pueda levantarme.

—Después de la paliza que me he dado limpiando, ¿tengo que ir detrás de vosotras como si fuera una puta criada? —hacía tiempo que no oía gritar tanto a mamá.

—Lo siento, mamá —digo, y me atraganto con la bola de miel que tengo todavía atascada en la garganta, esperando que me la trague—. Yo...

—Lo siento, mamá —ella grita aún más—. Lo siento, mamá —y me da otro azote por si acaso no me había enterado la primera vez. Sólo que esta vez sí que no estaba preparada, así que mi cabeza rebota contra la encimera al bajar, y me cuesta un poco más no llorar. Pero no lloro. Con mamá, eso sería el beso de la muerte.

—¡Levántate! —me chilla—. ¡Levántate!

Yo hago lo que me dice.

—Ahora sal y trae la puta fregona. Vas a limpiar el suelo hasta que parezca nuevo, eso es lo que vas a hacer.

Yo me acerco a la puerta, pero me tropiezo otra vez

porque soy torpe y me cuesta mantener el equilibrio después de haberme caído al suelo tan rápido. Me trago la sangre del labio y eso ayuda a bajar la bola de miel.

–Te odio, pequeña salvaje –me grita–. ¿Me oyes? ¡Te odio! Odio tu cara, odio tus andares, te odio entera... –no oigo el resto porque intento darme prisa con la fregona.

Sé que mamá no lo dice en serio. Sólo está enfadada y, cuando se enfada, tiene problemas con la boca. Su boca no para de moverse, ése es el problema. Por eso Emma se larga si mamá nos pilla haciendo algo que no le gusta. Emma se hace la mayor y la dura, pero cuando mamá le dice que la odia, yo sé que se muere por dentro. Emma todavía es pequeña y no sabe que mamá no lo dice en serio.

La fregona está donde dice mamá, apoyada contra la barandilla del porche, con el mocho para arriba para que se seque. Pero cuando la llevo a casa doy con el palo en la pared y hace ruido, y sé que mamá va a volver a enfadarse, así que paro y bajo el palo un poco y voy de puntillas el resto del camino hasta llego a la cocina para limpiar la miel.

Mamá se ha ido, pero oigo sus pasos encima de mi cabeza, así que seguramente se habrá puesto a limpiar otra vez las habitaciones de arriba. Estará fregando las paredes y los suelos. Emma se asoma por la puerta de la cocina.

–No hay moros en la costa –le susurro. Ella abre con cuidado la mosquitera y la cierra despacio.

Limpiamos juntas, sin decirnos nada. Emma recoge

el tarro y vuelve a meter lo poco que queda de la miel, y yo paso la fregona por lo derramado. Cuando se mete la fregona en el cubo hay que hacerlo despacio y parar cuando el agua sube hasta el borde del cubo. La primera vez se me olvida y el agua se derrama por el suelo. Pero no pasa nada porque el suelo está todavía pegajoso por la miel, así que el agua ayuda a limpiarlo.

—Os creéis que podéis entrar aquí y preparaos lo que os apetezca —la voz de mamá me asusta otra vez—. Una tostada con un poco de miel, por favor —dice en un tono más alto, burlándose de Emma y de mí—. Oh, gracias, no es molestia —está apoyada contra la puerta de la cocina, fumándose un cigarro, mirándonos limpiar. Yo intento no mirarla a los ojos. No quiero que piense que la contesto.

Empieza a pasearse de un lado a otro. Adelante y atrás por el lado de la cocina que ya está limpio. Sus pies descalzos hacen ruido sobre el suelo mojado.

—Os creéis que podéis ir y venir cuando queráis —adelante—. Tan tranquilas —atrás—. Sin ningún problema.

Emma también tiene la cabeza agachada. Está concentrada en la encimera, aunque no hace falta que se concentre tanto.

—¡Fuera de aquí! —grita mamá.

Esta vez la miro, pero no a los ojos. Quiero asegurarme de que nos está hablando a nosotras, pero, pensándolo bien, tiene que ser eso, porque a Richard no se lo ve por ninguna parte.

—¿Mamá?

—He dicho que fuera —deja de pasearse—. ¿Estáis sordas? ¡Salid de aquí ahora mismo! ¡No quiero ni veros! ¡Fuera!

Yo suelto la fregona y el palo cae al suelo haciendo ruido. Emma deja el trapo con el que estaba limpiando y salimos de la cocina por la puerta de atrás, al sendero de detrás de la casa.

—¡Fuera! —sigue gritando mamá desde dentro. Cuando estamos a salvo en el sendero, nos paramos al mismo tiempo y escuchamos por si sigue gritando. Pero sólo la oímos llorar.

—Vamos a buscar a Orla Mae —dice Emma un rato después.

—¿Y cómo sabemos dónde vive?

—No sé, pero podemos intentarlo.

Así que echamos a andar por el sendero, pasamos junto a la casa, donde mamá sigue llorando, bajamos por el camino que nos trajo aquí y salimos a la carretera principal, por donde vimos llegar a las Bickett. No puedo creer que nos lleve tanto tiempo salir del bosque al mundo real, pero me alegro de que por fin lo consigamos.

Al borde de la carretera la arena se mezcla con tierra y luego empieza el asfalto, muy suave y muy liso, como si acabaran de extenderlo. Unas líneas amarillas muy claras lo cortan por la mitad.

—¿Derecha o izquierda? —le pregunto a Emma, ya que la idea fue suya.

—Vamos a echarlo a suertes —dice.

—Papel, piedra, tijera —digo, abriendo la mano para el papel.

—¡Tijera! —dice ella, y sus dedos cortan mi mano—. Vamos por la izquierda, porque aún no vamos ido por ahí.

—Se dice «hemos» —la corrijo yo.

—¿Eh?

—Aún no hemos ido por ahí.

—Eso es lo que he dicho.

—Has dicho «vamos».

—No es cierto —dice ella.

—Sí que lo es.

—No.

—Em-ma.

—¡Ca-rrie! —me dice, terca como una mula.

—Anda, vamos —suspiro—. Vamos por la izquierda.

Al cabo de un rato nos encontramos otro claro entre los árboles lo bastante grande para que pase un coche, pero es imposible saber si es el camino de la casa de Orla Mae.

—Desde aquí no se ve nada —dice Emma, poniéndose de puntillas por si se ve algo por el camino—. Será mejor que sigamos andando, a ver qué hay.

Tres pasos y empiezan los ladridos.

—¡Perro! —grita desde lejos un hombre—. ¡Brownie! ¡Vamos!

Yo me he dado la vuelta para marcharme, pero Emma grita:

—¡Perdón!

—¿Quién es? —la voz se está acercando—. ¡Brownie! ¡Vamos! ¡Brownie! —el perro sigue ladrando como un loco.

—Sólo somos nosotras —dice Emma. Yo la miro girando los ojos. Como si aquel hombre supiera quiénes somos nosotras.

Y entonces aparece. Justo delante de nosotras. Lleva una escopeta casi tan larga como él. Es uno de esos viejos que no se sabe cuántos años pueden tener. Que nosotras sepamos, podría tener un millón de años. Tiene el pelo grasiento y peinado para atrás, todo gris y reluciente, y su cara tiene más arrugas que briznas de hierba hay en el mundo. No se sabe si lleva cinturón porque la barriga le cuelga por donde debía tener la cintura. Da un poco de miedo, sobre todo porque nos mira con mala uva, con el ceño fruncido. Sus cejas casi se juntan en medio, sobre la nariz, que, por cierto, le ocupa casi toda la cara. Es la nariz más gorda que he visto nunca, y está toda llena de bultos.

—¡Brownie! ¡Vale ya! —y, así como así, el perro se calla—. ¿Quién eres tú? ¿Qué quieres? —sigue mirándonos con el ceño fruncido, pero sus cejas están volviendo a su sitio.

—Yo soy Carrie y ésa de ahí, la del árbol, es mi hermana Emma. Acabamos de mudarnos a la casa que hay un poco más arriba por la carretera.

Él no dice nada, ni se mueve. Sólo nos mira y espera.

—¿Quién es vuestra familia?

—Nuestra madre es Libby Parker y nuestro padrastro es Richard Parker.

—¿Sois de los Parker de Rutherfordton? ¿Cuál es su nombre de pila? Sam, creo.

—No sé, señor.

—¿Cómo que no lo sabes? ¿No sabes cómo se llama tu familia?

—No es eso —explico—. Es que no sabemos de dónde es nuestro padrastro. Mi papá se llamaba Culver. Era de Toast. Su padre, mi abuelo, vendía suministros agrícolas. Y nosotras también nos llamábamos así hasta que papá murió y mamá se buscó un marido nuevo y nos puso otro nombre.

—Culver —se queda pensando en el nombre—. Culver. ¿De la parte de Yadkin?

—Sí, señor.

—Yo conocía a vuestro abuelo. Tocaba de pena el banyo.

—Sí, recuerdo que papá nos lo decía. Se quedó con el banyo cuando murió el abuelo.

—¡Claro! ¿Se llamaba Jordan de nombre?

—Sí, señor.

—Entonces, ese tal Parker, ¿no sabéis de quién es? ¿De dónde viene?

—No, señor.

—Entiendo.

—Nuestra casa es el número veintidós. El número veintidós.

—La vieja casa de los Farley —asiente como si la conociera—. ¿Qué es lo que queréis?

—Um, bueno, estábamos dando una vuelta —tartamudeo yo.

—Buscábamos a los Bickett —grita Emma desde detrás del árbol.

—Viven un poco más abajo, por la carretera —dice él. Yo noto que todavía no se fía de nosotras. Nos mira como si fuéramos fantasmas.

—Bueno, entonces nos vamos —digo yo. Brownie, la perra, ha vuelto y me está oliendo la mano. Yo no la he mirado porque me da miedo dejar de mirar al viejo por si cambia de idea y nos apunta con la escopeta. Él mira a su perra y su cara se ablanda, las arrugas se estiran un poco, así que yo también miro a la perra.

—¿Qué le ha pasado en la pata? —le pregunto. Las dos patas delanteras de Brownie son normales. Y una de las patas de atrás también. Pero atado a la espalda, justo por encima del rabo, lleva una especie de arnés que le sujeta una pata de palo en lugar de la que le falta.

—Pisó una trampa —dice el viejo—. Hace años. Tuve que serrársela.

Yo me agacho para acariciarla porque ahora parece que quiere hacerse amiga mía. Emma también está a mi lado, acariciándola. Repite su nombre una y otra vez y parece que a la perra le gusta.

—Nunca la había visto portarse así con un extraño —dice el viejo. Ha apartado la escopeta, formando un triángulo con el suelo—. ¿Qué pasa? ¿Es que llevas tocino en los bolsillos o qué? —y luego sonríe.

Y lo mismo que nunca había visto un ceño que diera tanto miedo, su sonrisa es la más dulce que he visto porque su boca está toda rodeada de arrugas que la realzan.

—Esta perra es igual que una persona —dice—. Por aquí no hay nadie, más que ella y yo, y juro que es la mejor compañía que he tenido nunca. Después del accidente le hice esa pata de palo. No soportaba verla intentando acostumbrarse a cojear por el jardín. Yo también tengo una —dice, y se levanta la pernera del pantalón para enseñarnos su pata de palo.

—¿Eres un pirata? —le pregunta Emma. Yo me alegro de que se lo pregunte porque me estaba preguntando lo mismo. Claro, que no sé si los piratas son de verdad o sólo de cuento.

El viejo sonríe otra vez.

—No. Sólo es que perdí la pierna. Me llamo Wilson.

—Encantada de conocerle, señor Wilson —le digo, sabiendo que mamá estaría orgullosa de mis modales.

—Podéis venir a ver a Brownie cuando queráis, porque parece que habéis hecho buenas migas. Bueno, perro. Déjalas seguir su camino, ¿me oyes? —se da unas palmadas en la pierna buena para que se acerque la perra. Brownie se acerca, pero antes de levantarnos la acariciamos un poco más.

—¿Por dónde se va a casa de los Bickett? —le pregunta Emma.

—Al final de este camino, torced a la izquierda. Tenéis que pasar tres caminos más, y al llegar al cuarto veréis la casa. No tiene pérdida.

—¡Adiós! —gritamos.

Él no dice nada, se da la vuelta para volver por donde había venido, pero Brownie se sienta y nos mira, moviendo la cola en semicírculos sobre la tierra. Si un perro pudiera sonreír, Brownie estaría sonriendo en este momento. Y no sé por qué rayos me enfado porque un perro se ponga tan contento, pero me enfado.

—Mañana vamos donde Orla Mae —le digo a Emma cuando estamos otra vez en la carretera—. Ahora no tengo ganas.

—¿Y qué quieres hacer entonces?

—Mejor volvemos a ver qué pasa —suspiro.

—Jo —gimotea ella, echando la cabeza hacia atrás y mirando al cielo con los brazos caídos—. Yo no quiero volver.

—Ya. Yo tampoco, pero tenemos que volver.

—¿Tú crees que nos dará de cenar? —pregunta—. ¿Después de lo de la miel?

—¿Cómo quieres que lo sepa?

Seguimos andando un poco por la carretera y luego ella dice con voz de vieja:

—Oye, Carrie, ¿tú crees que mamá me querrá alguna vez tanto como a ti?

Yo creo que no, pero no puedo decírselo a Emma sin herir sus sentimientos. Porque una cosa es saber en el fondo que tu madre no te quiere, y otra que tu hermana te lo diga a la cara.

—Claro —digo yo, deseando que sea cierto.

—¿Cuánto crees que tardará?

—¿Eh? —digo mirando hacia atrás.

—Cuánto tardará en quererme —dice.

A mí no se me ocurre nada, así que cierro el pico, como dice la yaya que hay que hacer cuando no se tiene nada bueno que decir. Cuando llevamos andando un rato más, miro hacia atrás.

Emma casi ha acabado de limpiarse las lágrimas.

—¡A callar! —susurra mamá desde el otro lado de la mesa de la cocina—. Vais a despertar a Richard con tanta cháchara. Mirad lo que he escrito. Doscientos cincuenta menos noventa y siete. ¿Cuánto es?

—Mamá —digo yo con un soplido—, ¡eso está chupado! A cinco se le resta uno, y quedan cuatro, y el cero es un diez, se le quitan siete y quedan tres, del dos te llevas uno para que el cuatro sea un catorce, y al catorce se le restan nueve. Luego te llevas el uno que antes era un dos y salen ciento cincuenta y tres. ¿Ves? Es muy fácil.

Mamá apoya la frente en las palmas de las manos y no dice nada. Pero luego dice con la cabeza agachada:

—Caroline Parker, me sacas de quicio.

Levanta la cabeza como si estuviera rezando. Yo sé que esa cara significa que está empezando a olvidarse de mí, que empieza a volver al mundo de dentro de su cabeza. Así que hablo deprisa, mientras todavía hay una oportunidad de que me escuche.

—Lo único que hace falta es que firmes la hoja en la que pone que he hecho lo que tenía que hacer —le digo. Emma lo tiene muy fácil, palabra, esta noche sólo tiene que hacer de deberes un dibujo de nuestra casa y de nosotros cuatro. Luego tiene que contar cuántas patas de silla hay en toda la casa. Eso está chupado.

Mamá extiende la mano hacia la hoja de la maestra.
—Dámela —y firma, y ya estoy lista.

La Escuela Elemental de Donford es la mitad de pequeña que nuestra escuela de antes, y tiene la mitad de niños. Todas las mañanas, desde que empezó el colegio, hace un mes, vamos andando por la carretera y luego giramos a la izquierda y esperamos el autobús delante de la casa del señor Wilson. Brownie espera con nosotras todos los días, llueva o haga sol. Yo la miro desde el asiento de la ventanilla de la segunda fila mientras da la vuelta y vuelve renqueando como una señora mayor, apoyándose en su pata de madera hasta que llega a su sitio al pie de las escaleras del señor Wilson, y allí se queda hasta que volvemos a casa al final del día. El señor Wilson dice que conoce el ruido del autobús y que baja por el camino para esperarnos hasta que salimos.

—¿Carrie Parker? Presta atención. Te he visto pasar una nota y no voy a avergonzarte leyéndola en voz alta, pero la próxima vez no me portaré tan bien —dice la señorita Ricky.

Esto es lo que he escrito: *Orla Mae, ¿te gusta Johnny o qué? Porque no deja de mirarte para ver si se entera. Marca sí o no aquí abajo.* Y luego dibujé dos cuadraditos, uno con «sí» encima y otro con «no». Pero ahora tendré que esperar hasta después de la clase de mates para saber cuál es su respuesta, porque no puedo arriesgarme a que la señorita Ricky lea la nota en voz alta.

Orla Mae me mira girando los ojos desde el otro lado de la fila, pero no sé si eso significa que sí o que no. Espero que sea que no, porque a mí me gusta Johnny, pero ella lo conocía de antes, así que, si le gusta, está ella primero.

—Así es como se hace una división larga —dice la señorita Ricky, cerrando su libro—. Como deberes, tenéis que hacer los ejercicios catorce y quince enteros. Si no me enseñáis los deberes, os pondré un negativo en trabajo en casa. ¿Está claro?

—Sí, señorita Ricky —le contestamos.

Suena el timbre y somos libres.

—Bueno, ¿qué? ¿Te gusta o no? —le digo a Orla Mae mientras pongo mis libros uno encima de otro por orden de tamaño: los más grandes abajo y los más pequeños arriba.

—¿Y qué si me gusta? —dice.

—¡Eso significa que te gusta! ¡Lo sabía!

—Yo no he dicho eso —dice, y me hace gestos para que me calle para que Johnny no nos oiga al salir al pasillo, donde hay mucho ruido y mucho eco—. Yo creo que te gusta a ti.

—¡Qué va!

—Claro que sí.

—¿Qué pasa? —Emma entra corriendo por la puerta del patio. Siempre nos pilla hablando.

—Nada —le digo de mala gana, esperando que se

vaya. Ahora que soy popular, es un rollo tener una hermana pequeña que te sigue a todas partes.

Orla Mae y yo nos sentamos juntas en el autobús y Emma se monta en el asiento de detrás para espiarnos. Se sienta sola, porque sólo hay otras tres personas en todo el autobús y están desperdigadas por las filas, sentadas solas. Está Starlie Tilford, que vive bastante cerca del colegio, pero no tanto como para ir andando. Y está Will Lawson, cuyo padre es el jefazo del aserradero. Y luego está Oren Weaver, que huele mal y tuvo que ir al despacho del director porque un día, a la hora del bocadillo, tiró la silla y estuvo a punto de darle a Coralie Coman en la cabeza.

El padre de Orla Mae es uno de los jefes del aserradero porque su propio padre trabajó allí toda su vida. Resulta que tiene razón: Richard tiene el peor trabajo de todos.

Richard se va a trabajar todas las noches después de cenar. Nosotras nos andamos con cuidado para no decir ni una palabra durante la cena porque últimamente es imposible saber qué le va a hacer enfadarse más de lo que ya lo está. Mamá no se sienta con nosotros. Está en la pila o limpiando la encimera, o pasando algún plato de verduras que Emma o yo no nos hemos comido, pero que Richard se traga entero. Luego le envuelve algo de comer para que se lo coma en el aserradero.

—No metas esa mierda ahí —le dice Richard cuando la ve envolviendo una lata de guisantes de la otra noche–. Sabes que me dan asco los guisantes. Pon las judías verdes de anoche.

Mamá no se gira.

–No quedan judías. Voy a ver si hay otra cosa en la nevera –ella también está muy callada. Los ojos se le han curado, pero el brazo no mucho. Parece que hace un mes que está así, pero seguramente hace sólo una semana. Una mañana bajamos a desayunar y allí estaba, con el ojo derecho hinchado y el brazo izquierdo negro y azul y con un corte en el medio. («¡Hala, mamá!», dije yo. «No me vengas con "hala, mamá". Estoy bien. Me ha picado una abeja, nada más. Cómete las tortillas de maíz»). Ojalá se le curara, porque Richard se pone muy nervioso cuando la ve hacer una mueca si se golpea con algo o si tiene que levantar alguna cosa con las dos manos.

Richard agarra otro trozo de pollo de la fuente que hay en medio de la mesa y se lo pone en el plato.

–¿Y tú qué miras? –me dice.

Sin darme cuenta he roto la norma de no mirar a Richard durante la cena.

–Nada –digo en voz baja mirando mi plato.

–No querías el último trozo de pollo, ¿verdad? –dice con la boca llena–. Um, está buenísimo.

Sí que quería el pollo, pero no pienso decírselo.

–¿Todavía tienes hambre? –me pregunta.

–No –miento. Todavía me suenan las tripas porque esta noche Richard sólo ha dejado que me coma el muslo, y el pollo estaba muy flaco.

–¿No qué? –dice.

–No, señor.

—Eso está mejor. Así me gusta. No nos vendrán mal unos cuantos señor y señora por aquí.

Después de zamparse todo el pollo y chupar todo el jugo de los huesos, retira su silla de la mesa de un empujón.

—¿Dónde está mi bolsa? —dice mirando a mamá. Se está bebiendo lo que le queda de la cerveza y, cuando acaba, tira la lata al suelo y la pisa, y Emma y yo siempre damos un respingo al oír el ruido. A él le da la risa cada vez que lo hace y nos asusta.

—Ah —dice. Y luego suelta un eructo muy fuerte—. Bueno —agarra la bolsa que mamá le tiende con el brazo bueno y se va.

De lo del trabajo de Richard no nos enteramos por él, claro. Se lo oímos contar al padre de Orla Mae un día que estábamos en su casa. El padre de Orla Mae nos paga un penique por cada diez piedras que quitamos de su jardín.

—Vuestro padre hace un buen trabajo removiendo el montón —nos dice el señor Bickett. Estamos agachadas, contando las piedras de nuestros tres montones. Tengo que tener cuidado para que Emma no robe una o dos (o más) de mi montón, pero quiero saber si eso que nos ha contado Orla Mae de que el serrín se prende fuego solo es mentira, así que miro al señor Bickett. No a los ojos, por si acaso tiene tan malas pulgas como Richard.

—¿De verdad se prende fuego si no se remueve? —le pregunto, con cuidado de mirar detrás de él, hacia el bosque.

—Claro —asiente, y escupe el jugo marrón del tabaco

en una jarra que se acerca a la boca–. Por eso tuvo que irse el último tío que tuvimos trabajando de noche. Se quedó dormido con la barra de hierro en la mano. Había una montaña de serrín tan grande que había que estar de pie y usar los dos brazos. No debimos permitir que se amontonara tanto. Ahora lo sé, sí señor. Pero allí estaba de todos modos, y Chancey Dewalls dormido como un bebé cuando las llamas se tragaron el serrín más rápido que una gallina el grano.

–¿Qué pasó entonces? –le pregunta Emma. Ella también está agachada encima del montón. ¡Como si yo fuera a robarle las piedras!

–Lo que pasó fue que Chancey Dewalls salió gritando del aserradero con la mitad del cuerpo abrasado –escupe otra vez en la taza–. Hizo falta una tropa para apagar el incendio, y tardamos toda la noche. Se perdió mucho esa noche, mmm-hmm. Cuatro armarios para Ashville y trece sillas para una familia de Raleigh. No tengo ni idea de por qué querían trece sillas y no doce o catorce, la verdad, pero las que perdimos fueron trece. Así como así. Tardamos bastante en encontrar alguien que quisiera vigilar el montón. Así fue como encontramos a tu padre.

–Padrastro –le corrige Orla Mae–. Su padre murió cuando Carrie era pequeña.

–Qué mala suerte –dice el señor Bickett, dándome unas palmaditas en la cabeza con una mano mientras con la otra busca los peniques en el bolsillo–. Es una pena, niña. Bueno, aquí está la paga. Buen trabajo, chicas. Buen trabajo.

Cuatro peniques para mí. Me gusta meterlos en la

hucha de cerdito que me trajo la yaya de Ashville. El tapón de plástico para que el dinero no se salga por abajo se perdió hace mucho tiempo, así que ahora está cerrada con un trozo gordo de celo, pero los peniques tintinean dentro.

Cuando Richard aparece dando trompicones por el caminito que lleva a la casa con el agujero en el tejado, su pelo es del color de la nieve, de la cantidad de serrín que lleva encima. Nosotras nos estamos preparando para ir al colegio, así que hay un poco de jaleo porque mamá grita para que nos demos prisa.

—Se te oye gritar por toda la colina —dice Richard, sentándose en el sillón del cuarto de estar. Mamá le saca una cerveza de la nevera mientras yo amontono mis libros para llevarlos al colegio. El que pesa más es el de ciencias sociales, así que va abajo, y los otros encima.

—Venga, marchaos —nos dice mamá a Emma y a mí en voz baja—. Ya nos veremos cuando volváis.

—Adiós, mamá —decimos una a una, y recogemos las bolsas del almuerzo que nos tiende con el brazo bueno. Y luego salimos corriendo por la puerta del porche, que todavía no tiene mosquitera.

—Joder, mírate —oigo que le dice Richard a mamá dentro de la casa, pero nosotras no podemos hacer nada. Brownie nos está esperando y yo no pienso en otra cosa porque he recogido unas sobras de carne de la nevera para darle una golosina. Las robo a escondidas cuando mamá no mira.

El señor Wilson está esperando con Brownie.

—¿Os apetece tirar un poco al blanco después de

clase? —nos dice mientras nos inclinamos sobre la perra.

—¿Tirar al blanco? —pregunta Emma.

—Latas y eso. ¿No me diréis que vuestro padre no os enseñó a tirar al blanco? ¡Bah! —dice para sí mismo, mirando la carretera, que desaparece por la colina—. Venid después del colegio y le pondremos remedio a eso.

—Pero nunca hemos tocado una pistola —le dice Emma. Yo sigo acariciando a Brownie, pero ella se paró en cuanto el señor Wilson empezó a hablar.

—No importa —dice—. Yo os enseñaré todo lo que necesitáis saber. Haced lo que os digo y venid cuando os bajéis del autobús.

—No sé —dice ella, clavando la punta del pie en la tierra—. Mamá nos espera después del colegio. Tenemos deberes.

—Tenéis tiempo para un par de lecciones. No tardaremos mucho.

Llega el autobús, así que levanto los libros del suelo y sacudo la parte de abajo para no mancharme el brazo.

—Hasta luego —le digo al señor Wilson cuando Emma sube el primer escalón, que es el más empinado—. Adiós.

Él sólo inclina la cabeza y Brownie mueve la tierra con la cola. Como siempre.

—Mi padre dice que no sois más que escoria blanca que viene aquí creyéndose lo que no es —Fred Sprague escupe en el camino de Emma después de decir esto en voz tan alta que Emma se para en seco.

Sus amigos se ríen y él se envalentona todavía más.

—Os creéis más que nadie porque venís del este, pero no tenéis ni dos piedras con las que hacer fuego —dice.

—Para eso pueden usar a su padre, porque, total, va a prender un fuego peor que el de Chancey Dewalls en el aserradero, ¡siempre está borracho! —dice Lex Hart, dándole una palmada a Fred, que se troncha de risa.

—Retirad eso si sabéis lo que os conviene —dice Emma con los dientes apretados. No escupe, pero por como lo dice es como si hubiera escupido.

—¿Y qué vas a hacerme si no? —la pica Fred.

—¡Uy, qué miedo! ¡Me voy a hacer pipí! —dice Lex.

—Retiradlo —les dice ella. No tienen ni idea de con quién están tratando.

Luego, antes de que nadie diga nada, Emma vuela hacia ellos como un murciélago salido del desván y empieza a darles puñetazos. Fred se cae al suelo con Emma agarrada a su cuello y Lex está tan pasmado que tarda un momento en darse cuenta de que debería intentar ayudar a su amigo. Pero cuando echa mano de Emma, ella gira la cabeza y le pega un mordisco. Con todas sus fuerzas.

—¡Ay! —grita él moviendo las manos—. ¡Me ha mordido!

—¡Quítamela de encima! —grita Fred, intentando apartarla al mismo tiempo que se tapa la cara. Emma sigue zurrándole. Para ganar tiempo, yo me pongo detrás de Lex y le doy un empujón para que no toque a

Emma. Pero me sale el tiro por la culata porque él se gira de golpe y me pega un puñetazo tan fuerte en la tripa que le tengo que soltar. Se me corta la respiración y me doblo por la mitad y trago como un perro intentando quitarse melaza de la boca. Miro a Emma y veo que tiene sangre en la mano. Lo raro de Emma es que, aunque dibuja con la mano derecha, zurra con la izquierda. Ésa es la mano que tiene toda roja.

—¡Ya está! —dice. Se levanta, se aparta de Fred y se sacude el polvo de la camisa—. Ya te lo he hecho tragar.

Y, así, sin más, con Fred mirándola por el ojo que no tiene hinchado, Emma se marcha sin pensar en su mano aplastada. Ojalá yo pudiera olvidarme del puñetazo que Lex me ha dado en la tripa, pero me duele cada vez que respiro.

Corro como si estuviera coja, pero por fin alcanzo a Emma.

—Te la vas a cargar —le digo.

—Me da igual —resopla—. Además, tú también estabas, así que también te la vas a cargar.

—¿Por qué has defendido a Richard? ¿Qué más da lo que digan de él?

—No estaban hablando de él —dice—. Estaban hablando de nosotras.

—Aun así te la vas a cargar.

Se encoge de hombros y sigue andando.

—Tú también.

Cuando el autobús se para delante de la casa del camino del señor Wilson, Emma tiene la mano de zurrar el doble de grande que la otra.

Las dos nos quedamos mirándola.

—Seguro que no te apetece mucho tirar al blanco —digo yo.

—Sí que me apetece —dice—. De todas maneras iba a usar la otra mano.

—No sé —digo yo—. Vamos a decirle que tenemos que volver a casa. No le importará —la verdad es que a mí ya no me apetece tirar al blanco.

—Anda, vamos —me dice gimoteando como si fuera su madre y no su hermana.

Emma baja el último escalón y se pone a acariciar a Brownie con la mano buena, escondiendo la otra detrás de la espalda por si acaso el señor Wilson sale a buscarnos.

—Vámonos a casa —digo—. Ni siquiera está en casa.

Pero no es verdad.

Echamos a andar por la carretera hasta que vemos el claro que lleva al número veintidós. Emma respira hondo y luego me sigue. Justo delante de la casa hay una camioneta que no hemos visto nunca.

—¿Quién será?

Emma suspira y se aparta el pelo de la cara.

—Es la señora Sprague.

—¿Cómo lo sabes?

—Seguro que es ella —suspira otra vez.

—¿Quieres que volvamos a casa del señor Wilson? Podemos esperar allí y volver cuando se vaya la camioneta. Vamos.

—Mejor acabar cuanto antes —dice, caminando hacia la casa con el agujero en el tejado—. Nos vemos luego aquí fuera. Podemos ir a casa del señor Wilson.

—¿Seguro? —no puedo creer que todavía le apetezca

tirar al blanco después de la paliza que le van a dar. Pero la espero de todos modos.

—Bueno, bueno, bueno —dice mamá cuando nos acercamos a los escalones, delante de la camioneta—. ¿Qué tienes que decir en tu defensa antes de que te dé una paliza?

No oigo lo que dice Emma, pero a mamá la oigo perfectamente.

—¡O te disculpas o te doy diez correazos más!

Ya estoy harta.

—¡Lo siento! —digo tan alto como puedo sin tener que respirar hondo.

Emma habla tan bajito que no la oigo, pero la señora Sprague vuelve a montarse en la camioneta con Fred a su lado y la camioneta se pone en marcha matraqueando.

Mamá y Emma ya se han ido cuando la camioneta se marcha.

—Ven aquí —me grita mamá desde dentro de la casa—. ¿Por qué tenéis que liarla en cuanto me doy la vuelta? ¿Eh? —el restallido de la correa al acercarse a la piel es seguramente el peor sonido del mundo. Creo que esta noche nos va a tocar dormir boca arriba.

Emma tarda un rato en salir después de mí, pero por fin sale, andando con cuidado. Enseguida nuestros pies nos llevan de vuelta por la carretera, a casa del señor Wilson.

—No me explico cómo es que no sabéis disparar desde que erais pequeñas —dice el señor Wilson.

—Yo sólo tengo ocho años —digo yo—. Y mi hermana seis. Todavía somos pequeñas.

Él menea la cabeza y se acerca a la valla para poner en fila las latas (una, dos, tres). Emma está detrás, mirándonos. Seguro que le escuece un montón el culo. A mí también, pero yo soy más mayor. Tengo mucha más experiencia que ella.

—Bueno —el señor Wilson escupe y recoge la escopeta—. Voy a demostraros de qué hablo y luego os enseño un poco la escopeta.

Se apoya la escopeta en el hombro y ¡pum! Dispara el primer tiro sin avisarme siquiera. Suena tan alto que siento como si me hubiera estallado la cabeza.

—Ve a ver si he dado en el blanco —me ordena. Habla un poco alto y supongo que es porque a él también le pitan los oídos.

En lo alto de la cerca hay dos latas tan campantes, pero la otra se ha caído al suelo y tengo que pasar por los travesaños de abajo para recogerla.

—¡Le ha dado! —grito. Justo allí, en mitad de la lata retorcida, hay un boquete por donde ha pasado la bala. Miro al señor Wilson por el agujero como si fuera un telescopio. Brownie debe de saber que ha atinado, porque está moviendo la colita en el polvo.

—Ven aquí y lo hago otra vez —dice él. Y yo vuelvo a cruzar la cerca y corro por la tierra y las piedras hacia él antes de que dispare de nuevo. Esta vez no pienso arriesgarme. Me tapo los oídos todo el camino.

¡Pum! ¡Pum!

Vuelvo corriendo y recojo las dos latas, y claro, las dos tienen un agujero justo en el medio.

—¡Hala! —le digo al señor Wilson al volver—. ¿Puedo probar? ¿Puedo probar?

—Claro que puedes —dice él—. Pero primero tienes que aprender a respetar el arma. Para respetarla, tienes que conocerla bien. Mi padre me enseñó a mí como yo te estoy enseñando a ti. No es difícil, pero hay que aprenderse bien la lección, ¿me oyes, niña?

—Sí, señor —digo yo.

—Esto de aquí es la cámara —me enseña la escopeta como si fuera una toalla extendida entre sus manos—. Ahora mismo no hay balas dentro, así que puedes cogerla. Eso es, sujétala con cuidado. Con respeto. Nunca apuntes a nadie como estás haciendo ahora mismo. Eso está muy mal. Apunta a la cerca mientras te hablo o se acabó la lección. Ahora, esto de aquí (pon aquí el dedo), bien. Esto de aquí es el percutor. Si vas en serio, lo tienes que retirar. Cuando está así, hacia atrás, la bala sabe que la pueden llamar en cualquier momento. Eso de ahí (no, toca aquí. Eso es), eso es el seguro. Es por si el percutor se echa hacia atrás por error. Si el seguro está retirado, mejor quitarse de en medio. Esto de aquí es lo más peligroso de todo. Es el gatillo. Así que tenemos el percutor, el seguro y el gatillo. Todos sirven para disparar. Pon el dedo en el gatillo para que veas cómo es. Eso es. Tienes buen porte para esto. Eso está bien. Eso no se aprende. O lo tienes o no lo tienes. Haz lo mismo que yo. Acércatela al hombro (no, del otro lado... eso es) y nota cuánto pesa. Ésta es una de las escopetas más pesadas que se fabrican. Mi padre mató un buen montón de conejos con ella, y en temporada de caza yo también mato unos cuantos cada dos semanas. Bueno, bájala y dámela. Supongo que ya estás preparada para meter un cartucho en la cámara. Se abre esta parte de aquí y se mete el cartucho... ¿ves cómo encaja? Se mete así. Ya está. La cierro otra vez y la bala queda apuntando hacia el cañón como tiene que ser. Ahora, vuelve a acercártela al hombro...

—¿Voy a disparar? —de pronto siento náuseas. Parece que la escopeta pesa mucho más con la bala dentro, aunque la bala casi no pesa.

—Sí, vas a disparar a la cerca. Pero primero tienes que devolvérmela para que te coloque las latas.

Yo hago lo que me dice. Él se acerca a la valla, meneando lentamente la pata de palo delante de la buena cada vez que da un paso.

Encima de la cerca vuelve a haber una, dos y tres latas.

Cuando el señor Wilson regresa, se pone detrás de mí y me pone la escopeta en las manos pasándola por encima de mi cabeza.

—Bueno, ahora recuerda lo que te he enseñado, niña —dice—. Tienes que mirar por la mira hasta que veas la lata donde se juntan las dos líneas. Cuando la tengas ahí, suelta el seguro y pon el dedo en el gatillo...

—Tengo miedo.

—Natural —dice detrás de mí—. Si no tuvieras miedo, lo tendría yo. Es normal tener miedo. Miedo y respeto. Eso es lo que hay que tener cuando se tiene un arma entre las manos. Ahora ya estás lista. Aprieta el gatillo cuando veas la lata entre las dos líneas...

¡Pum!

La escopeta me golpea el hombro tan fuerte que

doy un grito y la tiro al suelo, delante del señor Wilson. Brownie se queda mirándola y luego mira a su amo.

El señor Wilson escupe a la tierra y después de un segundo echa a un lado la pata de palo para agacharse y recoger la escopeta.

—Lo siento —digo, apartándome de él. Me preparo para salir corriendo, sólo por si acaso—. Lo siento, señor. No quería tirarla al suelo. Es que me ha hecho tanto daño en el hombro que se me ha caído sin querer. No quería...

—Calla, niña —dice él, dándome una palmadita en la cabeza—. Armas más alboroto que esa vieja perra a la hora de la cena. No pasa nada porque se te haya caído. Se me ha olvidado decirte que iba a dolerte. Supongo que a mí ya se me ha hecho callo. Lo has hecho bien. Ahora no te pongas a llorar como una miedica. Espero no estar perdiendo el tiempo contigo. Deja de llorar. Ya te he dicho que no pasa nada.

Yo me sorbo los mocos y me limpio las lágrimas con las manos sudadas, que huelen a humo y a metal.

—Ahora vuelve a agarrar la escopeta —dice el señor Wilson, intentando dármela, pero yo digo que no con la cabeza. No quiero volver a tocarla.

—¿Qué? ¿Otra vez? Pero... pero si se me ha caído —sollozo—. No le he tenido ningún respeto —además me palpita el hombro como un corazón, pero no quiero que piense que soy una miedica, así que no se lo digo.

—Coge la escopeta —dice gruñendo—. Los errores no se superan dejándolos pasar. Además, falta una lata en la cerca, y creo que los dos sabemos lo que eso significa.

Yo miro la cerca entornando los ojos y ¡tiene razón! ¡Le he dado a la lata!

—Tranquila, niña —me dice, pero Brownie se cree que le está hablando a ella y empieza otra vez a mover la colita—. Recuerda que va a darte otra vez un buen empellón, pero esta vez tienes que agarrar bien fuerte la escopeta. Deja que te empuje hacia atrás. Relájate y sólo te dolerá un poquito. Ya sabes lo que va a pasar. Mira la lata por la mira. ¿La ves? Bien. Ya estás lista para apretar el gatillo. Cuando quieras.

¡Pum!

Esta vez el dolor me atraviesa el cuello, pero cuando abro los ojos veo que todavía tengo la escopeta entre las manos. El señor Wilson silba bajito y Brownie se levanta y sale corriendo a la cerca como si supiera que era mi último tiro. Y lo es. Porque, si disparo otra vez, creo que me estallará la cabeza de lo mucho que me duele.

—Que me aspen —silba otra vez, y me llama para que me acerque adonde está, al pie de la cerca—. Ven aquí, niña. Ven a ver lo que has hecho.

Sólo queda una lata tambaleándose al borde del travesaño de arriba de la cerca. Las otras dos están en el suelo. Y allí, debajo de los agujeros del señor Wilson, hay uno nuevo en cada lata reluciente.

—Me parece que tenemos aquí una campeona, ¿tú qué crees, Brownie? —le da una palmaditas en la cabeza a la perra como si fuera ella quien le hubiera pegado un tiro a la segunda lata. Y silba otra vez.

—¿Les he dado a las dos? —lo veo, pero no puedo creerlo.

—Les has dado a las dos, miedica.

—No me llame allí.

Su risa suena como el cacareo de un pollo. Escupe otra vez.

—Supongo que después de esto querrás que te llame Annie Oakley —se ríe otra vez—. Bueno, vamos a casa a que te laves las manos o tu madre la tomará conmigo, y no estoy de humor para pelearme con la mamá de una miedica.

No sé por qué, pero saber que les he dado a las latas a la primera hace que el dolor del hombro se me pase de golpe.

—¿Puedo volver a disparar mañana?

—Ya veremos —dice cojeando a mi lado—. Ya veremos.

—Por favor... Tengo que volver a disparar mañana —le digo—. Por favor, señor Wilson.

—Te he dicho que ya veremos —dice—. Ahora ven.

Abro su puerta mosquitera como si fuera la de mi casa. Cuesta un poco llegar a la cocina porque todo el cuarto de estar está lleno de montones y montones de papeles. Hay un sendero entre los montones, así que no hay que saltar por encima de ellos, pero cuesta concentrarse en el sendero porque no entra nada de luz. Ahora creo saber por qué el señor Wilson está siempre en el porche. No tiene sillas, ni muebles. Sólo montones y montones de periódicos, revistas y papeles blancos todos escritos. Me pregunto qué hace en invierno, cuando hace tanto frío que uno no puede sentarse en el porche.

—Hay una pastilla de jabón junto al grifo —grita detrás de mí cuando la puerta del porche se cierra y comprendo que también ha entrado en la casa—. Ya que estás, límpiate un poco esa sangre.

Miro para abajo y, claro, tengo sangre en la mano y un poco en el brazo que empieza a secarse. Giro bien el cuello y veo que la escopeta me ha hecho un corte pequeño en la piel, justo donde los hombros se encuentran con el hueso del cuello. Mamá me mata, seguro. Siempre anda detrás de Richard diciéndole «quita ese chisme de aquí» cuando saca su escopeta. Y no deja que Emma o yo nos acerquemos a ella, ni siquiera cuando la desmonta para limpiarla.

El grifo chirría y chirría cuando lo giro, y tengo que darle un montón de vueltas antes de que empiece a salir el agua. Cuando por fin sale, es de color óxido y después de un minuto o así me canso de esperar a que salga clara. El jabón que el señor Wilson me ha dicho que use es un cuadrado marrón, y no sé si es marrón por el polvo que tiene o era marrón desde el principio. Pero de todos modos me lavo con él. Después de restregármelo entre las palmas, saco mucha espuma y me lavo bien las manos y toda la parte de los brazos que puedo meter por encima del borde del lavabo. No hay nada más que un trapo al lado del grifo, así que lo uso para secarme, pasándomelo por el brazo hasta el hombro y quitando muy bien la sangre para que a mamá no le dé un ataque cuando me vea. A veces no dice nada cuando vuelvo a casa con alguna herida (o cuando volvía a casa de mi cole de antes, donde siempre me zurraban un poco), pero yo noto que por dentro le está dando un ataque. Se aleja despacio y aprieta los labios. Y así es como le da a mamá un ataque.

–Tú dime quién te ha hecho esto, que yo me encargo de ellos –decía papá con las manos en las caderas, justo donde llevaba el cinturón bien remetido en las presillas de los pantalones–. Venga, vamos. Díselo a papá.

–No… no puedo… decírtelo –decía yo cuando tomaba aire entre sollozo y sollozo–. Me… dijeron… que no… te lo dijera.

–Son unos cobardes, por eso te dijeron eso –decía él–. Ahora ponte esos guisantes congelados en el ojo y ven aquí y cuéntame qué ha pasado exactamente.

Era agradable ponerse la bolsa fría en el ojo.

–Déjala en paz –decía mamá desde la cocina–. No le pasa nada. ¿Cómo va a curtirse si la tratas como a un bebé?

–Cállate, Lib. A nuestra niña le han dado una paliza y el que se la ha dado va a tener que vérselas conmigo aunque me cueste la vida. Vamos, ratoncito, dímelo.

Me acariciaba el pelo, que de tanto llorar se me había quedado pegado a las mejillas. Cuando llegué a casa del colegio lo tenía tan pegado que parecía que llevaba una telaraña encima de la cara. Pero papá sabía quitármelo de la cara y ponérmelo detrás de las orejas, como a mí me gustaba.

–Empezaron a llamarme miedica –le dije, poniéndome y quitándome la bolsa de guisantes de la cara porque me dolía el ojo del frío si me la dejaba mucho tiempo–. Y luego –snif–, y luego dijeron que iban a darme una paliza después de clase –snif–, y luego, cuando salí por la puerta de atrás para ir al autobús, vi que me estaban esperando.

–¿Quién? –papá me arrullaba como una paloma a sus polluelos–. ¿Quién te estaba esperando?

–Tommy –snif– Bucksmith. Y Floyd Cunningham. Y no sé quién más.

–¿Quién te dio el puñetazo?

–No lo sé –y era verdad, porque cuando me pegaron el primer golpe estaba mirando mis libros, que estaban tirados por el suelo.

–¿Por qué no lo dejas de una vez? –le preguntó mamá a papá desde la puerta, y luego apretó los labios.

–Me voy a casa de los Cunningham y luego a casa de los Bucksmith. Luego vuelvo –papá se levantó y se alisó las arrugas que se le habían hecho en los pantalones de estar sentado a mi lado–. No me mires así, Libby Culver. El que pega a una niña es un cobarde.

Cuando papá se marchó la casa se quedó en silencio, así que el único sonido que oía yo era el soniquete de los guisantes helados cuando me colocaba la bolsa sobre el ojo morado.

Mamá se quedó en la cocina y yo me quedé en el cuarto de estar, al lado de la huella que había dejado papá en los cojines del sofá.

Esa noche el olor de la moqueta se acercó a mi cara y sentí que papá me daba un beso en la frente.

—Todo va bien, ratoncito —susurró, acariciándome otra vez el pelo—. Y no creas que a mamá no le ha dado un ataque cuando te ha visto. Es sólo que ella lo demuestra de otra manera.

—¿Dónde habéis estado? —me pregunta mamá, chupando su cigarro y echándome el humo en la cara—. Esto no es un restaurante, aquí no se entra y se sale cuando uno quiere y se pide la comida cuando a uno se le antoja. La cena se ha acabado. Será mejor que busquéis algo que echaros a la boca antes de poneros a hacer los deberes. Pero no esperéis que yo os sirva. Os habéis saltado la cena, pues haceos algo vosotras. Te juro, Carrie Parker, que me estás sacando de quicio —El humo se eleva delicadamente en el aire. Dos cintas se quedan justo encima de su cabeza y por un momento parece que mamá tiene cuernos. Emma sube derecha a nuestro cuarto y yo sé por qué: a veces mamá, aunque te haya dado una buena tunda, si ve tu cara otra vez, se acuerda de lo enfadada que estaba y se pone a chillar de nuevo. Emma no quiere arriesgarse y yo lo entiendo.

Me encanta el color de la bebida que está bebiendo mamá, es naranja-ojo-de-gato. Cuando empieza a beber eso, lo mejor es hacer lo que manda.

—Vamos —dice, señalando con la cabeza hacia dentro de la casa.

—Mamá...

—¿Qué?

—¿A ti te gusta vivir aquí?

Ella bebe otro sorbo de su bebida y se lleva el cigarro a la boca, pero se para un momento antes de tragar el humo. Sigue mirando el bosque. Luego aspira y echa el humo,

—Algunas cosas no son cuestión de gustos —dice, y el humo caracolea alejándose de ella—. Algunas cosas son como son. No tienen remedio.

—¿Vamos a vivir aquí siempre? —le pregunto.

Su brazo se para antes de posarse en el brazo de la silla vieja de mimbre en la que está sentada. Veo que tiene la cabeza ladeada mientras se piensa mi pregunta.

—¡Libby! —la voz de Richard rompe el aire quieto entre nosotras.

Ella pisa el cigarro a medio fumar y deja la copa debajo de la silla.

—Venga, vete a hacer los deberes —me dice, y pasa a mi lado empujándome para entrar en la casa del agujero en el tejado—. Ya voy, ya voy —su voz se aleja y se aleja de mis oídos.

Yo miro hacia donde estaba mirando ella y veo que ha clavado la vieja pajarera de madera que hizo papá antes de que yo naciera. Supongo que eso contesta a mi pregunta.

Cuando entro en nuestro cuarto, Emma está tendida boca abajo en la cama. Está apoyada en los codos, dibujando lo que le toque esa noche.

—Hola —digo.

—Hola —por el tono de su voz sé que le duelen más los correazos.

—¿Qué haces? —digo, sacándome la camisa por la cabeza para ponerme el pijama.

—Dibujar —bosteza y luego se acerca un poco más para preguntarme lo que traía metido en la cabeza todo el camino desde la casa del señor Wilson—. ¿Cómo es que disparas tan bien?

Yo me encojo de hombros, pero tengo que admitir que en el fondo estoy muy orgullosa de mí misma.

—¿Cómo lo has hecho? —lo intenta otra vez.

—No lo sé, de verdad —y es cierto.

—¿Quién es Annie Oakley? —ladea la cabeza y parece mamá cuando hace lo mismo. Nunca me había fijado.

—¿No sabes quién es Annie Oakley? ¿Annie Oakley? ¿La vaquera que disparaba mejor que un hombre? Es del Antiguo Oeste, o algo así. Llevaba faldas de cuero con montones de flecos por abajo y chaquetas de cuero con flecos por los brazos y un pañuelo alrededor del cuello. Era la pistolera más rápida del Oeste.

—Tú no tienes faldas con flecos, ni chaquetas —dice ella como si me estuviera acusando de mentir.

—¿Eh? —digo—. ¿Y quién ha dicho lo contrario?

—El señor Wilson te ha llamado Annie Oakley —dice—. Pero tú no tienes flecos.

—Es un mote —le digo. Os lo juro—. ¿Recuerdas? Un mote. Jopé.

—¿Podemos ir mañana para que pruebe yo?

Yo me quedo pensando mientras me pongo el pantalón del pijama. Con sólo pasarme la goma por los pies y subirme el pantalón hasta las rodillas me duele el hombro.

—No sé —le digo—. Ya veremos.

Es duro decirle que no a una niña con el trasero lleno de cintazos colorados.

—Señor Wilson, ¿para qué son todos esos periódicos? —lo estoy mirando sacar tres cartuchos de una caja vieja que tira al suelo cuando saca las que quiere. Algunos cartuchos se salen cuando la caja cae al suelo, así que me agacho para recogerlos.

—¿Por qué metes las narices donde no te llaman? —mete la primera bala en la pequeña cámara redonda—. Yo creía que lo que uno hacía en su casa era asunto suyo —la cámara gira dando un chasquido para dejar sitio a la siguiente.

—No estoy metiendo las narices, sólo era una pregunta —le digo, apartando un poco la caja de los cartuchos para que nadie le dé una patada mientras tiramos al blanco—. Nunca había visto tantos periódicos juntos.

—Bueno, hoy tienes que demostrar que lo de ayer no fue sólo la suerte del principiante —dice, y me hace una seña para que me ponga delante de él y me pase la escopeta por encima de la cabeza como ayer. Cuando me la apoyo contra el hombro, el dolor me corta la respiración. Pero una vez está allí puedo respirar normal.

—Duele, ¿eh? —el señor Wilson escupe en el suelo, a un lado, y me doy cuenta de que he debido hacer una mueca—. Se te pasará pronto, no te preocupes. Dobla un poco las piernas. Bien. Recuerda que tienes que ver la lata en medio de las líneas antes de disparar. Luego dispara.

Pero me tiemblan los brazos de lo que pesa la escopeta, así que la lata no se está quieta en medio de la mira.

—No puedo —pongo la culata de la escopeta en el suelo para descansar los brazos un momento—. Pesa mucho. No puedo.

—Espera —dice él—. Deja que la sangre te vuelva a los dedos y luego lo intentamos otra vez.

—Pero hoy pesa más que ayer.

—No pesa más, niña, es que tienes los brazos más cansados, eso es todo. Ahora, levántala y prueba otra vez.

En cuanto veo la lata en medio de las rayas aprieto el gatillo, pero he corrido demasiado y tengo los brazos tan débiles que la escopeta se me resbala de las manos y cae al suelo otra vez después de que suene el tiro. Esta vez creo que el ruido me ha dejado sorda.

—¿Qué coño...? —dice el señor Wilson—. Levanta esa escopeta del suelo, niña. Creía que habías dicho que no ibas a volver a hacer eso. Quítale bien el polvo y dámela. Eso es.

Las lágrimas me escuecen los ojos.

—Ah, no, no empieces con la llorera otra vez —dice, girando los ojos—. Se te tienen que pasar esas pamplinas. Corta el rollo y deja que te enseñe cómo se hace.

Se pone la escopeta al hombro, mira por el visor y dispara en un periquete. Algún día quiero hacerlo igual de bien. Suenan uno, dos tiros. Ni siquiera tengo que ir corriendo a la cerca para saber que hay dos latas en el suelo, recién agujereadas.

—¿Cree que yo podré hacer eso algún día? —le pregunto. El señor Wilson va cojeando a la cerca para recoger las latas.

—No puedes volver a cagarla así —dice, moviendo su pata de palo delante de la buena cada vez que da un paso—. Tienes que trabajar ese hombro. Fortalecerlo. Una casa no vale nada si no está construida sobre buenos cimientos.

—¿Cómo voy a fortalecerlo si ni siquiera puedo sostener la escopeta?

Él menea la cabeza y escupe a un lado. Luego se encoge de hombros y su mono sube y baja otra vez, de lo flojo que lo lleva.

—¿Puedo probar otra vez?

—¿Qué te hace pensar que te aguantarán los brazos si sólo han pasado cinco minutos?

Ahora me encojo yo de hombros y él se ríe. Bueno, cacarea, en realidad.

—Está bien —dice. Se pone detrás de mí y yo alcanzo la escopeta que me pasa por encima de la cabeza—. Recuerda...

—Ya sé, ya sé —suspiro—. Apuntar a la lata por la mira, poner el dedo en el gatillo y apretar cuando vea la lata entre las líneas.

Me tiemblan los brazos, pero esta vez consigo que mi cerebro les diga que se estén quietos y casi obedecen. Por lo menos lo bastante como para que la lata se quede quieta en medio del círculo de la mira.

¡Pum!

Sonrío antes de poner la culata en el suelo como he visto hacer al señor Wilson. Sé que le he dado a la lata. Lo sé.

Él me da unas palmaditas en la cabeza.

—Ve a decirme qué has hecho —dice.

Ladeo la punta de la escopeta hacia él para que la agarre y salgo corriendo a la cerca. ¡Bingo! Le he dado a la lata.

—¿Cuántos años dices que tienes? —me pregunta.

—Ocho, señor.

—¿Y no habías disparado nunca?

—No, señor.

—¿Tu padre tiene escopeta?

—Mi padre está muerto, señor —le recuerdo—. Mi padrastro tiene una, pero nunca nos deja tocarla.

Él se rasca la barbilla como en los libros de cuentos, pero en los libros suele ser el malo el que se rasca la barbilla mientras trama cómo atormentar a sus víctimas. Pero yo no creo que el señor Wilson sea malo.

—Hmm —dice más para sí mismo que para mí—. Sólo intento averiguar qué hacer contigo, niña.

—¿Me dejará disparar otra vez?

—Creo que sí. Pero aquí hay que estar a las duras y a las maduras. Tienes que aprender a cuidar de la escopeta para que la escopeta cuide de ti.

—¿Qué significa eso?

—Vamos —suspira—. Será mejor que veas con tus propios ojos de qué estoy hablando.

Es difícil saber qué hacer cuando uno anda al lado del señor Wilson. Podría adelantarle en un santiamén, pero tengo la sensación de que no le haría ni pizca de gracia, así que ando detrás de él y a su lado como si me moviera tan despacio porque quiero.

Por detrás de su casa hay un cobertizo en el que no

me había fijado nunca. Parece hecho de hojalata oxidada, del mismo material que las latas a las que disparamos. Metida por dos aros metálicos clavados a las puertas hay una cadena que sujeta un candado gigante. El señor Wilson se saca del bolsillo del mono un llavero y rebusca entre las llaves hasta que encuentra una pequeña que parece de mentira entre sus manos grandes y ásperas. Las manos del señor Wilson parecen guantes de béisbol.

Un pequeño giro y el candado se suelta de la barra en forma de U metida entre los eslabones de la cadena.

—Ya está —dice.

Yo no sabía lo que era la oscuridad hasta que vi el interior del cobertizo. Parpadeo para que se me acostumbren los ojos, pero aun así me cuesta porque el señor Wilson está tapando la puerta y la luz del día no entra. Cuando el señor Wilson se mete en el cobertizo, empiezo a distinguir formas. Montones de estanterías. Montones de latas, puede que latas de pintura, pero no lo sé seguro. Montones de tarros y cacerolas viejas. Una segadora, y es muy raro, porque por aquí no hay césped. Frascos de cristal para no sé qué. Y una estantería colgada en el rincón en el que está trasteando el señor Wilson. Después de parpadear un poco más y achicar un poco los ojos, veo que en la estantería hay más armas.

—¡Hala! —digo—. Tiene un montón de pistolas.

Él me mira a mí y luego mira la estantería.

—Supongo que sí —dice—. Pero no tantas como otros de por aquí.

—¿Cuántas tienen los demás?

—Docenas —me contesta, sacando un trapo de un estante. Me fijo y veo que está desmontando la escopeta—. El viejo Plemmons tenía unas cien. Cuando se murió no sabían a quién dárselas.

Es divertido escuchar al señor Wilson llamar «viejo» a otro señor.

—¿Cuántas tiene usted?

—Tengo seis. Ésta de aquí es la de faena. Ésa de ahí es la de las ardillas. Todas las tengo por una razón, supongo.

—¿Qué es una escopeta de faena?

—Es para salir por ahí y traer comida a casa. Para eso es.

—¿Puedo probar ésa? —señalo una escopeta más pequeña que tiene pinta de que no me haría ni pizca de daño en el hombro.

El señor Wilson mira donde señalo y menea la cabeza.

—Mejor te quedas con ésta hasta que aprendas bien. Después de ésta, todo te parecerá fácil, no te preocupes. Ven aquí, ayúdame con las cosas de limpiar. Vamos a sacarlo todo fuera, nos sentamos al sol y te enseño a limpiar un arma como es debido.

Yo debo de estar haciendo una mueca, la misma mueca que hago siempre cuando mamá me dice que la ayude a limpiar, porque el señor Wilson dice:

—No me des la lata, niña, o no vuelves a tocar la escopeta.

—Sí, señor —yo borro la mueca de mi cara en un periquete.

Me pasa una lata que huele como a gasolina de coche, un puñado de trapos tiesos y manchados de color marrón, un cubo y un cepillo.

—¿Cómo murió tu padre? —me pregunta mientras nos acercamos al tocón que hay junto al porche de delante—. ¿De la bebida?

—Fueron unos ladrones —digo yo—. Mi hermana lo vio allí tendido después de que lo mataran, pero era muy pequeña y mamá dice que no se acuerda de nada.

—¿Y cómo es que vivís aquí si sois tan ricos que la gente os roba?

—No somos ricos —le digo yo. No sé qué más decir. Él resopla como si no me creyera—. ¡De verdad!

—Por algo matarían a tu padre —dice—. Será que se lo llevaron todo y ahora tenéis que vivir aquí, cerca del campo.

No sé qué quiere decir el señor Wilson con «cerca del campo», pero si lo que quiere decir es que vivimos en el quinto pino, supongo que tiene razón. Pero no somos ricos. Eso seguro.

—Ven a ayudarme con los platos —me dice mamá. Su silla araña el suelo de la cocina cuando la aparta de la mesa de la cena.

Lleva su plato y el de papá y los pone a un lado de la pila.

Pone el tapón en el desagüe para que el agua no se escape y llena la pila mientras yo acerco una silla para subirme encima y hacer espuma.

El agua pasa por la lata en la que papá hizo agujeros, pero no hay suficiente jabón para que salga espuma.

—¡Mamá! Necesitamos más jabón —digo por encima del ruido del agua.

—Vale, vale —dice—. Supongo que ya hemos usado bastante la de arriba. Corre a traérmela.

Cuando el jabón se vuelve muy delgadito, va a la lata de la espuma. La pastilla que estábamos usando no está todavía muy delgada, pero sirve.

Bajo corriendo las escaleras y entro en la cocina, donde mamá está quitando el salero y el pimentero de la mesa.

—Toma —intento darle el jabón, pero ella señala con la barbilla la lata de la espuma, así que me subo en mi silla y la pongo dentro. Y cuando el agua pasa por ella, la espuma sale del fondo y se pueden lavar los platos.

—Ten cuidado, no malgastes el agua —me dice mamá—. Cuando acabes, lleva otra vez al baño el trozo de jabón que has traído.

—¿Por qué?

—Porque con algo tenemos que lavarnos —dice, cerrando la puerta de un armario.

—Creía que el jabón de la lata era para los platos.

—Y lo es. Pero todavía no estamos a final de mes y todavía podemos exprimir un poco esa pastilla.

Corro a casa después de que el señor Wilson me enseñe cómo una escopeta grande puede convertirse en millones de piececitas pequeñas.

La camioneta de Richard sigue en su sitio, al lado del sendero que lleva al número veintidós. Mamá ha sacado las alfombrillas del suelo a la barandilla del porche para que se aireen. Será mejor que le diga que va a llover. Brownie se apoya en su lado derecho cuando va a llover. Eso fue lo que me dijo el señor Wilson cuando la vio así al salir del cobertizo, después de guardar las cosas de limpiar la escopeta. Nuestra escopeta no la guardó. Dice que la tiene siempre en casa, «por si acaso». No sé qué quiere decir con «por si acaso». Pero si el señor Wilson tiene miedo, supongo que todos tendremos que tenerlo.

—¿Dónde coño te has metido? —me gruñe Richard, y doy un brinco cuando estaba a punto de agarrar el picaporte.

—En ningún sitio —le digo. Intento descubrir si hay espacio suficiente para que pase por su lado sin que me agarre o algo así. Lo que más me preocupa es el algo así, porque Richard no agarra sólo. Agarra y retuerce.

—¿Te crees que soy tonto y que voy a tragarme eso? No has estado en ninguna parte. En ninguna parte. ¿Dónde coño crees que está «en ninguna parte»?

No. No hay sitio.

—Te estoy hablando a ti, niña —me dice, señalándome el pecho con el cuello de la botella de cerveza—. Mírame cuando te hablo. Eso está mejor. Ahora vas a decirme dónde has estado.

—Por ahí, por la carretera —digo yo en voz baja.

—¿Por ahí por la carretera dónde?

—¿Dónde está mamá?

—Tú no eres quien hace las preguntas. Aquí las preguntas las hago yo —dice, y le da un sorbo a la botella y luego traga y eructa muy fuerte–. Llevas yéndote por esos bosques desde que llegamos aquí y tengo derecho a saber dónde te metes. O me contestas o voy a tener que sacártelo a golpes.

No puedo creer que me haya oído. Lo he dicho muy bajito, para mí misma. No quería que me oyera. Es sólo que no tiene derecho a saber dónde he estado. En el colegio estamos estudiando la diferencia entre derechos y privilegios, y el que Richard sepa dónde he estado no es un derecho, es un privilegio.

–¿Me estás contestando? ¿Es eso?

Me pega una patada y en cuanto me descuido estoy tumbada en el suelo, haciendo una estupidez que sé que no debo hacer.

–¡Mamá! –por un segundo siento como si estuviera en el techo, mirándome a mí misma. Mi voz no parece la misma, es un grito hueco que me sale sin poder remediarlo.

Veréis, llamar a mamá es una tontería por dos cosas. Primero, porque nunca viene y, si da la casualidad de que viene, se enfada conmigo y con Emma por llamarla a voces como si fuera un perro, así que se enfadan los dos y eso nunca es bueno. Y segundo, porque Richard se enfada aún más si cree que gimoteamos como bebés.

Richard me agarra de la culera del pantalón, me levanta del suelo y me empuja hacia la escalera.

–Vete arriba, pedazo de mierda –estoy segura de que está detrás de mí, pero su voz parece llegar de muy lejos.

–¡Emma! –grito yo.

—No está —dice él, dándome un rodillazo en el trasero.

—¿Dónde está? —estoy susurrando porque para hablar más alto necesitaría más aire, y para eso tendría que respirar más hondo, y ahora mismo me duele la tripa.

—¿Emma? —levanto la cabeza y susurro todo lo alto que puedo para que el sonido pase flotando más allá de Richard.

—¿Es que no te lo he dicho? —dice. Me tiene acorralada en mi cuarto, está en medio de la puerta—. No está —le da la vuelta a la botella de cerveza para que caigan al suelo las últimas gotas—. Ven aquí —me hace señas con la botella para que me acerque, pero yo no espero más.

Salgo corriendo hacia él como una bala de la escopeta del señor Wilson, le doy un empujón, paso pitando a su lado y bajo las escaleras a saltos, casi de tres en tres. La puerta se cierra de golpe detrás de mí. Así habrá más distancia entre los dos si me persigue, y me persigue, porque desde la senda que lleva al río Diamante le oigo gritar:

—¡Vuelve aquí, niña!

Me tropiezo con la raíz de un árbol.

—Te conviene andarte con ojo —grita—. ¡Te la vas a cargar cuando vuelvas!

Ni siquiera me falta la respiración, salto por las piedras y por el árbol caído. Es curioso cómo se te pasa el dolor cuando tienes la oportunidad de ser libre.

—¿Emma? —la llamo para que no huya al oír pasos, pensando que es Richard, como haría yo si oyera que alguien viene corriendo hacia mí.

Al borde del arroyo me inclino porque ahora sí que

me falta el aire, y parece que inclinarse es el mejor modo de recuperar el aliento sin molestar mucho a mis tripas.

—Estoy aquí —una vocecilla llega a mis oídos.

Levanto la cabeza. Pero al principio no la veo.

—¿Dónde?

—Aquí.

Y allí, sobre una roca lisa metida medio dentro, medio fuera del agua, está mi hermanita, abrazándose las rodillas y meciéndose hacia delante y hacia atrás. Al principio me parece que el moratón no tiene tan mala pinta, pero cuando me acerco veo que tiene sangre seca y se me hunde el estómago.

Así que, antes de tenderle los brazos, me agacho y mojo en el agua la punta de mi camisa para limpiarle la herida.

—No te encontraba —dice sin pestañear siquiera cuando empiezo a limpiarle la frente.

—Estaba en casa del señor Wilson —digo—. Estate quieta. ¿Cómo te has hecho esto?

Empiezo por la parte de debajo del reguero de sangre seca y sigo la línea hasta su pelo, donde hay un redondel de sangre más oscura. El peor moratón está justo ahí arriba. Emma da un respingo cuando lo toco.

—Aguanta, deja que le eche un poco más de agua —digo, y me bajo de la roca de un salto y me mojo otro lado de la camisa—. ¿Estás bien? —le pregunto cuando vuelvo con ella.

Está tan quieta como la roca en la que se ha sentado. Se le han desatado los cordones de los zapatos, así que se los ato con doble nudo, como a ella le gusta.

—Di algo.

Pero no dice nada.

No puedo acariciarle el pelo para que se sienta mejor porque lo tiene todo enredado, así que le acaricio el brazo.

—Se ha quedado sin trabajo —dice muy bajito.

—¿Qué has dicho? —me acerco un poco a su boca para oírla mejor. Casi no se la oye.

—He dicho que se ha quedado sin trabajo.

—¿Richard?

—¿Quién va a ser si no?

—¿Por qué?

—¿Cómo quieres que lo sepa?

—¿Lo sabe mamá?

Emma se encoge de hombros.

—Ni siquiera sé dónde está.

—Yo tampoco. ¿Cómo sabes que se ha quedado sin trabajo?

Ella no dice nada, así que supongo que no importa cómo se ha enterado.

—Supongo que ahora pasaremos mucho más tiempo en el río Diamante —es lo único que digo.

Y entonces se me ocurre una idea.

—¿Y si escribimos a la yaya?

—¿Qué? —Emma levanta un poco la cabeza.

—Podemos escribir a la yaya y pedirle que venga una temporada —digo. Mientras lo digo, me parece mejor idea que hace un segundo o dos, cuando se me ocurrió de repente—. A lo mejor esto le gusta más que donde está ahora, y así viviría con nosotras.

—Pero ¿y la tiita Lillibit? La yaya cuida de ella —dice Emma.

La tiita Lillibit es la hermana pequeña de mamá. En realidad se llama Elizabeth, pero todo el mundo la llama Lillibit porque mamá le puso ese mote cuando tenían nuestra edad. La yaya vive en una habitación de su casa, cerca de Ashville, y hace la colada y la limpieza, como si la tiita estuviera enferma o algo así, y la verdad es que siempre parece que lo está. Cuando eran pequeñas, a la tiita Lillibit empezó a sonarle un pito en el pecho cuando se iba corriendo a jugar y el doctor le dijo a su madre, la yaya, que no viviría mucho si se esforzaba demasiado. Así que desde ese día no se esfuerza nada. Y no se ha muerto. Mamá y ella nunca se llevaron bien porque mamá dice que la yaya la tenía muy consentida y a ella no le gustan las niñas mimadas. Así que mamá procura no verlas. La yaya vino a visitarnos un par de veces cuando éramos pequeñas, pero hace tanto tiempo que cuando cierro los ojos ni siquiera me acuerdo de su cara.

Aun así no se me ocurre una idea mejor, así que me aferro a ella.

—La yaya podría ayudar a mamá como ayuda a la tiita, y así mamá estaría mucho más contenta, seguro —digo.

A Emma ha dejado de sangrarle la cabeza, pero si te fijas se le ve un chichón muy gordo justo encima de donde empieza el pelo.

—Yo voy a hacerlo —digo—. Voy a escribirle.
—¿Y de dónde vas a sacar el sello?
—Le preguntaré al señor Wilson dónde está la oficina de correos, iré y compraré un sello, tonta —le con-

testo—. Eso es lo que se hace cuando se quiere mandar algo por correo. Se va a la oficina de correos.

—¿Y sus señas? No sabes dónde vive.

—Sé que vive en la calle Sycamore —le digo—, porque siempre lo decía. No sé el número, pero Avery Creek es un pueblo pequeño. Seguro que el cartero la conoce.

—No vendrá —suspira Emma, y vuelve a abrazarse las rodillas—. Ni en un millón de años.

—Sí que vendrá.

—Ya veremos.

Nos quedamos junto al río hasta que casi no se ve la otra orilla y entonces nos damos cuenta de que es hora de volver a casa. Da gusto levantarse y estirarse. Me duele el culo de estar sentada en la roca.

El suelo del bosque es esponjoso y me pregunto por qué nunca se nos ha ocurrido sentarnos en él en vez de en las rocas, que están tan duras.

—Bueno, vamos a hacer una cosa —le digo a Emma mirando hacia atrás porque anda más despacio que yo—. Yo entro primero para ver dónde está y, si no hay moros en la costa, silbo para que entres. Si no me oyes silbar, no entres, yo saldré por la puerta de atrás y nos veremos aquí y volveremos al río. ¿Vale?

—Sí, vale —dice susurrando—. No me encuentro muy bien.

—En cuanto lleguemos a casa podrás tumbarte.

—Me da vueltas la cabeza.

—Ya lo sé —digo. Y es verdad. A mí también me da vueltas cuando me dan un golpe en ella, pero después de dormir un rato me siento mejor.

—No puedo andar más —dice.

—No seas quejica y date prisa —digo—. Ya casi hemos llegado.

Esta vez, después de la zurra, yo no me he quejado ni la mitad que Emma. Ella se lo calla casi siempre, pero supongo que esta noche no es una de esas veces.

Sale luz por detrás de la casa, de la parte de la cocina, así que cualquiera sabe quién habrá allí. Mamá, vale. Richard, no.

—Recuerda lo del silbido —le susurro a Emma. Espero que me oiga, está bastante lejos detrás de mí.

Empiezo a ir más despacio cuando llego a unas cien Barbies de la puerta de atrás. Presto atención por si distingo quién anda en la cocina, pero no oigo nada. Unos pasos más y puedo correr hasta el pie de la ventana y asomarme. Una. Dos. Tres. Y allí estoy, debajo de la ventana de la cocina, que está justo encima del fregadero.

No había caído en que la ventana queda más alta que mi cabeza, así que tengo que empujar... esta... piedra... aah... hasta aquí para empinarme. Así. Perfecto. El borde de la repisa está tan lleno de polvo y de porquería que al principio se me resbalan las manos, pero luego me agarro con fuerza y despacio, despacio levanto la cabeza hasta una esquina de la ventana.

Veo la mesa con sus cantos lisos de metal en medio de la cocina y el cenicero de mamá en el centro. Y, justo delante de mí, las moscas están chupando los restos de comida del montón de platos que hay para fregar. Creo que mamá está esperando a que haya más trozos de jabón en la lata, porque los platos llevan varios días amontonándose. Las moscas se lanzan las unas a por las otras, empujándose. Las más grandes son las que pican de verdad y dejan marcas rojas en la piel.

Es raro que esté la luz encendida y que no haya nadie en la cocina. Mamá siempre anda detrás de nosotras para que apaguemos las luces. ¡Espera! Aquí viene. Derecha hacia mí. Agacho la cabeza por si acaso me ve la coronilla. Oigo un tintineo. Seguramente está rebuscando algo en la pila. Cuando paso un rato sin oír nada, vuelvo a empinarme para ver qué pasa.

Un chirrido. La silla se aparta de la mesa y allí está mamá, encendiendo otro cigarro. Respira hondo y echa el humo hacia el techo. Estoy a punto de darme la vuelta para silbar, pero me paro cuando oigo crujir el suelo y aparece Richard. Está en la puerta, bebiendo un trago de su botella, como hizo antes conmigo.

—Venga, vete —dice mamá. La oigo perfectamente.

Richard mira por encima de la cabeza de mamá y por un segundo creo que me ha pillado espiándolos, pero luego veo que está mirando la pila.

—¿Cuándo vas a empezar a comportarte como una mujer de verdad y a ponerte a limpiar? —dice. Y el labio de arriba se le sube hacia la punta de la nariz.

Mamá dice algo que no entiendo porque lo dice justo antes de darle otra chupada al cigarro.

—¿Qué? —Richard la mira. Mamá está con la cabeza apoyada en las manos y el cigarro entre dos dedos de la mano izquierda.

—Cuando tú arregles el agujero del tejado —le dice, levantando la cabeza.

—Tienes suerte de que vaya a salir o te abriría un

agujero en la cabeza del tamaño de mi puño —dice él. Sube la botella, la apura y la tira hacia el fregadero..., hacia mí. Se rompe encima del montón de platos, los cristales tintinean contra la ventana. Agacho la cabeza por si acaso se rompe la ventana, y mientras tengo los ojos cerrados la imagen de mamá, sentada en la mesa de la cocina, fumando, se me queda grabada a fuego en la retina. Ni siquiera da un respingo cuando Richard tira la botella al otro lado de la cocina. Ni cuando la botella golpea contra el fregadero.

La puerta de delante se cierra de golpe y noto cómo tiembla la pared en la que estoy apoyada. Ahora por lo menos no hay moros en la costa. La camioneta se aleja tosiendo y matraqueando.

Yo me aparto de la casa y silbo, pero no veo que los arbustos se muevan donde debería estar Emma, así que silbo otra vez. Y nada.

Seguramente se habrá quedado dormida esperándome.

—¡Em! —le grito en voz baja. No se oye nada alrededor, así que sigo el cuadrado que dibuja la luz de la ventana en el suelo hasta el borde del sendero del bosque.

—¡Ya puedes venir!

—¿Mmm? —oigo una vocecilla cansada casi a mis pies.

—¿Dónde estás?

—Aquí —dice. Mis ojos se acostumbran a la oscuridad y allí, enroscada como un perro, está Emma, a unas tres Barbies de mis pies.

—Vamos —me agacho para ayudarla a levantarse. Sé

que le duele la cabeza, por eso está todavía más cansada. La última vez que me dieron un golpe en la cabeza, cada vez que me levantaba demasiado rápido, sentía como si el cerebro fuera a salírseme del cráneo. Así que sé cómo se siente Emma.

—Vamos. Pásame el brazo por los hombros y te ayudo a entrar.

Hace lo que le digo y volvemos a la casa tambaleándonos y rompiendo ramitas con los pies por el camino.

No empiezo a preocuparme hasta que se le cae la cabeza hacia atrás, sobre el brazo que le he pasado por los hombros. Ahora sí que estoy asustada.

—¡Mamá! —la llamo mientras intento meter a Emma de lado por la puerta al mismo tiempo que la abro con el pie—. ¡Mamá! ¡Ayuda! —y las dos nos caemos al otro lado de la puerta, con los brazos liados como cuando estábamos de pie. Después de unos minutos que parecen horas, intento sacar el brazo de debajo de Emma, pero es casi imposible porque Emma es un peso muerto, así que me rindo.

—¿Qué coño...? —oigo que dice mamá—. ¿Qué habéis hecho ahora?

Yo dejo los ojos cerrados porque si los abro tendré que levantarme y aupar a Emma, y no me siento con fuerzas

—Arriba —dice mamá. Y la oigo chupar otra vez el cigarro—. Venga, levantaos. Sé que no estáis dormidas —nos dice. Y tiene razón a medias: yo no estoy dormida, pero Emma se ha quedado frita.

Las tablas del suelo crujen y chirrían cuando mamá

se aleja, y no sé por qué pero creo que es lo mejor. Mamá no tiene fuerzas para subirnos a las dos, así que yo sólo estaba retrasando lo inevitable, supongo.

–Emma –la zarandeo con el brazo que todavía tengo atrapado debajo de ella–. Vamos, Em. Muévete un poco, Emma.

Giro la cabeza del todo y la veo parpadear.

–Muévete un poco para que pueda levantarme y te subo –digo–. Así. Vale. Muy bien –arquea la espalda para que yo pueda sacar el brazo y me levanto de un salto.

–Vale, ahora dame las manos para que te levante y te subo a la cama en un periquete. Eso es. Dame el otro brazo. Muy bien. Cuando cuente hasta tres, te levanto de un tirón. Una. Dos. ¡Tres!

Y lo mismo que ese juego en el que se balancea a un niño pequeño sobre un charco, yo levanto a Emma balanceándola.

–Vamos a la escalera –digo mientras me paso otra vez por los hombros su brazo izquierdo–. Bien. Pasitos de bebé. Muy bien, Em.

He descubierto que, cuando le hablo como si fuera un bebé, adelanto mucho más que si me enfado con ella.

–Buena chica, muy bien. Un paso más. Ya está. Ya estamos en lo alto de la escalera. Un par de pasos más y estamos en la cama. Un paso. Dos pasos. ¡Bien! Tres pasos. Cuatro. ¡Ya está!

La dejo caer boca abajo sobre la cama para quitarle los zapatos antes de taparla como es debido. Tiene la espalda de la camisa llena de pinochas, así que se la saco por la cabeza arrodillándome a su lado en la cama. Es un lío, pero se la quito. Va a tener que dormir sin camiseta porque no puedo ponerle la parte de arriba del pijama, pero no importa porque de todas formas esta noche hace mucho calor.

Voy de rodillas hasta la parte de arriba de la cama, donde van las almohadas, y tiro de Emma hasta que le apoyo la cabeza en una de las almohadas y luego le saco a tirones la sábana de debajo para poder taparnos si esta noche hay corriente.

Fiu.

Ahora ya puedo bajar a ver si como algo porque sé que no podré dormir con la tripa vacía.

Mamá está en la mesa de la cocina, fumando. Sé que no debo preguntarle por la cena, así que me voy derecha a la nevera a ver qué hay.

—Hay pollo del domingo —me dice—. No comas de pie. ¿Cuántas veces tengo que decírtelo? Siéntate y come como es debido.

Pongo un poco del pollo estofado en un plato que saco de encima del montón del fregadero. Es absurdo ensuciar otro si de todos modos sé que me va a tocar fregarlos a mí.

Mamá se recuesta en la silla y cruza los brazos como si estuviera observando mis modales en la mesa.

—¿Qué le ha pasado a la estrella del celuloide que estaba desmayada en la puerta, suplicando que la llevaran en brazos? —me pregunta, ciñendo el cigarro con los labios—. ¿También quieres que te dé de comer?

—No era yo la que necesitaba que la llevaran en brazos —digo—. Era Emma.

Mamá aparta la silla de la mesa y se acerca al armario que hay a la derecha del fregadero, donde están los vasos.

—Caroline Parker, estoy hasta las narices de Emma esto y Emma lo otro —dice mientras se sirve un vaso de la botella que guarda debajo del fregadero. Hay tanto silencio que oigo subir y bajar su nuez, engullendo a toda prisa la bebida—. No te quejas más que de eso. Emma necesita esto, Emma necesita aquello. Todo el santo día. Cuándo voy a tener yo un respiro, ¿eh? ¿Cuándo?

Está otra vez sentada delante de mí, con el vaso entre nosotras como un pariente muy callado que va a amargarte la noche quieras o no quieras.

—Lo siento, mamá —digo, intentando que el vaso esté lleno el mayor tiempo posible.

—Ya, pero no me has contestado —dice agarrándolo. Su nuez baja y sube otra vez, pero cuando vuelve a dejar el vaso el líquido no está mucho más bajo, así que todavía tengo tiempo—. ¿Cuándo va a haber un poco de calma en esta casa?

Yo empujo con el dedo los últimos trozos de estofado hacia el tenedor y confío en que ella no sé dé cuenta. No sé cómo alguien puede poner los últimos trozos del pollo en el tenedor sin ayuda de la otra mano.

Mientras mastico pienso en lo que puedo decirle a mamá.

Menos mal que se pone a hablar otra vez. Así no tengo que darle muchas vueltas.

—Aquí van a cambiar las cosas —dice—. Voy a ponerme a limpiar y tú me vas a ayudar después del colegio. Y no quiero oír ni una queja, ¿me oyes? Ni una.

—Sí, señora.

—Nada de Emma esto y Emma lo otro, ¿me oyes?

—No puedo evitar que Emma se meta en líos —digo, intentando que parezca que no me estoy quejando, pero es difícil, palabra, porque no es justo que me echen a mí la bronca por lo que hace Emma.

—Emma puede defenderse sola —dice. Y por el modo que aplasta el cigarro comprendo que se ha acabado la conversación.

—Será mejor que te pongas a fregar los platos —dice—. No van a fregarse solos.

Así que me acerco al fregadero, saco del armario de abajo la lata de las lascas de jabón y abro el grifo para que la espuma se pose donde pueda, en la pila, debajo del grifo.

Friego los platos uno a uno, y también los tenedores y los cuchillos, y los pongo en la encimera, al lado de la pila, para secarlos luego. Para secar uso un trapo hecho con mi camisa vieja de botones (que no tiene botones porque mamá se los arrancó cuando se me quedó pequeña). Fuera los grillos cantan tan alto que es como si cantaran al ritmo de mis manos.

¡Slam!

—¡Vaya! Qué buena chica, fregando los platos para su mamá —dice Richard moviendo la boca con esfuerzo cada vez que dice una palabra, porque por culpa de la bebida las palabras se juntan unas con otras de lo lindo—. Así me gusta.

Ya casi he acabado de apilar los platos, pero todavía

tengo que secar los cubiertos, así que no tengo escapatoria.

—¿Dónde está tu madre? —farfulla.

—No sé —digo.

—Has olvidado llamarme señor —dice—. Y me lo merezco, ¿no crees? —busca a tientas una silla en la que tirarse como si estuviera a oscuras, aunque la luz está encendida.

—Señor.

—¿Qué?

—No sé dónde está mi madre, señor —digo.

—Eso está mejor —dice despatarrándose en la silla—. ¿Por qué tengo que ver esta mierda? —dice mirando la cacerola que tiene delante.

Yo me acerco, pero me agarra del brazo cuando lo estiro para recoger la cacerola. Intento no hacer una mueca cuando me retuerce el brazo hacia el techo.

—Dale un besito a papá —dice, poniéndome la mejilla para que le dé un beso.

—Padrastro, querrás decir —digo muy bajito.

—¿Qué has dicho? —Richard levanta la cabeza.

—Nada —digo yo.

—¿Me estás contestando, niña?

—No, señor.

Y ¡zas! La bofetada me la da con la otra mano, con la que no me agarra la muñeca.

¡Zas! ¡Zas! Las bofetadas vuelan.

—¿Por qué tienes que contestarme? —nunca había oído gritar tanto a Richard. Pero puede que su voz suene así de fuerte porque me estoy tapando la cabeza con el brazo libre para que no me dé en la cara.

—¿Por qué? ¿Por qué siempre tienes que replicarme? —se le quiebra la voz, casi como si fuera la de una niña—. Os doy de comer —zas—. Os doy un techo para vuestra sucia cabeza —zas—. ¿Y qué consigo? Que me contestéis todo el tiempo —zas—. Día y noche, noche y día.

Las bofetadas se paran y yo miro por debajo del codo y veo que Richard está doblado y que sus hombros suben y bajan. Llora muy fuerte. Me suelta la muñeca.

—Aquí van a cambiar las cosas —le cuelgan los brazos, cansados de golpear—. Os vais a enterar. Van a cambiar las cosas...

Podría huir. Podría. Podría subir a nuestra habitación, acurrucarme al lado de Emma, que ya estará dormidita. Hasta podría irme al río Diamante si quisiera. Pero mis pies no se mueven. Nunca había visto llorar a Richard.

—¡Largo de aquí! —grita aunque tiene la frente apoyada al borde de la mesa—. ¡Vete! —llora y llora sin importarle que yo esté allí.

Y por una vez... sólo por esta vez... me quedo.

—Lo siento —susurro. Pero mi voz se esfuma como el humo de mamá.

—¡Márchate! —solloza. Las venas que le corren por los brazos parecen muy gruesas, como las líneas de los ríos en los mapas. Me señala a ciegas, con la mano extendida y floja.

Y yo me voy.

Emma respira fuerte y profundo cuando entro. Casi me da pena tener que moverla, pero no me queda más remedio. Está despatarrada de lado y ocupa toda la cama.

Me subo por el lado en el que hay más sitio y la empujo un poco. Y enseguida se pone otra vez a roncar.

Tumbada de espaldas, parpadeo para que los ojos se me acostumbren a la oscuridad de la habitación y me imagino a Richard llorando en la mesa de la cocina. Tiene que venir la yaya a arreglar las cosas. Si consiguió que la tiita Lillibit sobreviviera, seguro que también puede arreglar las cosas aquí, en el número veintidós.

No puedo dormir porque estoy escribiendo la carta de cabeza.

Querida yaya:
Soy yo, Carrie. ¿Qué tal estás? Yo estoy bien. Queríamos saber si te apetecería venir a visitarnos. Nuestra casa nueva es muy bonita y muy agradable. Te encantaría. Tenemos nuestro propio riachuelo y un montón de árboles. Tantos que no se pueden ni contar. Mamá te echa mucho de menos, y Emma y yo también. Por favor, ven a vernos. Por favor. Bueno, tengo que irme. Con cariño, tu nieta, Caroline Parker.

¡Hasta podría traer a la tiita Lillibit! Se me acaba de ocurrir. Si estuvieran las dos aquí, las cosas irían aún mejor. Sé que mamá me va a dar una buena tunda cuando descubra que he escrito a la yaya, pero valdrá la pena, si funciona.

Debo de haberme quedado dormida porque de pronto Emma me está tirando de los pies para despertarme.

—Venga, Carrie —dice al pie de la cama—. Vamos a perder el autobús.

Me levanto de un salto y me pongo lo primero que encuentro. Dos minutos después salimos corriendo de casa sin decirle adiós a mamá y sin almuerzo.

—¡Ahí está! —veo el techo amarillo del autobús subiendo hacia el caminito del señor Wilson y corro más rápido que Emma para hacerle señas y decirle que espere a mi hermana—. ¡Corre! —pero al final no hace falta porque Emma viene pisándome los talones.

—Casi casi —dice, dejándose caer en el asiento, a mi lado. A ella también le cuesta respirar.

—¿Has traído algo de comer? —le pregunto.

—Sólo un poco de pan.

Qué suerte. Va a ser un día muy largo.

—Aguántame los libros un momento —le digo. Tengo que atarme el zapato.

—Hola, Carrie —Orla Mae Bickett me saluda al pasar por nuestro asiento y se sienta justo detrás. A Emma no le hace ni caso, como siempre. Prácticamente no le hace caso a nadie, menos a mí.

—Hola, Orla Mae —le respondo yo después de enderezarme.

—Te he traído una cosa —dice, y abre los dos cierres de su tartera—. Mi madre lo hizo anoche.

Es un trozo de pan de maíz casi tan gordo como mi mano. Lleva tanta mantequilla que el envoltorio de plástico se ha quedado pegado por arriba. Como a mí me gusta.

—Gracias, Orla Mae —digo. Si no le hinco el diente enseguida es porque de pronto, no sé por qué, tengo ganas de llorar. Será porque nadie me había traído nunca pan de maíz.

—De nada.

Yo pongo el pan encima de mis libros y luego hago que contemplo el paisaje por la ventanilla. Pero por dentro estoy pensando cómo me las voy a apañar para esperar a que llegue la hora del bocadillo para comérmelo. No creo que pueda. Hundo un dedo por encima del envoltorio de plástico. El pan es tan blando que mi dedo deja una huella, y se me hace la boca agua.

El autobús chirría y traquetea por las colinas hasta llegar a la escuela. Pasa junto a un letrero que señala hacia la granja de los Jonson, pero como el letrero está puesto encima de otra señal, no hay modo de saber dónde hay que desviarse. Pasa por cientos de pinos. Miles, quizá. Sube por una cuesta muy larga, y parece que al otro lado va a haber algo bueno, pero cuando llegas a la cresta sólo hay más de lo mismo: asfalto con rayas amarillas dobles, a veces continuas y a veces cortadas. Por fin frenamos delante del edificio bajo y largo donde vamos a aprender. Encima de la puerta está grabado en piedra: *Escuela Elemental de Donford*. El pomo de la puerta está muy gastado de tanto tirar de él los niños de las colinas que durante años y años han entrado arrastrando los pies para pasar allí unas cuantas horas al día. Por las ventanas de los lados se ve la parte de atrás de los dibujos pegados en los cristales; no hay modo de saber qué hay del otro lado, a menos que sea tu clase. Dentro del vestíbulo, que es muy oscuro, hay un cartel que pone: *Venimos a aprender*. Y el punto de la letra «i» es una cara sonriente. A mí me gusta entrar y ver esa cara cada día.

—¡Espera, Carrie! —Orla Mae me llama cuando hemos entrado.

Así que la espero.

—Me han dicho que has estado disparando en casa del señor Wilson —se inclina hacia mí mientras se sujeta los libros contra el pecho.

—¿Quién te ha dicho eso?

—¿Bromeas? Mi padre dice que aquí no puedes ni rascarte el culo sin que se entere todo el pueblo —dice.

Yo sigo andando sin decir nada.

—Bueno —insiste—. ¿Es verdad?

—¿Y si te digo que sí?

—No es para tanto, sólo era una pregunta —dice, poniéndose derecha—. El señor Wilson le dijo a mi padre que tienes la mejor puntería que ha visto desde Harris Maphis, y mi padre dice que eso es la leche, porque Harris Maphis podía acertarle a una ardilla en un ojo a una milla de distancia si se lo pedías.

—Yo no voy a disparar a las ardillas, para que lo sepas —digo yo—. Oye, ¿dónde está la oficina de correos?

—¿Por qué lo preguntas?

—Sólo quiere saberlo, nada más.

—Tienes que seguir la carretera del colegio. Está a la derecha. Es el supermercado. Está en el mismo sitio. Oye, ¿dónde vas?

—Enseguida vuelvo —le digo mirando hacia atrás. Voy a toda prisa. Casi no puedo aguantar hasta llegar al lavabo de chicas.

Al entrar en el primer servicio a la izquierda, el que uso siempre, pruebo el pestillo metálico que encaja en la parte fija de la puerta para asegurarme de que nadie abra por error (yo lo he hecho a veces, sin querer), por eso siempre elijo ese servicio. El siguiente no tiene pestillo y los otros dos, los del otro lado, los tienen doblados, así que parece que la puerta se va a quedar cerrada, pero luego, justo cuando estás haciendo pis, se suelta el pestillo y tienes que estirar el brazo y sujetar la puerta hasta que puedes subirte los pantalones. Me doblo por la mitad y miro el suelo a ver si veo pies, por si acaso algún servicio estaba ocupado y no me he dado cuenta al entrar. No hay nadie. Tengo el lavabo entero para mí sola y unos cinco minutos antes de que empiecen las clases. Tiempo de sobra.

El envoltorio de plástico del pan de maíz está todo enrollado sobre sí mismo, así que no hay modo de abrirlo bien. Lo rompo por arriba, parto un trozo de pan y me lo meto en la boca, echando hacia atrás la cabeza para que no se me caiga ni una miga. Mmm. Qué rico. Y sé que me sabría igual de rico aunque hubiera desayunado. La señora Bickett saca granos de maíz de verdad de la mazorca para ponerlos en el pan junto con la harina de maíz. Por eso está tan rico y cruje tanto en algunos sitios.

Cuando la yaya venga a vernos, le pediré que nos haga pan de maíz. A lo mejor hasta puede pedirle la receta a la señora Bickett. Espero acordarme de decírselo.

Con la boca todavía llena, hago una pelotita con el envoltorio de plástico y la tiro al salir del cuarto de baño.

Hora de ir a clase.

–Un, dos, tres... –grita nuestra maestra, la señorita Ueland, mientras enciende y apaga las luces del techo.

–¡Mírame! –contestamos todos a la vez.

–Dos, tres, cuatro –dice ella, y deja las luces encendidas y se acerca al centro de la clase.

–¡Átate el zapato! –decimos todos juntos otra vez.

Y entonces nos quedamos muy callados, como le gusta a la señorita Ueland. La señorita Ueland elige una o dos palabras de cada frase y las dice más despacio que el resto, como si nos diera tiempo para alcanzarla. A mí al principio no me importaba, pero ahora me saca de quicio porque no sé por qué dice precisamente esas palabras más despacio que las demás.

–Espero que hayáis hecho los *deberes* –dice la señorita Ueland–. Hoy tenemos mucho que hacer, así que no vamos a *repasarlos*, como hacemos siempre, pero confío en que estéis listos para seguir *adelante* con la lección.

El encerado está completamente limpio, el borrador sacudido y un paquete nuevecito de tizas espera en la repisa de la pizarra. La señorita Ueland la abre y rompe una tiza por la mitad, la sopla y escribe *presidentes* en letra minúscula muy bonita.

–Washington, Adams, Jefferson, Madison, *Monroe* –dice–. Adams, Jackson, *Van Buren*. Sé que os *extrañará*, pero seguro que *hoy*, al final del día, podéis *recitármelos* todos. Ésos y más aún. No es tan *difícil*, Oren, no me mires con esa cara. Lo primero que vamos a *hacer* —dice, girando la cara hacia la pizarra— es reducir cada nombre a sus *primeras letras*. Así.

Ahora escribe *wash* y luego *ad* y luego *jeff* y luego *mad* y así todo el rato, y de pronto se me ocurre que puedo apuntar todos los nombres y al mismo tiempo escribir a la yaya. Así, cuando salgamos del cole, puedo decirle a Emma que se vaya sin mí y correr a la oficina de correos para echar la carta, y aun así me dará a tiempo a llegar a casa para la cena.

—¡Caroline!

La clase se ríe.

—¿Sí, señorita?

—Gracias por unirte a nosotros —dice la señorita Ueland. La clase se ríe otra vez y de pronto me doy cuenta de que se están riendo de mí—. Ahora que he conseguido llamar tu *atención*, Caroline, ¿puedes decirme cuál es la siguiente palabra de la serie?

Miro la pizarra y veo todas las palabras abreviadas debajo de los nombres completos y un espacio todavía en blanco debajo de *Tyler*.

—¿Um? —intento ganar tiempo. ¿Por qué los profesores siempre se dan cuenta cuando te distraes?

—Me temo que *um* no es la *respuesta* que esperaba —dice ella.

Pero antes de que me dé tiempo a contestar, ella llama a Orla Mae, que lo dice enseguida y luego me sonríe como si me hubiera hecho un favor. Y no es verdad, porque ahora he quedado todavía peor. Muchísimas gracias, Orla Mae, le respondo con los ojos.

—Muy bien, Orla Mae —pero la señorita Ueland me lo dice a mí, no a Orla Mae—. *Ty* es correcto. Carrie, ¿puedes decirnos cuál viene a continuación? ¿Cuál es la abreviatura de *Polk*?

—¿Po? —y la clase se ríe otra vez, no sé por qué, así que me giro en el pupitre y les digo «¿qué?». Así se callan.

—No vas desencaminada, Carrie —me dice la señorita Ueland amablemente, porque ve que me estoy esforzando—. Pero es *pol*, como en el Polo Norte. Ya basta, chicos, silencio. *Está bien*, vamos a seguir. ¿Lo habéis copiado todos o espero un poco? ¿Sí? De acuerdo, entonces —y borra las palabras antes de que me dé tiempo a copiarlas. No podía decirle que no las había copiado. Si no, se habría dado cuenta de que estaba en babia. Luego se las pediré a Orla Mae.

La señorita Ueland escribe la siguiente tanda de nombres en el encerado, y esta vez los escribo al mismo tiempo que ella, pero no tan bien. Nadie escribe tan bien como la señorita Ueland.

Un rato después me doy cuenta de que voy a tener que copiarle toda la dichosa lección a Orla Mae después de clase, pero no me importa. Tengo que escribirle a la yaya mientras todavía tengo fresca la carta que escribí anoche de cabeza.

Querida yaya:
¿Qué tal estás? Yo estoy bien. Emma también está bien, por si querías saberlo. Esperamos que puedas venir a visitarnos pronto. Mamá te echa mucho de menos y nosotras tam-

bién. Tengo una amiga que se llama Orla Mae, ¿a que es un nombre gracioso? Pero es muy maja. Te gustará un montón. Un poco más abajo hay una perra que se llama Brownie. Es negra y tiene tres patas.

Por favor, ven a vernos. Te necesitamos.
Con cariño,
Tu nieta, Caroline Parker.
PS: A lo mejor la tiita Lillibit también quiere venir.

Lo escribo todo muy bien, con la letra minúscula que aprendí a hacer el año pasado, en mi otro colegio. Ya me siento mejor. Cuando la señorita Ueland se da la vuelta para borrar la pizarra otra vez, doblo la carta en cuadraditos hasta que es muy pequeña y me la guardo en el bolsillo, donde se quedará el resto del día, hasta que pueda echarla al buzón en el pueblo.

—¿Carrie? Quiero hablar contigo, tesoro —me dice la señorita Ueland mientras los otros pasan a mi lado dándose empujones para salir al recreo.

—Sí, señorita.

—¿Dónde estabas hoy? —me pregunta cuando todo el mundo se ha ido.

—¿Qué?

—Sé que no estabas prestando atención en clase —dice, mirándome a través de sus gafas—. Me preguntaba dónde tenías la cabeza. No es normal que estés tan distraída.

Yo me encojo de hombros. ¿Qué voy a decirle? Ella no entendería que tenía que escribir a la yaya.

—Ejem —la señorita Ueland se aclara la garganta—. También quería preguntarte por tu brazo.

Sin saber siquiera qué va a decir a continuación, me bajo la manga. Pero sólo me llega hasta un poco por debajo del codo. Mamá dice siempre que las camisas de manga larga se pueden llevar hasta que se convierten en camisas de manga corta, pero a la mía todavía le falta.

—No es necesario que lo escondas, Carrie —dice, subiéndose las gafas hasta la cresta que tiene en el puente de la nariz—. Llevo viéndotelo todo la semana. ¿Qué te ha pasado?

—Nada, señorita —digo, tapándome con la mano lo que no me tapa la manga.

Las dos nos quedamos mirándonos, parpadeando, esperando a ver adónde va la conversación.

Ella habla primero.

—¿Tienes más en otros sitios?

—No, señora.

Ella ladea la cabeza y noto que está intentando decidir si me cree o no.

—Bueno, Carrie... —carraspea otra vez y señala el pupitre donde se sienta Freddy Sprague, así que me siento en él y ella se sienta en el de al lado, que es donde se sienta Ellie Frenden—. Sé que tal vez no me creas, pero yo una vez tuve tu edad. Sé lo difícil que es... eh... —carraspea otra vez—... crecer en un lugar difícil. Yo también tuve marcas como ésa.

Entonces deja de hablar. Se supone que tengo que decir algo. Jo, ¿qué tengo que decir?

—Así que, si alguna vez quieres hablar con alguien,

con alguien que no sean tus padres, quiero decir, bueno, puedes venir a hablar conmigo.

Se para otra vez.

—¿Te apetece contarme algo?

—No, señorita.

—¿Seguro?

—Sí, señorita.

Nos quedamos calladas, pero el silencio no se parece al de antes.

—Bueno, está bien —dice, embutiendo otra vez las caderas por el hueco que hay entre el asiento y el pupitre de Ellie Frenden—. Supongo que eso es todo.

Yo salgo pitando de la clase como un toro por la puerta de un rodeo.

—¡Orla Mae, espera!

—¿Qué quería decirte la señorita Ueland? —me susurra. Está colocando sus libros en el pupitre del aula de ciencias. Huele a vapores y a metal.

—Nada —miento—. Me ha echado la bronca por no prestar atención en clase.

Orla Mae asiente con la cabeza.

—Oye, ¿puedo ir contigo a casa del señor Wilson después de clase para verte disparar? A lo mejor a mí también me enseña.

—Sí, a lo mejor —digo—. Pero hoy no puedes venir porque tengo que ir a la oficina de correos, ¿recuerdas? Además, al señor Wilson no le gusta la gente nueva. Ni siquiera le gustamos nosotras la primera vez que nos vio. Y su perra, Brownie, es vieja y mala —miento otra vez.

—¿Qué clase de perro es?

—De los de tres patas.

—Eso no existe.

—Sí que existe. Por eso es tan mala. Se enfada porque no tiene cuatro patas, como los demás perros.

—Vale, vale —dice—. No me acercaré al perro. Sólo quiero verte disparar. Por favor...

Antes de que pueda contestar, el señor Tyler, el profesor de ciencias naturales, entra en el aula con cara de enfado.

—Bueno —empieza—, ¿se puede saber quién es el listo al que se le ha ocurrido ensuciarme todos los portaobjetos? ¿Eh?

—¡Señor Wilson! —grito mientras subo hacia su casucha—. ¡Soy yo, Carrie!

Pero no se le ve por ninguna parte.

—Hola, Brownie —acaricio la cabeza de la perra, que viene cojeando a saludarme—. Ante, vete ya —es una lata cuando me mete la cabeza debajo de la mano y empuja para que la acaricie—. Vete —pero no se va—. ¡Señor Wilson!

Grito fuerte para que mi voz atraviese la puerta mosquitera que hay en lo alto de la escalera, pero nadie responde.

—Déjame, Brownie —digo, pero no me hace caso—. ¡Vete! —no me había dado cuenta de que pesa menos de lo que parece, así que cuando le doy una patada en el costado, chilla y la lanzo mucho más lejos de lo que pensaba. Ella baja la cabeza y me mira de reojo, y luego se aleja cojeando. Así aprenderá que yo no me ando con chiquitas, como dice Richard.

En lo alto de la escalera me pongo la mano encima

de los ojos como si saludara para ver a través de la mosquitera si está el señor Wilson y no puede contestar por lo que sea, pero no da señales de vida. ¿Dónde voy a encontrar un sello?

En cuanto me descuido estoy cruzando de puntillas el cuarto de estar. Miro alrededor a ver si encuentro dónde los guarda. O a lo mejor encuentro unas monedas y puedo comprar uno en la oficina de correos. Es imposible saber dónde pueden estar con este lío. Tengo que irme para llegar antes de que cierren la oficina, así que me rindo enseguida.

—¿Qué haces en mi casa, niña? —retumba la voz del señor Wilson, y prácticamente tengo que arrancar mis huesos del techo del susto que me ha dado.

—Eh, eh...

—¿Eh eh qué? ¿Qué quieres? —dice, un poco más suave, viendo lo asustada que estoy.

—Lo siento, señor —consigo decir—. Llamé, pero no contestaba, y necesito un sello para mandarle esta carta a mi yaya y quería echarla hoy al correo, antes de que cierren la oficina, y como no estaba por aquí se me ocurrió entrar a ver si tenía un sello, pero no pensaba llevármelo. Se lo pagaré, se lo prometo...

—Tranquila, miedica —dice, escupiendo el tabaco de mascar en la taza de plástico que siempre lleva a propósito para eso—. Te daré el sello con tal de que te calles y me dejes tranquilo.

Se acerca cojeando a un aparador en el que hay tres cajones y unas escopetas atravesadas, rebusca un poco y saca un sello nuevecito.

—Aquí tienes —dice—. Puedes quedártelo. No hace

falta que me lo pagues si me dices de quién es la cara del sello.

Me suena aquella cara con la barba negra. Y el sombrero de copa.

—¿De Abe Lincoln? —digo despacio por si acaso noto en su cara que me he equivocado y puedo intentarlo otra vez.

—¡Exacto! —dice él—. El hombre que puso a este país de rodillas. Supongo que en el colegio os hablarán de la guerra entre los estados, así que no voy a darte la lata con eso. Además, me apetece estar solo después del día que he tenido, así que anda, vete a la oficina de correos.

—¡Gracias, señor Wilson! —lamo el sello al salir por la puerta y lo pego en una esquina del sobre que robé de la mesa del señor Tyler al salir de clase de ciencias. El señor Tyler estaba echándole la bronca a Alver Quinten, que se la cargó por lo de los portaobjetos porque Odie Rice le señaló con el dedo a sus espaldas cuando el señor Tyler estaba mirando a toda la clase.

Como dijo Orla Mae, la carretera me lleva derecha a la oficina de correos, y llego mucho antes de que cierren. Se me hace la boca agua cuando paso por delante del frasco de los palotes de limón, pero sigo andando porque de todos modos no tengo dinero para comprarme uno. Emma se enfadaría si llegara a casa sin uno para ella, así que supongo que es mejor así.

Al hombre de detrás del mostrador le cuelga la ropa como si su cuerpo flacucho fuera una percha. No dice nada, sólo extiende la mano esquelética, con los nudillos salientes, agarra mi carta y mira la dirección y el sello echando la cabeza hacia atrás para que le coincidan los ojos con las medias gafas. La pone con cuidado encima de un montón de cartas que hay en una caja en la que pone *Salientes* escrito con letras negras perfectas. Luego se vuelve hacia mí y espera.

—¿Ya está? —le pregunto. Me parece que tiene que ser más difícil.

Él dice que sí lentamente con la cabeza.

—Gracias —mascullo para no parecer maleducada, aunque dudo que me oiga.

Ahora sólo queda esperar.

De regreso a casa me siento más ligera un rato, pero después de pasar el supermercado de Antone, con el letrero descolorido de *Cerrado* en la vidriera, junto al cartel de *Pelucas de Cabello Humano*, empiezo a pensar que debería haber puesto en la carta «no le digas a mamá que te he escrito esto». Mamá se subirá por las paredes si la yaya le dice que le supliqué que viniera. Pero, bueno, de todos modos me zurrará, así que qué más da.

—Tienes suerte de que hoy tenga muchas cosas que hacer, señoritinga —me dice mamá con mala uva—. Si no, te pondría bien negro el trasero. Anda, vete. Saca esa alfombra y sacúdela bien. Cuando acabes, llena el cubo y ayúdame con los suelos.

Mamá se quedó de piedra cuando se enteró de que la yaya iba a venir. Cuando la oí gritarme después de colgar el teléfono, comprendí que era la yaya quien había llamado, y Emma y yo estuvimos un día y medio intentando no cruzarnos con ella.

La yaya recibió mi carta y llamó enseguida para decir que iba a venir a vernos con la tía Lillibit. No sé seguro si le dijo a mamá que la carta la había escrito yo, pero por el mal humor que tiene mamá desde hace un par de días, apuesto a que sí. Es la primera vez en mi vida que me alegro de que haya tantas cosas que hacer en la casa. Mamá se está esforzando mucho por culpa de la abuela. Hasta ha sacado los frutos secos.

Míster Peanut es lo más gracioso que he visto, con

sus gafas, su bastón y esa gran sonrisa. Me encantan sus piernas de palillo porque siempre parece que está a punto de ponerse a bailar. Y me encanta su reluciente sombrero de copa. Aquí la gente nunca se viste de punta en blanco. Mamá tiene un vestido precioso, pero casi nunca se lo pone porque dice que con él parece que está en estado. Pero no sé en estado de qué.

He decidido quitarle a la lata la etiqueta que lleva pegada para quedarme con Míster Peanut. En cuanto lo haga sacudiré de lo lindo las alfombras, pero primero...

La etiqueta sólo va pegada con una gota de pegamento, así que estoy intentando pasar la uña lo más cerca posible de la gota para que no se rompa. Así podré quitar el resto fácilmente. Pero el papel se está arrugando porque el pegamento no está puesto en línea recta.

Casi, casi. Ya he pasado la mitad de la lata empezando por la tapa de plástico, que se pone y se quita para «conservar la frescura». Si lo dejo ahora, a Míster Peanut lo arrancarán esta noche y lo tirarán a la basura, y quién sabe cuándo volverá mamá a comprar frutos secos. Hacía años que teníamos esta lata, se vino con nosotros desde el Camino del Molino de Murray. Mamá pone un puñado de frutos secos en el plato blanco como la leche que le regaló mi abuela (un regalo para dar calor de hogar a la casa, dijo, pero alguien debería haberle dicho que los platos no dan nada de calor), y si sobran los vuelve a meter en la lata y los guarda otra vez en la estantería. Una vez, mi primo Sonny los manoseó todos después de quitarse del zapato una caca de perro, y ni se lavó las manos ni nada. Sé que mamá lo vio, pero aun así volvió a guardar los frutos secos que sobraron en la lata.

—¿Por qué no quiere mamá que venga a vernos la yaya? —me pregunta Emma. Está escurriendo el trapo que ha mojado en el cubo. Para fregar el suelo tenemos un sistema: Emma aclara y escurre y yo restriego el suelo hasta que el trapo está sucio y entonces lo repetimos todo otra vez cambiando de sitio.
—Creo que lo sabremos muy pronto —digo.
—A nosotras no va a decirnos nada.
—Ya lo sé, tonta —digo, poniéndome unos pelos detrás de las orejas para ver mejor lo que estoy haciendo—. Pero seguro que sale el tema cuando esté aquí, ¿no crees?

—¿Así saludáis a vuestra familia? —dice la yaya, sacando su corpachón del coche.
Nos habla a mí y a Emma. Nos hemos quedado cerca de los escalones de la casa, por si acaso mamá decide darnos una buena tunda ahora que ya están hechas todas las faenas de la casa.
—Venid aquí y dadle a vuestra yaya y a vuestra tía un abrazo como es debido —nos dice mamá. Yo noto que su voz suena falsa, pero no creo que los demás se den cuenta.
El vestido de viaje de la yaya huele a lejía. La tía Lillibit no se agacha para que la abracemos, pero estira el

brazo para darnos unas palmaditas en la cabeza y luego retira otra vez la mano como si se lo pensara mejor.

Mamá habla como una cotorra: que si qué tal el viaje, que si estáis cansadas, que si tenéis hambre. He comprado pan de maíz, mamá, puedo prepararte una rebanada. ¿Y tú, Lil? Uy, qué bien llevas el pelo, todo peinado de peluquería. Por aquí no hay ningún sitio donde peinen bien, ya ves. ¿Pesa mucho, mamá? Deja que lo lleve yo.

Habla por los codos. Emma y yo supongo que nos sentimos como el perro que persigue el coche y al final lo alcanza. No sabemos qué hacer ahora que la yaya ha venido a vernos en persona. Y, por la cara que pone, me parece que a ella le pasa lo mismo.

—¡Ay!
—Estate quieta, niña —dice la yaya—. Deja la cabeza quieta.
—Me estás tirando mucho. ¡Ay!
—Este pelo que tienes... —no acaba la frase, pero se levanta del borde de la cama y me empuja a un lado para pasar. Cuando sale del cuarto, yo miro a la cama. Se ha dejado el cepillo con mis pelos colgando.

Cuando vuelve no puedo creer lo que veo.
—¡Yaya, no!
—Si no te estás quieta, será peor —dice, abriendo y cerrando las tijeras en el aire para que se calienten.
—Ya me lo desenredo yo —intento calmarla, pero me agarra por la coronilla para que no me dé la vuelta y agarre el cepillo.

—Esto —clac— debería haberlo hecho tu madre —clac— hace años —clac—, en vez de dejar que se te pusiera así —clac.

—¡Yaya!

Clac.

—Por favor, yaya —gimoteo. Pero es demasiado tarde. Los trozos de Nidos de rata caen sobre mi regazo y, un poco después, empiezan a caer a mis lados.

—Estate quieta.

La tijera suena al mismo tiempo que mis sollozos.

—¿Por qué has tenido que venir? —le pregunto cuando se me secan las lágrimas.

—Bah, cállate —dice—. Sabes tan bien como yo por qué he venido, así que cierra la boca —el metal frío de las tijeras se desliza por mi nuca y me da escalofríos—. Igualo un poco esto de aquí y ya estás lista.

No me miro al espejo porque me da miedo empinarme y ver lo corto que me lo ha dejado.

—Está feo que yo lo diga, pero no ha quedado tan mal —dice—. Anda, corre a enseñarle a tu madre lo limpita que estás.

Cierro los ojos y pienso en esa niña ciega y sorda sobre la que leímos en el colegio, Helen Keller, porque estoy palpando con las manos la pinta que tengo en vez de correr al espejo.

—¡Me lo has dejado como un chico! —y las lágrimas vuelven como si no se hubieran secado.

—Anda, calla de una vez —dice la yaya, apartándome otra vez para levantarse—. Estás muy bien. Venga, anda. Tengo que ponerme a hacer la cena.

—¿Qué vamos a cenar?

—Nada, si sigues lloriqueando —me contesta—. Venga, recoge la habitación y baja a echarme una mano cuando acabes.

—¿Por qué a Emma no se lo cortas? —le grito, pero ya está bajando las escaleras. No es justo que a Emma no le corten también el pelo.

—Chist, chiquitina —dice, acariciándome el pelo—. Tranquila. Has tenido una pesadilla. Ya estoy aquí. Chist...

—Papá —digo pegada a la almohada, respirando con fuerza—, todavía lo veo.

—¿Lo mismo?

—Sí, es una casa pequeñita, y sólo hay estanterías... y filas y filas de pollos...

—Chist —dice otra vez.

—... y todos tienen bolsas en la cabeza, pero se les oye piar. Pían y pían. Hacen tanto ruido...

Él me acaricia el pelo largo una y otra vez. Y enseguida se hace de día.

—A mí me parece que alguien que deja que su hija ande por el pueblo con esa pinta es que no tiene vergüenza —le está diciendo la tía Lillibit a la yaya. Se creen que no las oímos porque estamos concentradas jugando a las tabas con las conchas que guardé de una vez que fuimos de vacaciones a la playa cuando todavía vivía papá. Emma lleva años guardando gomas y poniéndolas en la bola que empezó cuando estábamos en Toast. Ahora la bola bota un montón. Así que es perfecta para jugar a las tabas.

—Te toca. Tienes que sacar más de cinco —dice, pero yo le digo que se calle para oír lo que están diciendo.

—Ese hombre la matará si no agacha la cabeza y cierra la boca —dice la tía Lillibit.

—He intentado decírselo, pero no le hace caso a su madre —dice la yaya—. Nunca me ha hecho caso. Y supongo que así será siempre.

—¿Has visto el golpe que tiene en la nuca? Tiene que dejar de contestarle.

Dicen más cosas, pero no las entiendo, y como tengo la antena puesta me hago un lío y la bola bota dos veces antes de que recoja las seis conchas que tenía que recoger.

—Y Caroline sale a ella —oigo que dice la tía Lillibit—. La prueba son esos moratones. Su madre y ella deberían aprender de Emma y quitarse de en medio.

—Cállate —dice la yaya—. Ya está bien.

—¿Por qué nunca está por las noches?

El señor Wilson está sentado en un sillón que por la pinta que tiene debería estar dentro de la casa y no allí fuera, en el porche. Se ha puesto a labrar madera, como hace a veces cuando está dándole vueltas a algo.

—¿Cómo sabes que nunca estoy por las noches?

Yo me encojo de hombros pensando que me ve, y luego añado:

—Lo sé, nada más. ¿Adónde va?

Él le da la vuelta al trozo de madera, que es tan

grande como su mano, y lo mira como si no lo hubiera visto nunca.

—¿Sabes?, uno puede pasarse la vida entera labrando la madera —le dice al trozo de madera— y no mejorar ni pizca. ¿Lo sabías? En otras cosas, bueno, uno va mejorando con los años si las hace una y otra vez. Pero, con la madera, no. Si está escrito, puedes pasarte toda la vida labrándola tan mal como el día que naciste.

—¿Qué quiere decir con que si está escrito? ¿Cómo sabe uno cuándo una cosa está escrita?

—Se sabe y ya está —se encoge de hombros, y entonces lo veo con la cara que debía de tener cuando era joven, antes de que la cara se le llenara de arrugas—. Como tú disparando con la escopeta. Eso estaba escrito. O como yo con la guitarra. No me avergüenza decir que no se me da mal del todo. Así tenía que ser.

Nos quedamos allí sentados, él haciendo saltar con la navaja astillas de madera que caen al suelo y yo con las piernas colgando por encima del lado del porche mientras pienso en lo que tiene que ser y en lo que no.

—No me ha dicho dónde va cuando se hace de noche.

—Si fuera asunto tuyo, te diría que voy a tocar música carretera abajo, a lo de Zebulon, pero como no es asunto tuyo, no te lo digo.

—¿Puedo ir a verlo tocar?

Él se encoge de hombros otra vez.

—Si quieres. ¿Tu madre no quiere que hagas los deberes antes de acostarte?

—¿Qué es lo de Zebuflon, o como se llame? —ése es

un truco que aprendí de Orla Mae: contestas a una pregunta con otra pregunta y todo el mundo gana.

—Lo de Ze-bu-lon es un almacén de pienso y grano que hay a las afueras del pueblo. Nos gusta ir allí a tocar. El sonido es bueno, como está hasta arriba de sacos de pienso no suena esmirriado, y de todos modos Sonny casi no puede moverse, así que vamos nosotros en vez de venir él.

—¿Quién es Sonny?

—Eres una entrometida, ¿lo sabías? Sonny Zebulon es el hombre más viejo del pueblo. ¿Por qué no bajas algún día a conocerlo? Le caerás bien. Sí, ahora que lo pienso, es buena idea.

—¿Puedo beber un poco de agua?

—Ya sabes dónde está la cocina.

Cuando me levanto para entrar, Brownie se agacha y se acurruca, y el señor Wilson la mira.

—¿Y a ti qué mosca te ha picado, perro?

Yo me voy a por el vaso de agua.

La tía Lillibit siempre espera a que la gente se meta en un lío, como sabía que iba a pasar desde el principio.

—Anda, sube a traerme una de esas mantas que tiene tu madre en el armario entre las dos habitaciones, ¿quieres? —me dice a voces desde la cama que mamá les ha preparado a ella y a la yaya en el cuarto de estar, lo más lejos posible del agujero del tejado.

—¡Ten cuidado, no la arrastres por el suelo al bajar! —me grita.

Pero antes de bajar se me olvida comprobar que estén todos los picos metidos en el hueco de mis brazos, y allí está: uno de los picos va arrastrando detrás de mí como una cola.

—¿Qué te he dicho? ¿Eh? Dame eso —me quita la manta y se pone a inspeccionar el pico para ver si está sucio, y mueve la cabeza como si yo acabara de hacer exactamente lo que esperaba.

—Perdón —no puedo hacer nada más que mirar fijamente el suelo y desear que me deje en paz.

—No me extraña que tu madre no pueda tener la casa limpia, siempre estáis dejando porquería por todas partes —se vuelve hacia la cama y lanza la manta al aire para que caiga sobre las otras dos que ya hay extendidas sobre el colchón que nos trajimos de Toast.

Mamá y Richard duermen ahora encima del somier. Richard se puso como loco la primera noche. Empezó a gritarle a mamá que nuestra casa no era una fonda, que la yaya y la tía Lillibit eran unas entrometidas, y que por qué tenía él que cambiar un colchón blando por un somier duro como una piedra cuando las que tienen una buena casa donde meterse son ellas.

—¿Por qué no vas a ayudar a la yaya? —me dice la tía Lillibit—. Porque tu madre desde luego no va a ayudarla —se cree que eso no lo oigo.

La yaya está liada restregando la encimera de la cocina.

—Hola —digo—. ¿Necesitas ayuda? —lo digo en voz baja porque no quiero fregar la cocina, claro.

—Anda, ve a llenar el cubo fuera, ¿quieres? —dice, señalando el río con el cubo que tiene a los pies.

—Sí, señora.

—¡Ten cuidado! Tienes que tener más cuidado, Caroline. Acabas de derramar el agua sucia ahí. Has levantado el cubo demasiado rápido. Venga, seca eso antes de irte. Vaya, no sé dónde guarda tu madre los trapos de cocina. Ven a mirar debajo del fregadero. No, a la izquierda. Ahí. Ahora ven aquí y saca el que queda justo enfrente de mi pie izquierdo. Eso es. Llévate ese trapo y escúrrelo. Bien. Ahora ten cuidado con el cubo, ¿me oyes?

—¿Dónde está Emma?

—Anda, vete.

—Vaaaale.

—A tu abuela no la hables así —me grita.

Sujetando el cubo delante de mí como si fuera un ramo de flores, camino derecha, muy despacio, hacia el río. Mi vestido blanco de gasa es casi tan bonito como mi velo. A los lados del pasillo la gente se apiña en los bancos y estira el cuello para ver pasar a la novia. ¡Hola, Betsy! Y ahí está Perry Gibson. Siempre ha estado colado por mí, pero yo no le hacía ni caso. Pobre Perry. Y ahí está Mary Sellers. Le da envidia mi vestido, se le nota en la cara.

—¡Carrie! Jopé, llevo un siglo llamándote —Emma aparece corriendo detrás de mí—. Espera.

—¿Dónde estabas?

—Buscándote.

—Pues no habrás buscado mucho, porque estaba dentro, haciendo de esclava de la yaya. Y por allí no se te ha visto el pelo. Vamos, tengo que llenar el cubo o le dará un ataque.

Emma salta a la roca que hay en medio del arroyo y se agacha para arrancar el musgo a tirones, como en esa película que vimos en clase de ciencias naturales en la que un mono salvaje les quitaba los piojos del pelo a sus crías.

—¿Por qué la yaya está siempre de mal humor? —pregunta.

—Y yo qué sé.

Emma se encoge de hombros y sigue tirando.

—¿Tú crees que le gustamos?

Ahora me encojo de hombros yo porque no tengo ni idea.

El cubo está lleno, así que volvemos a la casa. Justo antes de llegar a la puerta de atrás, la que da a la cocina, miro para abajo y veo que se me han desatado los cordones de los zapatos. Dejo el cubo para atármelos y no tener que aguantar que la tía Lillibit me diga que soy un desastre, y entonces es cuando los oigo.

—Espera —le susurro a Emma, que está a punto de tocar la puerta. Ella retrocede hacia mí y gira la cabeza para que el sonido le entre directamente por la oreja sin tener que ponerse de lado.

—Se lo dije de aquél y se lo dije de éste —nos llega la voz de la yaya—. Pero tu hermana tiene la cabeza muy dura. Lo dije desde el día que tuvieron que sacármela a la fuerza. La muy tozuda ni siquiera quería salir de la tripa de su madre.

—Con Henry eran las otras mujeres —dice la tía Lillibit—. Y con Richard se da cabezazos contra un muro día tras día. Pero, comparado con éste, el otro era un blando.

—Ya lo sé —dice la yaya.

—La gente del pueblo dice que metió la mano en la caja de esa tienda, la de Annie o la de Auntie o como se llame —dice la tía Lillibit.

¿La de Antone?, le digo a Emma moviendo los labios pero sin hacer ruido. Ella estira un poco más el cuello para acercarse a las voces, pero justo ahora no distingo qué están diciendo. ¡Espera! Ahora vuelven a hablar normal.

—¿Cómo quieres que yo lo sepa? —dice la tía Lillibit—. Pero debió de llevarse un buen pellizco, porque la gente está que trina. Por eso perdió el trabajo, ¿no?

Emma y yo nos miramos como en los dibujos animados cuando les cae algo en la cabeza y se les ponen los ojos como platos antes de caerse redondos al suelo.

—Por cierto, el otro día, cuando me pasé por Toast para recoger lo que quedaba, me encontré con Nellie Lamott y me dijo que Selma Blair no paraba de preguntar por Libby. Más de la cuenta, según ella. Me dijo que todavía corre el rumor de que Selma era una destrozahogares y todo eso. Que Selma no sabía cuándo parar y que siempre andaba metida en líos. ¡Ir por el pueblo preguntando por Libby! Hace falta valor. Nadie le dará trabajo al inútil de su marido después de ese escándalo. Debería vigilarlo un poco más y hablar menos de Lib.

—Ya lo sé.

—Si quieres que te diga la verdad, Libby salió ganando —dice la tía Lillibit.

—¿Con éste? Tú estás loca.

—Ese Henry era más traicionero que Judas. Todo el

mundo lo sabía. Hasta Libby. Siempre andaba por ahí al acecho. Éste, bueno, tiene mal genio —dice la tía Lillibit—. Pero ¿qué hombre no tiene mal genio? Mira papá. Tenía sus cosas, pero no faltaba a su trabajo. No se ponía como una cuba todas las noches.

—Eso es verdad. Con tu padre siempre tuvimos un techo, hasta en los peores momentos. Hubo veces que no teníamos ni un céntimo, pero tu padre siempre conservó ese trozo de tierra, ésa es la pura verdad. Puede que vosotras os llevarais un correazo de vez en cuando, pero a tu hermana no había quien la domara. Y tú, bueno...

Bajan la voz y ya no las oímos.

—¡Carrie! —oigo que me llama Emma—. ¿Adónde vas? ¡Carrie! ¡Espera!

Pero me voy. Por el árbol caído. A través del arroyo. Por la cuesta salpicada de piedras. Me voy. Adonde no pueda oírlas más.

—Quiero ir donde Zebulon —estoy jadeando más que Brownie.

—¿Qué dices? —el señor Wilson levanta la vista del cable eléctrico con el que está trasteando.

—Quiero ir donde Zebulon —digo, más claro, porque ya he recuperado el aliento—. ¿Podemos ir hoy?

El señor Wilson chasquea la lengua contra el paladar y menea la cabeza adelante y atrás, y aunque no lo veo bien porque está encorvado sobre el cable, me parece que no tiene buena cara.

—Primero, no es de noche, que yo sepa —dice como

si hablara con el plástico que les está quitando a los cables de colores–. Y, segundo, ¿desde cuándo me dice a mí lo que tengo que hacer una niña de cinco años?

–¡Tengo ocho!

–Lo mismo da. Ninguna niña de ocho años viene aquí a decirme lo que tengo que hacer, en vez de pedírmelo como Dios manda. Eres una marimandona.

–Lo siento –digo, sonriendo, porque de pronto comprendo que tengo que hacerle la pelota para que me lleve–. Señor Wilson, por favor, ¿podría acompañarme adonde el señor Zebulon para que les oiga tocar? Por favor...

Él menea la cabeza otra vez, pero le estoy viendo las arrugas de los lados de los ojos.

–Por favor...

–Ten paciencia y me lo pensaré mientras acabo de pelar este cable –dice.

Así que deslizo la uña del dedo debajo de una burbuja de la pintura blanca de los tablones que hay junto a la puerta. Como la burbuja salta sin romperse, lo hago otra vez. Y otra. Hasta que el señor Wilson enrolla el cable y vuelve a poner el destornillador en la caja que usa para guardar los clavos, las herramientas y no sé qué más cosas. Creo que en la caja tiene una regla. Y un par de lapiceros sin punta que afila con la navaja.

–Está bien, niña –dice, poniéndose de pie–. Me has convencido con tanto esperar, así que creo que será mejor que nos pongamos en camino. Espera, voy por la guitarra.

Pone la guitarra mirando de frente en medio del asiento corrido de su camioneta, que es muy vieja y está hecha polvo. El mástil queda por encima de mi cabeza.

Me gusta que el señor Wilson no hable mucho. Porque no me apetece nada pensar en casa, en la yaya y en la tía Lillibit.

—Señor Wilson...

Él tiene una mano en el volante y el codo apoyado en la ventanilla bajada.

—¿Qué?

—¿Qué es una destrozahogares? —miro por mi lado de la camioneta mientras nos movemos para que no vea que estoy a punto de llorar pensando en esa palabra. Pero noto que me está mirando.

—Creo que una destrozahogares es alguien que... destroza un hogar.

Yo lo miro.

—¿Quiere decir que lo rompe todo? ¿Los muebles y eso?

—Me refiero al ánimo —dice, y estira el brazo de la ventanilla para indicarle al conductor de detrás que va a girar a la izquierda, supongo.

—¿Destroza el ánimo? ¿Qué significa eso?

—Una destrozahogares te rompe el espíritu. Destroza la familia. Pero ¿por qué me preguntas eso?

Yo no le contesto. Pero de todos modos parece que no hace falta.

Unos minutos después paramos al lado de un edificio muy grande que parece un granero, con un letrero oxidado que pone *Ze lon*, porque la «b» y la «u» se han borrado. El señor Wilson se gira hacia fuera y balancea la pierna mala para que vaya en la misma dirección que la buena y luego se baja de un salto de la camioneta, llevándose la guitarra.

—¡No puedo abrir la puerta! —le grito por mi ventanilla—. ¡Espere! No puedo abrir la puerta —pero él está entrando en el granero y no me oye, así que me deslizo por el asiento y salgo por su lado.

—Me he quedado encerrada en la camioneta —le digo cuando lo alcanzo.

—La puerta de tu lado no abre.

—¿Y por qué me ha dejado allí?

—Si no puedes apañártelas ni para salir de una camioneta —me dice, cojeando, mientras pasamos por entre los sacos de harina y pienso—, es que no tienes remedio.

—Wilson —un hombre más o menos de la misma edad que el señor Wilson le tiende la mano.

—Walles —contesta el señor Wilson.

—¿Cómo es que vemos tu fea cara a la luz del día?

El señor Wilson sonríe, recoge una herramienta que hay tirada en la mesa, esperando que alguien se la lleve a casa, y dice:

—Ya sabes, alguien tiene que espantar a las alimañas que andan por aquí.

—¿Quién es ésa? —me mira como si pensara que voy a robar algo.

—No le hagas caso —dice el señor Wilson como si yo fuera sorda—. Ha venido a vernos tocar. Es una Culver. Lleva el banyo en la sangre, que Dios se apiade de ella.

El señor Walles asiente y echa a andar al lado del señor Wilson hacia el fondo del almacén, donde hay menos estanterías y los cajones de leche, vueltos del revés, se convierten en taburetes. Un par de ellos hasta tienen encima sacos viejos de harina (sacos de cinco libras) para apoyar el trasero. El señor Wilson se sienta en uno, y Walles en otro, y entonces veo a tiro de piedra a un hombre arrugado como una pasa y encorvado sobre su guitarra. Supongo que es Zebulon, porque está sentado en una silla de verdad, con brazos y respaldo, y si eres la persona más vieja del pueblo no es justo que te sientes en un cajón de leche.

–Zeb –dice suavemente el señor Wilson. Habla tan bajo que no sé si Zebulon le ha oído hasta que lo veo mover la cabeza mientras toca unas notas moviendo los dedos arriba y abajo por el mástil de la guitarra.

–¿Qué tocamos hoy? –pregunta Walles, removiendo el trasero sobre el saco de harina.

–¿Qué tal algo de Misisipi John Hurt?

–No. Algo de Willie McTell *el Ciego*.

–Yo preferiría *Mamá, no queda mucho para que llegue el día*. O ¿qué tal ésa de la zurda que toca las cuerdas de la mano derecha? ¿Cómo se llama?

Antes de que se pongan de acuerdo, Zebulon empieza a tocar algo con su guitarra y los otros dos le siguen, y de pronto suena la música más bonita del mundo. Cierro los ojos y me imagino a mi abuelo sentado a su lado. Apuesto a que él no era un destrozahogares.

Vuelvo por el sendero que lleva al número veintidós y allí está, la camioneta del sheriff delante de nuestra casucha. Si no supiera de quién es la camioneta, sólo tendría que mirar el letrero de la puerta del volante. En grandes letras mayúsculas pone *Sheriff*, así que no tiene pérdida.

—¡Emma! —grito por si acaso no está dentro y puede venir a contarme qué está pasando. Pero no responde.

Han venido a llevarse a Richard. Seguro.

Hay una piedra muy grande que parece hecha para sentarse, así que eso es lo que hago. Me siento. Y espero. Me pregunto si le pondrán las esposas.

No tengo que esperar mucho hasta que se abre la puerta y de la casa a oscuras sale el sheriff, pero no lleva a Richard, sino un trozo de papel que clava por fuera de la puerta. No sé qué pone el papel, pero sí sé que el sheriff no tiene la pinta que yo esperaba; lleva unos vaqueros azules y una camisa vieja que parece de invierno, en vez de verano. Cuando baja los escalones para ir a su camioneta veo que lleva una estrella clavada en la pechera, así que supongo que aquí en el campo no tiene otro uniforme que ponerse.

¡Espera! Aquí viene mamá.

—¿Qué vamos a hacer ahora? —le grita desde el porche al sheriff, que ya tiene una pierna dentro de la camioneta.

—Quizá puedan recurrir a su familia —dice.

—Por favor, no nos haga esto —dice ella. Y está a punto de llorar porque noto que contiene las lágrimas con la voz—. Por favor.

—Lo siento, señora —dice—. La ley es la ley.

Con ésas se monta en la camioneta, arranca y se va por el sendero de tierra, entre los matorrales, por encima de las piedras, hasta salir a la carretera.

—¿Qué pasa, mamá? —le pregunto mientras subo al porche. Pero la casa ya se ha tragado a mamá.

Cuando la puerta se cierra detrás de ella, leo el papel que ha dejado el sheriff.

Aviso de desahucio, pone. *Los ocupantes de este inmueble deberán abandonar el recinto en un plazo de treinta días. La superación de ese plazo se considerará una infracción grave contra la que se tomarán las medidas legales oportunas.*

¿Los ocupantes deberán abandonar el recinto?

—Mamá... —digo alzando la voz cuando mis ojos se acostumbran a la oscuridad del cuarto de estar—. ¿Dónde está todo el mundo? ¿Y Emma?

La yaya y la tía Lillibit están de pie en la cocina, detrás de mamá, que está acurrucada en una silla, sujetándose la cabeza entre las manos.

—Debería haber estado aquí, el muy hijo de puta —dice la tía Lillibit, poniéndole la mano en el hombro a mamá—. ¿Dónde se ha metido, por cierto?

Mamá sacude la cabeza para decir que no lo sabe.

—Debería, debería —dice la yaya—. No es momento de lamentarse. Tenemos cosas que hacer. Hay que recoger todo lo que hemos traído —mira a la tía Lillibit y se acerca a la pila para fregar los platos que siempre parecen multiplicarse.

—¿Qué vamos a hacer? —la voz de mamá atraviesa sus manos.

—Eso debió pensarlo cuando metió la mano en la caja —dice la yaya mirando hacia atrás—. Debió pensarlo cuando se lió a puñetazos en el patio. Aunque me parece a mí que ése no piensa mucho antes de liarse a guantazos.

Mamá se levanta y se aparta de la silla antes de que me dé tiempo a apartar la vista de la bata de flores de la yaya y a girar la cabeza.

–Si tienes algo que decir, mamá, dilo de una vez –nunca había oído chillar tanto a mamá–. Pero dímelo a la cara. No se lo digas a Lillibit. Dímelo a mí, mamá.

La yaya se vuelve para mirarla.

–A mí no me hables en ese tono, jovencita –le advierte–. Sigo siendo tu madre y merezco un poco de respeto.

–¿Por qué no me dices lo que estás pensando? –no lo sé seguro, pero creo que ése no es el tono que esperaba la yaya–. Dilo de una vez.

–Está bien. Tú te metiste en este lío cuando te casaste con ese hombre. Tú sola te lo buscaste cuando ese hombre llegó al pueblo sin nada más que dos manos que llevan dolor allí donde van. Te estrujas la cabeza pensando qué ha salido mal. Yo te diré lo que ha salido mal. Nunca te has conformado. Quieres prosperar, pero para la gente como nosotros las cosas no son así. La vida es dura. Así son las cosas. Pero tú no te conformas y te las apañas como puedes, como hacemos los demás. ¿Tú quieres mejorar? Pues eso no puede ser. ¿Me oyes? No puede ser...

Aunque creo que la yaya no ha acabado, mamá la corta y grita:

–¡Sal de mi casa!

–Por si no te has dado cuenta –dice la yaya, acercándose a mamá–, ésta ya no es tu casa. Vivías aquí por cortesía del aserradero del que echaron a tu marido. ¿Qué esperabas? ¿Que te dijeran «por favor, quédese cuanto quiera»? Si te fastidia, háblalo con tu marido. No le alces la voz a tu propia madre. Vine aquí a ver qué estaba pasando. Para ayudaros lo mejor que pudiera. Y lo único que veo desde que llegué son lágrimas y malas caras. Veo los moratones. Veo la sangre. Todavía conservo la vista, gracias a Dios. Yo por lo menos daba la cara por mis hijas —masculla al volverse hacia la pila. Supongo que ya ha acabado.

—¡Fuera! —dice mamá, prácticamente escupiendo—. ¡Vete de aquí! Voy a salir a buscar a Richard y cuando vuelva no quiero ver vuestro coche en la puerta.

—¿Vas a echar a la calle a tu propia familia? —la tía Lillibit tienen los ojos como platos.

—Ya me has oído.

—Déjalo, Lillibit —dice la yaya—. No vamos a quedarnos donde no nos quieren, eso tenlo por seguro.

Mamá sacude el pelo para echárselo a la espalda y luego sale hacia donde estoy yo parada en el cuarto de estar, enfrente de la cocina. Es como si no me viera por cómo pasa a mi lado, con la cabeza muy alta, mirando hacia el número veintidós.

La mosquitera se cierra de golpe. En la cocina la yaya seca el plato que acaba de fregar y lo pone con cuidado encima de los demás. Guarda el montón de platos en el armario, donde casi nunca están porque los usamos y los volvemos a usar y nunca nos acordamos de guardarlos.

—Voy a recoger mis cosas —dice la tía Lillibit sin dirigirse a nadie en particular.

La yaya no sabe que la estoy viendo secarse las manos en el delantal y apoyarlas a los lados del borde de la pila, mirando por la ventana, hacia el bosque que lleva al río Diamante. Se queda quieta una eternidad. Cuando se da la vuelta y me mira me doy cuenta de que sabía desde el principio que estaba allí.

–Bueno –dice–, supongo que tenemos muchas cosas que hacer –al pasar a mi lado me toca la coronilla y ahora soy yo la que aguanta las lágrimas.

En el cuarto de estar, la tía Lillibit está doblando su ropa y amontonándola como hacía la yaya con los platos. La yaya se acerca al aparador, saca su maleta y la pone en el colchón. La maleta se queda allí, con la boca abierta, lista para tragarse sus vidas y llevárselas de aquí.

–No te quedes ahí parada, ve a recoger la ropa tendida, ¿quieres? –me dice la tía Lillibit. Y yo hago lo que me dice porque no es momento de darles más motivos para enfadarse con la familia Parker.

Camisas, pantalones y bragas cuelgan como fantasmas tristes. Uno a uno caen libres en mis manos, confiando, supongo, en desgastarse en el mundo, lejos de aquellos oscuros bosques. Me acerco la ropa a la nariz y aspiro fuerte, como hago con el trozo de moqueta que se dejó papá, pero en lugar de oler a la yaya y a la tía Lillibit la ropa huele un poco a jabón y a limones.

–No te entretengas, niña –me dice la yaya a través de la puerta de la cocina–. Te estamos esperando.

–¿De verdad os vais a ir? –le pregunto cuando vuelvo a entrar.

–Sí –dice, y me quita los fantasmas de los brazos y los sacude para quitarles las arrugas–. Anda, agarra el otro lado de esa manta para que la guardemos en el armario. No quiero que tu madre diga que lo he dejado todo manga por hombro.

Yo me alejo de la yaya caminando de espaldas y la manta se estira entre nosotras. Como una pareja de baile nos acercamos y nos alejamos hasta que la manta es un cuadrado perfecto.

—Mamá no lo decía en serio —dice Emma desde el pie de la escalera, donde supongo que ha estado escondida viéndolas pelearse, igual que yo.

—Acércame mi cepillo de dientes, ¿quieres? —le dice la tía Lillibit a Emma—. Y date prisa, tenemos que irnos.

—No lo decía en serio —repite Emma, dándole el cepillo de dientes—. ¿No podéis quedaros un poco más?

—No tengo gran cosa —nos dice la yaya—, pero tengo mi orgullo. Nos vamos en cuanto esté hecha la maleta. Lillibit, ¿dónde están esas bragas que te dejé? Da igual, puedes guardarlas en tu bolso, pero no te las dejes aquí.

—¿Y nosotras? —le pregunto.

—Estaréis bien —la yaya me da unas palmaditas en la cabeza—. No os crucéis en su camino y no os pasará nada.

La boca se cierra, llena de comida. La yaya echa los cierres y se gira para mirar la habitación.

—Bueno, Lillibit —dice—, pongámonos en camino.

—Enseguida voy —la tía Lillibit entra en el cuarto de baño. Lo intenta y lo intenta, pero la puerta no encaja con la pared. Nunca ha encajado, pero eso no impide que la tía Lillibit lo intente cada vez que entra. Es como si pensara que nos morimos de ganas de entrar. La oigo suspirar dentro del baño.

—Ayúdame con esto, ¿quieres? —la yaya me alcanza una de las asas de la maleta y caminamos juntas, con la maleta en medio, hasta que llegamos a la puerta, donde nos giramos de lado para pasar sin tener que dejarla en el suelo.

La yaya deja la maleta junto al coche y vuelve a entrar en busca de su bolso.

—Por favor, yaya —no puedo impedir que se me salten las lágrimas—. Por favor, no te vayas...

Pero, como decía siempre papá, a la yaya no se le dan bien las lágrimas.

La tía Lillibit sale con su bolsa. Pero no la ha cerrado tan bien como la yaya, y por un lado veo salir la manga de la camisa blanca que he recogido de la cuerda. Supongo que sólo los fantasmas quieren quedarse con nosotros.

Están en el coche. La tía Lillibit deja que se caliente antes de arrancar.

—Sé buena —me dice por la ventanilla abierta—. ¿Me oyes? Sé buena, Caroline.

—Ven aquí y dale un beso a tu yaya —dice la yaya, inclinándose sobre Lillibit en el asiento de delante y haciéndome gestos para que me acerque a la ventanilla—. Ven —le grita a Emma por la ventanilla.

Cuando me acerco su brazo se estira hacia mi mejilla.

—Seca esas lágrimas, ¿me oyes? No te van a servir de nada. Nunca sirven de nada.

Noto a Emma a mi lado. Ella estira el bracito por la ventanilla, hacia la yaya.

—Yaya —llora—, por favor... —solloza tan fuerte que

tarda un segundo en reunir aliento para poder hablar–. Llévanos contigo...

—Vámonos, Lillibit —es lo único que dice ella.

—Llévanos contigo —solloza Emma. Y es muy raro, porque Emma sólo llora cuando cree que puede cambiar algo. Supongo que es porque es más pequeña que yo. No se da cuenta de que esto no tiene remedio.

—Está bien, chicos, calmaos —dice la señorita Ueland, moviendo despacio las manos arriba y abajo para que veamos que es hora de callarse.

Nos va mirando, y sus ojos se posan en mí un poco más que en los otros niños. Yo me limpio la nariz porque me mira como si tuviera algo colgando de ella.

—Hoy vamos a hablar de los *padres fundadores* —dice, y se vuelve hacia la pizarra—. ¿Sabéis a qué me refiero cuando digo *padres fundadores*?

Orla Mae levanta la mano.

—¡Yo sí! ¡Yo sí!

—Sí, Orla Mae. Adelante.

—Son los primeros presidentes —dice, sentada muy tiesa contra el respaldo de la silla.

El resto de la clase es un borrón de preguntas y respuestas en las que, por suerte, no tengo que participar. Enseguida suena el timbre y recojo mis libros.

—Caroline, ¿puedo hablar contigo un momento,

cielo? —me dice la señorita Ueland por encima de los cuerpos que corren a salir de la clase entre empujones.

—¿Sí, señorita? —le digo, intentando que no me tiemblen los brazos del peso de los libros. Ojalá tuviera algo en el estómago. Así no me sentiría a punto de ver estrellitas, como ahora.

Ella apoya la mitad del cuerpo en el filo de la mesa.

—Caroline, estoy preocupada por ti, cariño —dice—. ¿Qué tal te va?

—Bien, señorita.

Me mira fijamente a los ojos, y por un instante me dan ganas de llorar. Pero me las aguanto.

—Dime qué te pasa, cariño —su voz me suplica prácticamente que llore—. Conmigo puedes hablar.

Yo trago y digo:

—No me pasa nada, señorita.

—Estaba pensando en ir a hablar con tus padres...

Pero antes de que acabe la frase, la corto.

—¡No! Quiero decir que no, gracias, señorita. Todo va bien. Me caí de las rocas que hay detrás de mi casa y me di un golpe en la cabeza, nada más. Mi madre me dará una buena zurra si va a hablar con ella. Siempre me está diciendo que no me suba a las rocas del bosque. Si se entera de que está usted preocupada, no me dejará tranquila.

Espero que con eso sirva.

Ella espera, se mira las manos que tiene cruzadas con esmero delante del regazo. Su alianza brilla a la luz del techo.

—Está bien, lo pensaré —dice después de un rato—.

Pero, por favor, Caroline, quiero que sepas que conmigo puedes hablar siempre que quieras, ¿de acuerdo?
—Sí, señorita.
—¿Me entiendes?
—Sí, señorita.
—Ya puedes irte.
—Gracias, señorita.

Y me alegro de que me diga que puedo irme, porque por un segundo, durante lo que dura un suspiro, se me ha pasado por la cabeza hablarle de Richard.

—Me he enterado de que tenéis problemas ahí arriba —el señor Wilson, que está labrando la madera, nos mira.

Yo sé lo que diría mamá ahora mismo. Le diría que no se meta donde no lo llaman. Pero es el señor Wilson. Al señor Wilson le importan un pito los asuntos de los demás. Yo creo que normalmente sólo le importan los suyos.

Para asegurarme, no digo nada. Esperaré a ver dónde quiere ir a parar.

—Sé que alguna gente del pueblo se alegraría si os fuerais de aquí —dice, y vuelve a asegurarse de que no se corta el pulgar al mismo tiempo que corta la madera—. Sobre todo, Antone. Y los del aserradero. Sí, están todos esperando que os marchéis y os llevéis los problemas con vosotros. Pero yo no soy de ésos.

—¿Usted qué cree? —le pregunta Emma desde lo alto del tocón en el que intenta sostenerse en equilibrio. Pero el tocón es muy pequeño, así que se cae y tiene que volver a subirse de un salto. No sé cómo se le ocurre ponerse a hacer equilibrios en un momento como éste.

—Yo creo que las personas tienen que cuidar las unas de las otras. Creo que un hombre tiene que responder por lo que hace.

Deja a un lado la madera y la navaja, se pone las manos en las rodillas y nos mira a las dos. Fijamente.

—¿Qué vamos a hacer? —dice—. ¿Eh?

Ninguna de las dos le responde. ¿Qué podemos decirle, de todos modos?

—Me ponen enfermo los que no son capaces de meterse con los de su tamaño —dice—. Y luego se desahogan con una cría. Me ponen enfermo, palabra.

Vamos detrás de él hasta el cobertizo de las armas.

—¿Dónde va? —me susurra Emma.

—Chist —le digo—. ¿Qué le ha pasado al candado? —le pregunto al señor Wilson.

—Se rompió —dice—. Hizo su trabajo durante veinte años. Supongo que sabía que ya no servía de nada. De todas formas ya no viene nadie por aquí.

Nosotras esperamos fuera mientras abre el armario y saca otra arma. Ésta es pequeña; tiene un mango blanco y brillante y, en lugar de gris oscura, es plateada. El señor Wilson deja la puerta entornada.

—En tiempos de mi padre, nosotros nos habríamos encargado de ese hombre —dice para sí mismo mientras camina hacia el prado de la cerca donde están las latas.

—¿Siempre es así? —me susurra Emma. Yo digo que no con la cabeza sin quitarle ojo al señor Wilson.

—Ven aquí, niña —le grita a Emma. Yo la dejo que aprenda a disparar con esa pistola, porque la escopeta es mía, y la pistola es mejor para una niña pequeña.

—Tienes que aprender a defenderte, ya que nadie lo hace por ti. Bueno. Agarra bien la empuñadura. ¿Notas lo suave que es? No te dejes engañar. Esta pistola es muy potente. Uno puede pensar que no vale para nada, pero aquí estoy yo para deciros que esta misma pistola mató a uno de los mayores hijos de puta que han existido. Hollis Collins. Apunta adonde quieres que vaya la bala. Eso es. Hollis Collins sintió que las llamas del infierno le lamían cada día que pasó en este mundo. No había razón para que siguiera jorobando a todo el mundo, así que mi padre le dejó seco de un tiro. Tú no vas a poder localizar el objetivo con la mira, como en un rifle, así que lo que tienes que hacer es mover la barbilla hasta que esté casi encima de la parte de tu brazo que hay entre el hombro y el codo. Eso es, muy bien. Ladéala un poco más, hasta que casi te toques el brazo con la mejilla. Eso es. Si tienes el brazo bien derecho, das en la diana. Seguro como un canguro.

—¡Eh! —dice Emma, mirándome—. ¡Mi padre también decía eso!

—Tu padre me daría las gracias por enseñarte a disparar —responde él—. Ahora, concéntrate en la diana. Esa lata está quieta, pero tu objetivo se mueve casi todo el tiempo. Así que tienes que ser capaz de mover el cuerpo manteniendo el brazo bien derecho para que, en cuanto deje de moverse, puedas disparar.

—¿Disparo ya?

—Espera un segundo —dice el señor Wilson—. ¿Sientes el gatillo? Cede muy fácilmente, así que estate preparada para salir disparada hacia atrás por el impulso. Prueba a disparar y ya verás a qué me refiero.

¡Pum!

Emma grita como hice yo la primera vez que el señor Wilson pegó un tiro. Nada te prepara para ese sonido.

—Por algo se empieza —dice cuando se aclara el humo de la punta de la pistola, por donde ha salido la bala—. Pero ¿ves lo que decía del gatillo?

—¡Sí! —dice ella. Yo no puedo evitar sonreír porque sé lo emocionada que está.

—Bueno, has fallado —el señor Wilson está muy serio, como si fuera un maestro—. Tienes que dejar de pensar que es fácil y concentrarte en dar en el blanco. Dame la pistola. Voy a enseñarte lo que quiero decir. ¿Ves que tengo el brazo bien firme? Hay que estarse muy quieto, porque el gatillo está muy flojo y te confunde. Hace que tu brazo crea que también puede aflojarse. Pero hay que mantenerse firme.

¡Pum!

Emma corre a la cerca y levanta la lata que ha caído al suelo como si fuera un trofeo.

—¡Le ha dado!

—A eso me refería —dice él—. Mi brazo no se ha movido. Deja que el objetivo se canse de moverse, pero no dejes que tu brazo se canse. Ahora, inténtalo otra vez.

Emma vuelve corriendo, agarra la pistola y estira el brazo.

—¿Así?

—Sí —dice él—. Eso es, no muevas el codo. Ya estás lista para apretar el gatillo.

¡Pum!

Emma sale corriendo, se agacha y levanta la lata igual que antes.

—Buen disparo, niña —dice el señor Wilson, escupiendo a un lado—. Buen disparo.

De vuelta a casa, Emma está tan contenta que va brincando por el camino.

—Sabes qué va a pasar ahora, ¿no? —dice, y se sube de un salto a una peña y se baja de ella como si fuera una atracción de feria.

—¿De qué estás hablando? —pregunto.

—Vamos a matar a Richard —dice, saltando por encima de un tocón—. Le vamos a disparar.

Yo me quedo parada detrás de ella.

—¿Qué?

—Sí —me dice gritando mientras inspecciona un champiñón—. Vamos a matar a Richard. Eso era lo que nos estaba enseñando el señor Wilson.

Yo echo a andar otra vez.

—Estás loca. No era eso.

—Sí que lo era —dice ella, volviendo hacia mí—. Tenemos que matar a Richard, Carrie.

—¿Y qué hacemos? ¿Entramos un buen día y le pegamos un tiro? ¿Así como así?

—Sí, más o menos —dice ella, y se pone a andar a mi lado cuando las ramas se aclaran un poco y podemos andar de dos en dos—. Así no nos echarían de la casa porque al sheriff le daríamos pena y dejaría que nos quedáramos. Pero, aunque tuviéramos que irnos, si Richard se muere, la yaya y la tía Lillibit ya no nos odiarían y podríamos irnos a vivir con ellas.

Yo he empezado a menear la cabeza mientras hablaba, pero ahora tengo que dar mi opinión.

—Una cosa es disparar a una lata, y otra matar a un hombre, aunque se merezca que lo maten —le digo. A veces las hermanas pequeñas no piensan bien las cosas, y a las hermanas mayores les toca echarles una mano. Eso creo yo, por lo menos.

—Piénsalo —dice, y señala alegremente mi frente, que tiene un cardenal azul y marrón de cuando Richard me abofeteó—. Ése podría ser tu último moratón.

Desde que se fueron la yaya y la tía Lillibit ya no hay ajetreo en casa. Mamá ha dejado de lavar la ropa, y yo me alegro porque así no tengo que ayudarla a tender. Una cosa menos que hacer. Emma y yo decidimos tener dos montones de ropa en nuestro cuarto: el de la ropa que está tan sucia que ya no podemos ponérnosla, y el de la que ya no se puede usar. La que se puede volver a usar tiene una o dos manchas, pero puede pasar por limpiar si te la pones del revés, como con las bragas. Ése es nuestro sistema.

El aviso de desahucio sigue clavado en la puerta y al poco tiempo ya ni lo veo cuando entro y salgo. Simplemente se mezcla con todo lo demás.

Mamá sale de su habitación a veces, pero yo casi prefiero que no salga, porque lo único que hace es gritar y llorar. A Richard hace un par de días que no lo veo, pero sé por los cascos de cerveza que ha estado por aquí, seguramente cuando estábamos durmiendo. A lo mejor está trabajando otra vez.

Las cosas podían haber seguido así, pero supongo que no estaba escrito.

—Un, dos, tres —dice ella.
—¡Mírame! —le contestamos.
—Dos, tres, cuatro —dice la señorita Ueland.
—¡Átate el zapato!
—Tengo que daros una noticia maravillosa —dice la señorita Ueland, acercándose a la parte de delante de la clase—. Silencio todo el mundo. Tengo que deciros una cosa.

Ellie Frenden me susurra:

—Yo sé lo que va a decir —pero luego cierra el pico y parece muy satisfecha de sí misma.

—Bueno, chicos —empieza la señorita Ueland—, quiero deciros que voy a ser madre.

La clase se queda de piedra. Todos, menos Ellie, que intenta que la mire para inclinar la cabeza como una marisabidilla, que es lo que es. Su tío es el médico del pueblo, así que supongo que se habrá enterado por él de lo de la señorita Ueland.

—Todo esto es muy *inesperado* y muy *emocionante*

para mí —sigue ella—. Y para el señor Ueland. Pero vamos a *mudarnos* al condado de al lado para tener una casa más grande en la que haya sitio para el *bebé*. Sé que los bebés son *pequeños*, pero crecen, ¿sabéis?, y pronto necesitaremos *más espacio*.

—¿Quiere decir que ya no va a ser nuestra maestra? —pregunta Orla Mae con el brazo todavía levantado.

—El señor Tyler va a ocupar mi lugar. No pongas esa cara, Buddy Lee. El señor Tyler es un buen profesor. Pero sí, me temo que voy a tener que dejaros, Orla Mae —dice la señorita Ueland—. Y eso me *entristece*, porque me ha encantado enseñaros a todos.

Sus ojos se posan en mí cuando dice esto último, pero yo miro para otro lado. Creo que ya no le contaré lo de Richard, después de todo. Sabía que no debía. Sólo fue una ocurrencia.

Ojalá pudiera quedarme en mi habitación, como mamá. Seguro que sería más fácil. No tendría que pensar en qué vamos a comer, en cómo llenar la nevera, en hacer los deberes y luego volver a empezar otra vez, día tras día. Sí, ojalá yo también pudiera quedarme en la cama todo el día.

El colegio no es lo mismo sin la señorita Ueland, y a veces tengo la impresión de que ya no conozco a mi hermana pequeña. Desde que ha aprendido a disparar, está obsesionada. Es como si ya no me necesitara, de verdad. Le ha dado por irse al río ella sola, a pensar, supongo.

Yo, en vez de irme al río con ella, últimamente voy mucho con el señor Wilson donde Zebulon, así que supongo que hago lo mismo que Emma, sólo que de manera distinta.

—Ven aquí, niña —me llama Walles desde el barril en el que está sentado—. Voy a enseñarte unos acordes que seguro que tocas muy bien. Agarra el mástil con la mano izquierda. Eres diestra, ¿no? Mejor. Los zurdos tienen la cabeza tan hueca que dentro sólo tienen murciélagos. Así que sujeta el mástil y pon el dedo (eso es, el índice, dóblalo) en la cuerda de arriba y ahora, con la mano derecha, vas a tocar una melodía. Usa el dedo índice y el pulgar para tocar estas cuerdas. ¡Eso es! ¡Caray! ¿Lo ves? Ya has hecho una melodía. Suena bien. Sonny, tócame un sol, ¿quieres? Para acompañar la melodía que acaba de tocar Culver.

—Me llamo Parker —le digo yo, aunque preferiría llamarme Culver, como mi padre.

—Creía que eras una Culver.

—Lo era, pero mamá se casó cuando murió mi padre y como él se apellida Parker, ahora yo también me apellido así ahora.

—¿Parker? ¿El que trabajaba en el aserradero? ¿Ése?

—Sí, señor.

Walles mira a Sonny Zebulon, que siempre está encorvado sobre la guitarra, pero que acaba de levantar la cabeza para tomar aire. Se miran un momento.

—¿Y cómo ha acabado una niñita como tú con un...?

—Walles —dice el señor Wilson con una voz tan afilada que si fuera un cuchillo Walles estaría sangrando.

Walles también se da cuenta, porque de pronto se calla—. Vamos a tocar algo —dice el señor Wilson, poniéndose la guitarra sobre el regazo—. Ya estoy harto de tanta charla.

Y la música fluye sobre mí como el agua sobre las rocas del río Diamante.

Hola, Carrie. ¿Quieres venir a mi casa después del colegio?
Marca el recuadro si puedes o no.
Orla Mae

Yo la miro para decirle con una sonrisa que sí puedo, pero ella está mirando al frente para que no nos pillen mandándonos notitas.

Pongo que sí, doblo la nota hasta hacerla muy pequeñita y tiro mi lápiz al suelo para que, al agacharme a recogerlo, pueda deslizar la nota por el pasillo hasta su mesa.

El señor Tyler está escribiendo en la pizarra, así que no ve a Orla Mae agacharse a recoger la nota. La desdobla doblez por doblez para que el papel no haga ruido y el profesor no se dé cuenta de que estamos distraídas.

Después de clase recogemos los libros y nos esperamos para salir juntas.

—Espérame un segundo —le digo en el patio—. Tengo que decirle a mi hermana que se vaya sola a casa.

—Hola, Em —tardo un segundo en recuperar el

aliento cuando por fin la alcanzo–. Vete a casa. Yo voy luego.

Emma mira detrás de mí a Orla Mae, que se está mordiendo las uñas como si fueran la cena.

–¿Te vas a casa de Orla Mae? –pregunta como si fuera ilegal.

–¿Y a ti qué? Tú vete a casa sin mí. No tardaré –sé que quiere que la invite, pero últimamente me he acostumbrado a estar sola.

Ella se encoge de hombros, se da media vuelta y de repente siento una punzada y deseo haberlo hecho todo de otra manera.

–¿Quieres venir? –le grito, aunque ya sé la respuesta y me siento fatal.

La respuesta es cero. Sólo una hermana pequeña que se aleja.

La casa de Orla Mae no es mucho más grande que la nuestra, pero no tiene tantos árboles alrededor, así que el sol entra en las habitaciones.

Dejamos los libros en una mesita que hay junto a la puerta.

–¡Hola, mamá! –grita Orla Mae.

–¡Hola, cariño! –contesta una voz desde el fondo de la casa–. ¿Qué tal el cole?

–Bien. Ha venido Carrie Parker.

–Muy bien.

–¿Puede quedarse a cenar? –Orla Mae no me ha preguntado si puedo, pero supongo que mamá ni siquiera se enterará de que no estoy en casa.

—Claro —contesta la señora Bickett—. Enseguida cenamos. ¿Por qué no vais a hacer los deberes antes de que se haga tarde?

Orla Mae me mira girando los ojos.

—Vamos.

Me hace señas para que salgamos por una puerta que hay a un lado del cuarto de estar, donde todos los muebles están llenos de fotos: fotos de bebés, de bodas y de gente con cara agria que no parece acostumbrada a posar para una foto.

—¿Quién es ése? —pregunto señalando a un hombre con un sombrero negro y alto y unas gafas redondas.

—Mi abuelo, el padre de mi padre. Creció en la costa este, en las islas Outer Banks. Hace mucho, cuando nadie sabía que estaban allí. Vivía allí solo con sus padres, mis bisabuelos. No fue a la escuela, ni tenía otro niños con los que jugar. Mi padre dice que cuando se hizo viejo casi se vuelve loco. Vamos.

Al lado de la casa hay una casa más pequeña que parece una copia de la grande. En vez de escaleras hay una rampa por la que los pollos suben y bajan y entran y salen de la casa, picoteando.

—Son tontos de remate —dice Orla Mae—. Mira. Voy a darles de comer piedrecitas. ¡Ja! Mira ése. Ni siquiera sabe que lo que se está comiendo no es comida. Una vez les di de comer unas sobras de huevos revueltos que había hecho mi madre para desayunar ¡y se las comieron! ¿Sabes que significa eso? Que son calíbanes.

—Será caníbales —digo yo.

—¿Por qué siempre tienes que ser tan lista? —les tira un trozo de madera a los pollos hambrientos—. Siempre haces lo mismo.

—No es verdad —digo yo.

—Sí que lo es. En clase siempre contestas bien.

—Tú sí que contestas bien. Yo creo que tú eres la más lista de la clase.

—Sí, ya —pero lo dice como si no se creyera lo que le digo.

—¿Habéis abierto los libros? —grita la señora Bickett desde la ventana de arriba.

—¡Ya vamos, mamá! —le contesta Orla Mae mirando hacia atrás.

—¿Qué os he dicho? ¡Poneos a hacer los deberes! No cenamos hasta que acabéis.

—Vamos —digo. La idea de irme sin probar bocado me pone enferma—. Vamos a hacerlos.

—Vale, listilla.

—Yo no soy una listilla.

—Sí que lo eres.

Las dos suspiramos fuerte mientras volvemos a entrar en la casa.

Los deberes son muy fáciles porque Freddie Sprague engañó al señor Tyler diciéndole que todavía no habíamos empezado el libro de ejercicios de lengua, aunque era mentira, así que los deberes que nos manda ya los hemos hecho. Supongo que la señorita Ueland se fue con tantas prisas que se le olvidó decirle lo que ya sabíamos y lo que no.

Hace mucho tiempo que no oía de lejos el ruido de los cacharros y las cacerolas. Me encanta saber que es otra persona la que tiene que pensar qué hacer de comer. Me preguntó qué irá a cenar Emma.

—Ya hemos acabado, mamá —Orla Mae se levanta y se va a la cocina, así que la sigo. Paso por delante de las caras de los Bickett, que me recuerdan que aquí soy una extraña.

—Bueno. Ven a sacar la sal y la pimienta. Carrie, ¿quieres...? Uy, ¿qué te ha pasado en la mano, cielo?

Yo dejo los tenedores que me tendía y vuelvo a guardar la mano en el bolsillo, donde tiene que quedarse hasta que se cure.

—Nada, señora —miento—. Tuve un accidente, nada más.

—Déjame ver —dice.

—Estoy bien, señora. De verdad.

Ella ladea la cabeza y dice:

—Bueno, está bien. ¿Te importa llevar estos tenedores?

—No, claro que no, señora —digo.

Me trago la saliva que se me ha acumulado en los carrillos cuando el olor de la comida casera me ha llegado a la nariz.

—Id a lavaros las manos para cenar, chicas. ¡Y ten cuidado con esa mano, Carrie! Esa herida parece a punto de abrirse. No te la mojes mucho.

El otro día cocí los últimos huevos que nos quedaban, porque mamá dijo una vez que con los huevos viejos sólo se puede hacer una cosa: cocerlos. Intenté sujetar bien fuerte el cazo del agua hirviendo cuando lo llevé al fregadero para vaciarlo, pero no soy tan fuerte como pensaba, así que cuando ya no podía más, el cazo empezó a gotear y tuve que agarrarlo por delante y me hice una quemadura muy fea. Mamá siempre dice que soy una torpe.

—Orla Mae —dice la señora Bickett, sentándose en su silla, a la mesa de la cocina—, ¿esta noche bendices tú la mesa?

Ellas se ponen unos trapos de cocina encima de las rodillas, así que yo hago lo mismo.

—Dios bendiga esta comida, a nuestros amigos... —cuando dice esto me aprieta la mano desde el otro lado de la mesa— y a nuestra familia —me doy cuenta de que cuando dice esto le aprieta la mano a su madre—. Y también nuestro hogar. Gracias por los dones que hemos recibido. Amén.

—Amén —dice la señora Bickett con la cabeza agachada todavía.

—Amén —mascullo yo para no quedar mal.

—Pásame la manteca, ¿quieres? —le dice la señora Bickett a Orla Mae—. Vaya, qué hambre tenemos —dice, mirándome. Ya tengo un trozo de pollo asado metido en la boca. Está tan caliente que me quema la boca, pero no me importa. Nunca había probado un pollo tan rico.

Orla Mae todavía está untando su primer bollito cuando yo voy ya por el segundo. Me lo meto en la boca entero mientras con la otra mano pincho maíz con el tenedor.

No sé por qué sigue mirándome la señora Bickett.

—¿Qué tal os va con el señor Tyler, chicas? —pregunta después de mirar su plato y pinchar delicadamente con el tenedor un trozo la mitad de pequeño que los que pincho yo.

—Bien —contesta Orla Mae.

—Orla Mae, no hables con la boca llena —le dice su madre—. No te has criado entre lobos.

Cuando mira a Orla Mae para regañarla, yo agarro una galleta y la pongo en el paño que tengo sobre el regazo. En cuanto se descuiden un momento, me la guardaré en el bolsillo de la chaqueta para llevársela a Emma.

Al final de la cena tengo tres galletas guardadas. Emma no tiene el estómago tan grande como el mío, así que con tres tendrá suficiente. En cuanto a mí, estoy más llena que un pavo en Navidad.

Recogemos todos los platos y cuando la señora Bickett se pone a fregar los cacharros, robo un muslo, el único que quedaba, para Emma. Está muy grasiento y seguro que no puedo volver a ponerme la chaqueta, pero me da igual. Una hermana mayor tiene cuidar de su hermana pequeña.

—Gracias por la comida, señora —le digo a la señora Bickett cuando Orla Mae y yo acabamos de secar las sartenes y las cacerolas que nos va pasando.

—De nada, Carrie —dice—. Puedes volver cuando quieras, tesoro.

—Gracias, señora.

—Saluda a tu madre de mi parte —me dice cuando me voy.

—Sí, señora —le respondo—. Adiós, Orla Mae.

—Adiós, listilla.

Me pongo colorada, pero se me pasa cuando veo su cara sonriente y me doy cuenta de que no se está riendo de mí.

El camino a casa se me hace mucho más corto con la tripa llena. Hasta voy brincando un poco, porque sé que Emma se va a poner contentísima con la cena que le traigo.

Pero de la ventana de delante sale una luz muy rara. Como de una vela, sólo que no. Otras veces, cuando vuelvo a casa de noche, toda la ventana está iluminada. Pero esta noche sólo está iluminada la mitad.

Cuanto más me acerco, más rara me siento.

—¿Mamá? —digo. No levanto mucho la voz porque no sé qué está pasando dentro.

Cuando abro la puerta no puedo creer lo que ven mis ojos. Todo está patas arriba, casi como cuando llegamos aquí.

—Dios mío de mi vida —digo como hace mamá cuando nos pilla a Emma y a mí haciendo algo que no le gusta.

Hay una silla volcada de lado. Y cristales rotos que crujen bajo mis zapatos. Y ahora veo por qué la luz que salía por la ventana parecía tan rara: la lámpara está volcada, con pantalla y todo, así que parece que está echando una siesta en el suelo. Cruzo la habitación para levantarla, porque imagino que lo mismo da empezar a limpiar por ahí que por otro sitio, y tengo que pasar por encima del cojín del sofá y de los trozos de los platos de loza que la yaya nos regaló para que se conservaran dentro de la familia.

—¿Mamá? —digo un poco más alto.

La única foto que tenemos (con un marco comprado y todo) está boca abajo en el suelo. Es una foto de mamá y mía en la playa, de cuando yo era un bebé.

La hizo papá, así que él no sale, y supongo que es mejor así porque, si saliera, no podríamos tenerla a la vista. Richard no lo consentiría.

Me agacho para levantar la lámpara y entonces es cuando la veo.

—¡Mamá!

La sangre le sale de la cabeza como una taza de café derramada. Tiene un brazo doblado como si se lo hubieran sacado del todo, y la bata (ésa que lleva desde hace tanto tiempo que tiene las rosas tan descoloridas que parecen rosas en vez de rojas, como eran al principio) levantada casi hasta las bragas.

—¿Mamá? —le susurro, inclinándome sobre su cabeza mientras intento que no se me salten las lágrimas justo encima de su boca ensangrentada.

Ella mueve un poco la cabeza, y el ojo que no tiene hinchado se fija en mí. Sus labios se mueven encima de los dientes.

—¿Mamá?

—Vete —dice en voz muy baja—. Vete de aquí —toma aire, pero no mucho, como si le doliera respirar—. Corre.

—No voy a dejarte, mamá —digo, intentando con todas mis fuerzas no llorar. Así que digo que no con la cabeza para que me entienda.

—Corre —susurra ella.

Los gritos me golpean antes de que mi cerebro comprenda qué significan las palabras.

—Intentar mantener a mi familia —grita acercándose al cuarto de estar. No ha debido oírme entrar—. Eso es lo que intento hacer. Pedazo de mierda.

Se para a beber un trago de cerveza y le da una patada a algo que se pone en su camino. Entonces me muevo hacia el fondo de la habitación para escabullirme por la puerta de la cocina sin que me vea.

—Tú has visto los precios que tienen —le grita a mamá como si ella fuera capaz de mantener una conversación—. Ese sitio está pidiendo que le roben. ¿Qué coño...?

Menos mal que está borracho, porque tarda un poco en darse cuenta de dónde viene el ruido que he hecho al saltar sobre los platos rotos. Apuesto a que ya ha dejado de buscar de dónde venía el ruido cuando llego al bosque que separa nuestra casa de la del señor Wilson. Oigo mis propios jadeos. Dios mío. Por favor, deja que busque ayuda para mamá antes de que la mate. Por favor, Señor. Haré lo que sea. No volveré a pelearme con Emma. Haré todas las cosas de la casa, como quiere mamá. Hasta querré a Richard. Por favor, Señor, permíteme llegar a casa del señor Wilson.

¡Pum!

El ruido me golpea y casi me tumba de espaldas.

Conozco bien ese sonido. No hay otro igual. Un disparo. Dentro de la casa.

He visto fotos de esos tipos de los circos que andan sobre alambres muy altos, en el aire. Como si estuvieran suspendidos. Así es como estoy en este preciso momento. No sé si seguir el alambre por el que voy caminando hasta la casa del señor Wilson o darme la vuelta y volver a casa para ver qué ha pasado.

Cuando cierro fuerte los ojos, veo a mi madre tendida en el suelo. El brillo de la lámpara vuelve toda su cara roja de sangre. Ahí está mi respuesta.

Ya voy, mamá.

Subo los escalones del porche de dos en dos, y esta vez no me importa quién me oiga entrar en la casa.

—¿Mamá?

Salto sobre los cristales rotos, la loza y otras cosas tiradas por el suelo, hasta donde todavía está tendida.

—¿Mamá?

Ella gira la cabeza hacia mí, así que no es a ella a la que han matado. Me levanto y me doy la vuelta, miro despacio por la habitación. Cuesta ver más allá del sofá, así que levanto la lámpara y la sujeto como una linterna que podría haber llevado Laura Ingalls Wilder. El cable no es muy largo, pero por lo menos puedo alumbrar un poco el otro lado de la habitación.

Y allí está Richard.

Tumbado como si no le importara que el cristal y la loza le corten la espalda. Tiene los ojos abiertos como si estuviera mirando el techo, así que al principio me da miedo acercarme. Puede que sea una trampa y que se esté haciendo el muerto para agarrarme cuando me acerque. Me aparto todo lo que puedo de sus brazos, estirados como si fuera un ángel de nieve. Y entonces veo el redondel rojo de su pecho, que la sangre hace cada vez más y más grande.

No se mueve.

Me acerco hasta que veo que su pecho no se mueve, no sube ni baja, no deja entrar y salir el aire. Es Richard a quien han disparado.

Y por un segundo, menos de lo que dura un suspiro (la mitad de lo que dura un suspiro), veo a mi padre tendido en el suelo, empapando de sangre el suelo de linóleo de la casa vieja. No sé cómo puede ser, porque fue Emma la que de verdad lo vio. Me lo habré imaginado tantas veces que me parece un recuerdo.

Emma.

—¡Emma! —grito, corriendo a las escaleras, y subo volando a nuestra habitación.

No está aquí. ¿No está aquí?

—¡Emma! —grito, pero sólo me contesta el silencio—. ¡Señor Wilson! ¡Socorro! —como si pudiera oírme pedir auxilio. Qué tonta soy.

Tan rápido como entré, vuelvo a salir... bajo por el pasillo a oscuras, hasta la carretera... corro carretera abajo hasta el sendero del señor Wilson, que ahora, cuanto más me esfuerzo por llegar, más empinado parece. Las piedras me hacen la zancadilla, se ponen en sitios donde antes no estaban. Justo cuando me estoy levantando de una caída, oigo pasos que aplastan la grava junto a los escalones de la puerta. Sí. Es él, sí. Lo sé porque anda encorvado. Estoy a punto de gritarle cuando la luz de la luna hace brillar algo que lleva en la mano. ¿Una pistola?

Dios mío.

Las ramas caídas de los pinos que se rompen bajo mis pies y mi respiración es lo único que suena en el bosque; la luna, lo único que da luz. Los matorrales y los renuevos que no recordaba que estuvieran ahí a la luz del día me retrasan, pero no mucho. Ya no me importa que me pinchen.

La casa de los Bickett absorbe toda la oscuridad de la noche, así que cuesta ver dónde acaban los escalones y dónde empieza la puerta, pero encuentro las dos cosas y un instante después estoy aporreando la puerta.

—¿Caroline? Caroline, mírame —la boca de mamá se mueve, hinchada, pero las palabras no parecen venir de ahí. Tiene en la mano una toalla mojada con hielo derretido dentro. Se la sujeta en la frente. Ya se ha limpiado la sangre.

—¿Caroline?

—Está cansada —otra voz, una voz de hombre, flota en lo alto—. Déjala descansar.

—Caroline, ¿me oyes? ¿En qué estás pensando?

El chopo estaba hecho para trepar, con aquellas ramas tan gordas y rugosas, separadas como los peldaños de una escalera, una encima de la otra, de forma que podías trepar casi hasta arriba del todo sin que te diera miedo.

—¿La ves? ¿Ves la casa desde aquí? —me gritaba Emma desde abajo.

—Todavía no —contesté—. Espera a que suba un poco más.

—Date prisa, sólo estoy a dos ramas de ti —parecía enfadada porque yo tardaba mucho en subir. Debería haberla dejado subir primero, ella es la que trepa más rápido. Pero yo soy la mayor, así que Emma sabía que tenía que tenía las de perder.

—¡Ya la veo! —y era cierto. El chopo era más alto que los demás árboles que rodeaban la granja de los Hamilton, así que nada nos tapaba la vista—. ¡Vamos! ¡Sube!

—Vale, vale —dijo ella, enfadada todavía, pero ansiosa por alcanzarme—. Deberías haberme dejado subir primero. ¡Hala!, tienes razón. Se ve desde aquí.

—¿Qué te había dicho?

La granja de los Hamilton quedaba lejos de nuestra casa, la casa con los postigos descascarillados del Camino del Molino de Murray. Pero cuando estás tan alta como vuelan los pájaros, eso no importa tanto. Desde allí arriba no se ve nada.

El problema es que también puedes mirar hacia abajo y ver cuánto te queda que bajar. Yo intentaba no mirar, pero no podía: a veces me gustaba asustarme, y supongo que eso era lo que estaba haciendo en ese momento.

—¿Cómo vamos a bajar de este árbol sin matarnos?

—¿Qué más da? ¡Mira! ¡Ahí está la casa de los Godsey!

A mí no se me había ocurrido mirar qué había al otro lado del tronco al que me abrazaba como si mi vida dependiera de ello, cosa que en ese momento era cierta. Y, sí, allí estaba la casa de los Godsey.

—Quiero quedarme aquí para siempre.

—Caroline, contéstame —la voz cansada de mamá empieza a hacerse más alta, aunque no está ni a un brazo de mí—. ¿Me oyes? Contéstame.

—¿Qué?

—Escúchela, «¿qué?» Como si no llevara horas oyéndonos hablarle —le dice mamá a un cuerpo invisible que hay detrás de mí.

—Vamos, señora Parker, cálmese —dice una voz. No tengo fuerzas para girarme a ver a quién pertenece la voz (estoy tan cansada...), pero no es la primera vez que la oigo—. Ha sido un día muy largo. Para todos.

—Ya lo sé —dice mamá—. Estoy todo lo calmada que puedo estar. ¿Caroline? —su voz es suave, pero fingida, sólo de pega—. Cuéntale a tu madre qué paso, ¿de acuerdo? Díselo a tu madre.

Yo veo moverse sus labios agrietados al tiempo que salen las palabras.

—Señora Parker, ¿qué le parece si deja que hablemos nosotros con ella un rato? —dice la voz—. Estará usted cansada. ¿Por qué no va a tomarse un café? Nosotros hablaremos con Caroline.

—Es mi marido a quien han matado, y soy yo quien va a hablar con mi hija —dice ella con los labios apuntando al hombre—. Caroline Parker, vas a hablar conmigo, ¿me oyes? Háblame. Cuéntamelo.

Yo quiero tenderle los brazos. Quiero que me suba

en su regazo y que me diga que nos vamos a ir a casa, que todo ha sido un mal sueño. Quiero...

—Caroline, si hay algo que quieras decirnos, algo que quieras confesar... —un hombre alto, el que clavó el cartel en nuestra puerta (¡el sheriff!) se ha puesto delante de mamá. Su cara parece triste, sus ojos miran los míos fijamente, buscando una respuesta a la pregunta que me hace una y otra vez. Pero mirarlo es como mirar a través de un visillo de encaje en un día de sol: veo la luz allí, pero no distingo las formas. Qué pasó, qué pasó, dicen (preguntan) sin parar esas dos palabras, y por mi vida que no sé de qué están hablando.

Miro del sheriff a mamá y de mamá al sheriff, buscando una respuesta.

Mamá no dice nada, así que me toca a mí encontrar la solución. Miro otra vez al sheriff. No sé, señor, le digo con los ojos, porque mi boca no sigue las órdenes de mi cerebro. No lo sé, la verdad. Cuanto más lo pienso, menos me acuerdo.

Luego, veo un relámpago y al señor Wilson llevando en las manos algo brillante. El señor Wilson, que ha sido tan bueno conmigo. «Un hombre tiene que responder por las cosas malas que hace».

—¿Cuánto tiempo llevas disparando? —dice mamá, recostándose en el respaldo de la silla. Supongo que está cansada de inclinarse hacia mí—. Una pistola mató a tu padre, y tú vas y aprendes a disparar con un viejo loco en el bosque. No tiene ningún respeto por su padre muerto, eso es lo que le pasa.

—Señora Parker, por favor —dice el sheriff—. Deje que sigamos nosotros.

Ella le da unos golpecitos al paquete de tabaco para que salga un cigarro, lo enciende, chupa con fuerza y sopla el humo hacia el techo cuando le toca soltar el aire.

La voz del sheriff es más suave que la de mamá, más calmada, como si flotara por el aire y me acariciara.

–¿Quieres contarme qué pasó antes de que llegáramos?

Cierro los ojos y veo en un relámpago a Richard, bebiendo cerveza en la mesa de la cocina.

–¿Carrie?

Luego otro relámpago, y el latido de mi corazón en los oídos mientras cruzo corriendo las dos habitaciones de arriba, buscando algo.

–¿Caroline?

Buscando a alguien.

–Vamos a dejarla tranquila un rato –dice él.

Buscando a...

–Vaya, estupendo –dice ella desde un sitio que podría estar a un millón de kilómetros de aquí.

Buscando a...

–Emma –es lo único que puedo decir.

–¿Qué? ¿Qué has dicho, cariño? –pasos cruzan la habitación, se acercan a mí–. Dilo otra vez.

Parezco tan sorprendida como ellos por oír mi voz.

–Emma.

Él mira a mamá, pero a ella parece que de repente le han chupado la vida, su cabeza cae (plun) como la de una muñeca de trapo. Y luego se mueve despacio de un lado a otro.

–¿Quieres hablarme de Emma?

—Estaba buscando a Emma —debo de estar susurrando porque él se inclina tanto hacia mí que siento el olor a tabaco de su aliento.

—Estabas buscando a Emma... —quiere que siga, pero no sé más.

—Oh, por el amor de Dios —dice mamá, con la voz tan cansada como la cabeza.

—¡Espere! —el sheriff levanta una mano para que se calle—. Continúa —me dice a mí.

Mamá, por favor, estoy pensando. Por favor, ayúdame. Pónmelo fácil, como hacía papá. Por favor, mamá.

Otro relámpago. La risa de Richard me atraviesa la cabeza. Mi cabeza, que retumba a ambos lados de mis ojos, intentando (bum, bum, bum) volver a entrar. Una puerta que se balancea y se abre. La sonrisa de Richard que se vuelve del revés, sus ojos enormes. Bum, bum, bum. La pesadez de los brazos, de las manos. Bum, bum, bum.

—No encontraba a Emma.

Otro relámpago: el señor Wilson subiendo las escaleras de su casa. Algo que reluce.

El hombre estira el brazo por encima de la esquina de la mesa y su mano se apoya suavemente sobre la mía, se relaja un rato, su ligereza me sorprende porque es tan ancha y tan nudosa...

—Estaba guardando la pistola en la casa.

Con los ojos trazo las venas sinuosas del dorso de su mano. Ríos con relieve.

—¿Quién? —el sheriff prácticamente me suplica una respuesta—. ¿Quién estaba guardando una pistola en la casa?

Yo lo miro y me doy cuenta de que tengo que decirle lo que vi. Tengo que chivarme de mi amigo.

No. No pudo hacerlo él. No.

Oigo mi propia voz diciéndole a Emma: «Una cosa es disparar a una lata y otra matar a un hombre, aunque se merezca que lo maten».

El señor Wilson no le haría daño ni a una mosca. Pero luego oigo su voz en mi cabeza, clara como el agua: «En mis tiempos un hombre tenía que responder por lo que hacía». Él mismo lo dijo.

Quizá a fin de cuentas quería matar a Richard. Y, además, llevaba aquella pistola que relucía.

—¿Quién estaba guardando una pistola en la casa, Caroline? —me pregunta otra vez el sheriff. Claro, que ahora ni siquiera estoy segura de llamarme Caroline. Estoy muy cansada, y la cabeza sigue martilleándome debajo del pelo.

—El señor Wilson.

—¿Qué? —se inclina un poco más hacia mi cara—. No te he oído, cariño. ¿Qué has dicho?

Yo me estaba mirando las manos sucias, las manos llenas de arañazos de caerme por el camino, pero levanto la cara. Lo miro directamente a los ojos, preparada para decir otra vez el nombre. Lo siento, señor Wilson.

—El señor Wilson.

—No me hace ninguna gracia que intentes jugar conmigo, Caroline —dice el sheriff—, pero sé que te han pasado muchas cosas estas últimas veinticuatro horas, así que voy a pasarlo por alto. Dinos quién estaba guardando la pistola en la casa, cariño.

—Ya se lo he dicho. El señor Wilson. Yo lo vi...

El sheriff se mira las manos y sacude la cabeza, pensando algo para sus adentros. Pero no sé qué.

—Le estoy diciendo lo que vi... —empiezo a decir, pero me corta.

—Cielo, tienes que empezar a decirnos la verdad. Tu madre y yo necesitamos saber qué pasó en tu casa.

—El señor Wilson...

—Drum Wilson es amigo mío —dice, señalando con el dedo mi cara—, y da la casualidad de que sé a ciencia cierta que no estaba cerca de tu casa cuando dispararon.

—Pero...

—Pero nada. Estaba conmigo y con medio pueblo en casa de Sonny Zebulon, celebrando el cumpleaños de Sonny —el sheriff se vuelve para explicarle a mamá—. Sonny Zebulon es el hombre más viejo del pueblo y ayer cumplía noventa y cinco años. Todavía toca la guitarra como si le acabaran de salir callos en los dedos. El caso es que Drum Wilson estaba allí, con los demás, tocando unas canciones para celebrar el cumpleaños de Zeb. Hasta sacó la mandolina de madreperla que solía tocar su padre cuando...

Mientras el sheriff sigue hablando de la fiesta en casa de Zebulon, cierro los ojos con fuerza e intento imaginarme la silueta del señor Wilson subiendo por los escalones, llevando...

—Ese chisme vale más que todos nosotros juntos —está diciendo el sheriff.

Llevando algo...

—Es preciosa, con incrustaciones de nácar, y brilla que da gusto verla...

¡Algo brillante! ¡Su mandolina! La luz de la luna sólo le dio un momento, pero ahora me doy cuenta de que era eso, no una pistola. ¡Ya sabía yo que no podía hacerle daño ni a una pulga del lomo de Brownie! ¡Lo sabía!

—En fin... —el sheriff se vuelve hacia mí—, por eso sé que no fue Drum Wilson quien disparó. Así que, ¿quién fue, pequeña?

—Mamá, ¿dónde está Emma?

Entonces veo algo en mi cabeza. Algo que casi me parece un sueño.

—Vete... corre —todavía oigo cómo me susurraba mientras estaba tendida entre la sangre.

Recuerdo haberle dicho:

—No voy a dejarte, mamá.

Y recuerdo el ruido de Richard saliendo de la cocina, dando voces. Hasta le oigo farfullar como cuando se ha tomado unas copas.

Pero entonces me viene a la cabeza otra cosa de la que no me acordaba.

Él me agarró por la espalda de la camisa cuando intentaba escabullirme por la puerta de atrás para ir a casa del señor Wilson.

—Pedazo de mierda —dice. Pero luego sigue gritando. De eso no me acordaba.

—¡Suéltame! —recuerdo que me retorcía, intentando soltarme.

—Tú has visto los precios que tienen —me dice como si yo supiera de qué está hablando—. Ese sitio está pidiendo a gritos que lo roben.

Me veo mordiendo la mano que me agarra la camisa.

—¿Qué coño...? —dijo él.

—¿Dónde está Emma? —recuerdo que me giré para mirarlo. Hasta puedo oír mi voz, que sonaba tan raspera que no parecía la mía.

Veo que las comisuras de la boca de Richard se alzan a los dos lados de la botella de la que bebe cerveza. No me contestó.

—¿Dónde está? —entré en la cocina dándole un empujón.

—No hace falta que busques —recuerdo que gritó desde el cuarto de estar, sentado en el sillón viejo que es lo único que se mantiene en pie en medio de aquel desorden, con el tacón apoyado sobre la rodilla—. No está aquí.

—¿Dónde está? —empujo la puerta que separa las dos habitaciones—. ¿Eh?

—A mí no me vengas con «eh» —dice él, separando de la botella el dedo índice para señalarme.

—Dime dónde está Emma.

—¿Y si te dijera un pequeño secreto? —preguntó tranquilamente, como si pidiera un filete con queso para cenar. Sólo que su boca sonreía—. ¿Y si te dijera algo que había jurado no decir?

—¡Emma! —grito desde el pie de la escalera—. ¡Emma! ¿Dónde estás?

—Ya te he dicho que no está aquí.

Recuerdo que lo miré.

—¡Está muerta!

Sentí un susurro en los oídos y supongo que era la sangre que inundaba mi cabeza.

—De hecho, la he matado yo —dijo él, meciendo su cerveza y descruzando las piernas.

Recuerdo que subí las escaleras de dos en dos y que entré corriendo en su cuarto y luego en el mío. Nada.

—Se acabó Emma —todavía oigo su voz. Y esa risa. Por esa risa supe que no estaba mintiendo.

—Se rió —le digo al sheriff abriendo los ojos—. Se rió cuando me dijo... —no puedo decir las palabras.

—Cuando te dijo... —su voz se funde en el aire—. Cuando te dijo... —lo intenta otra vez. Yo lo miro y aparto los ojos, recordando lo que Richard me dijo sobre mi hermana.

—Me dijo... —trago saliva—. Me dijo... me dijo que la había matado —lo miro para asegurarme de que he dicho las palabras en voz alta en vez de pensarlas, porque a veces me pasa, creo que he dicho algo cuando en realidad sólo está dando vueltas por mi cabeza.

Él se queda callado. No puedo mirar a mamá. Por si acaso todavía no sabe que Richard mató a su bebé. No puedo mirarla.

—¿Te dijo que mató a Emma?

Yo digo que sí con la cabeza para que no se me salten las lágrimas.

El hombre mira hacia atrás, a mamá, y aparta su mano de la mía. Siento que mamá se acerca a mí.

—Espere, señora Parker —dice él, parándola con la mano—. Déjala continuar. ¿Qué más recuerdas, cariño?

Cierro los ojos y otra vez vuelven a mí las imágenes y no sé si son reales o si son un sueño.

Las rocas. Un camino carretera arriba. Recuerdo que era de noche, estaba tan oscuro que confiaba en que mis pies me enseñaran el camino que había recorrido tantas veces antes. Recuerdo ver al señor Wilson entrar por la puerta. Recuerdo que esperé. Y entonces... espera... creo que rodeé la casa. ¿Lo hice? Creo que sí.

Recuerdo que busqué a tientas el camino hasta el cobertizo. Dios mío. Creo que lo hice. Recuerdo que esperé un rato y que abrí todo lo que pude los ojos para que se acostumbraran a la oscuridad de dentro del cobertizo.

«Ya sabes qué va a pasar», dijo Emma. Recuerdo oír sus palabras rebotando de un lado a otro de mi cabeza. «Vamos a matar a Richard».

—¿Dónde está Emma? —les pregunto a mamá y al sheriff.

—Sigue, cariño —dice él—. Sigue intentando recordar qué pasó.

—¿Mamá? ¿Dónde está Emma? —pero ella aparta los ojos de mí cuando se pone el cigarro en la boca hinchada y lo hace humear.

Así que cierro los ojos y vuelvo allí.

«Tenemos que matarlo, Carrie», dijo ella. Lo recuerdo como si hiciera cinco minutos. «Tenemos que matarlo».

Recuerdo que agarré la pistola y que abrí la cámara para ver si tenía que buscar balas. Toqué una, dos, tres, cuatro, cinco agujeros abiertos. Pasé el dedo por el sexto y comprendí que allí había una. Una bala. Un hombre al que matar.

—La mató —digo. Sus caras parecen asustadas, asombradas—. Me dijo que la mató —lloro—. ¿Mamá?

Pero ella no me mira. Creo que por eso es tan fácil cerrar los ojos. Odio verla apartarse de mí, con esa cara.

—Tomé la pistola —les digo entre trago y trago de aire. Ella me mira de pronto—. Tenía que llevármela —lloro más fuerte.

—No pasa nada, cariño —el sheriff dice todo lo que diría mamá si se le dieran bien las lágrimas—. A nosotros puedes contárnoslo. No pasa nada. Dinos qué pasó luego.

Cuando vuelvo a cerrar los ojos, los párpados chorrean lágrimas como un trapo mojado después de limpiar.

Recuerdo que la pistola me retrasó un poco, pero no mucho. Costaba menos correr por la carretera que por el camino que baja de casa del señor Wilson, pero también daba más miedo, porque en cualquier momento podía pasar un coche o un camión. Recuerdo que corrí. Y corrí. El camino que sube a nuestra casa es empinado, las piedras me hacían trastabillar, pero no me paraban del todo. Recuerdo que vi la luz de la cocina asomar por entre los pinos. Tomé aire y al pasarme la mano por la frente noté el mango de metal de la pistola.

Todavía veo acercarse la casa. Al pie de los escalones

del porche agarré la pistola con las dos manos y estiré los brazos como había visto que el señor Wilson le enseñaba a hacer a Emma. Recuerdo que conté los escalones, sabiendo que no podía mirar hacia abajo, y que mis pies me llevaron dentro sin tropezar. Intenté respirar despacio por la nariz antes de disparar, como me había enseñado el señor Wilson. Creo que lo hice un segundo, pero luego me parece que empecé a respirar por la boca, jadeando.

El porche. Con los brazos estirados, la pistola apuntando al suelo, abrí la mosquitera con el pie.

La puerta del porche se apoyó en mi espalda y se cerró suavemente cuando entré en la casa. Recuerdo haber sentido su peso, que se aligeraba al avanzar yo.

Miré nuestras cosas como si las viera por primera vez. De eso me acuerdo. La mesa del cuarto de estar. El sillón recto en el que se había sentado él. La lámpara volcada. A su lado, en el suelo, gime mamá. Me mantengo firme. Luego apunto hacia la puerta de la cocina.

«Vamos a matar a Richard», dijo Emma.

—Necesito saber dónde está mi hermana —mi mente ha vuelto a la habitación, con mamá y el sheriff—. Mamá... ¿han encontrado su...? —no puedo acabar la frase. Espera. Respira. De acuerdo, ahora puedo seguir—. ¿Han encontrado su cuerpo?

El sheriff me agarra de las manos. Dios mío. La han encontrado.

—Cariño, antes de hablar de Emma tenemos que saber qué pasó –dice–. ¿Lo entiendes? Tienes que contárnoslo. Luego hablaremos de Emma, ¿de acuerdo? Ya sé, ya sé. Chist. Respira. Eso es. Respira despacio. Cálmate. ¿Puedes hablar ya? Sólo un poco más. Estabas en la casa, apuntando a la puerta de la cocina. ¿Qué pasó después?

Se cierran otra vez, mis ojos.

Di dos pasos más hacia la puerta. Y luego otro.

Recuerdo que agucé el oído y por fin oí a Richard hacer ese «aaaah» que le sale sólo cuando ha dado un trago más largo de lo normal a la cerveza. Le siguió el sonido, muy claro, de la botella posándose en la mesa.

Creo que esperé otro segundo a que se le ocurriera que no le iba a bastar con un trago, que necesitaba más.

Entonces fue cuando abrí la puerta de una patada y se descubrieron mis intenciones.

He venido a matarte, le dijo la pistola.

Todavía lo veo darse cuenta.

El recuerdo del disparo, su cara retorciéndose de sorpresa y dolor, me sacude en el asiento, en la oficina del sheriff.

—Así que disparaste a Richard –dice él.

—Mató a Emma –digo, mirándolo fijamente a los ojos–. Iba a matar a mi mamá...

El sheriff respira hondo y el aire silba contra sus dientes al salirle por la boca. Mira a mamá, que chupa otra vez su cigarrillo.

—¿Habéis encontrado ya a Emma?

—Caroline... —dice ella. Su voz suena como cuando me arropaba en la cama cuando era pequeña. Que duermas bien. No dejes que te pique el bicho de la cama, decía. La silueta de papá en la puerta, mirándonos.

—Caroline, mírame. Estoy cansada y harta de todo esto, ¿me oyes? Cansada y harta. Ya va siendo hora de que pare. Ya está bien.

Yo fijo los ojos en su boca, ahora mismo no podría con sus ojos.

—Emma... —le susurro.

—De eso te estoy hablando —dice, tomando una bocanada de aire y mirando al sheriff, que asiente con la cabeza para que siga.

—He visto esa mirada —digo, intentando no llorar porque mamá ha sido muy amable y seguro que las lágrimas lo echarían todo a perder—. Habéis encontrado su cuerpo. ¿Dónde está?

—¡Por el amor de Dios!, ¿quieres parar de una vez? ¡No hay ninguna Emma! ¿Me oyes? ¡No hay ninguna Emma! —grita mamá, pero apuesto a que la voz le sale más fuerte de lo que pensaba.

Creo que el silencio de la habitación hace que sienta que tiene que repetirlo.

—No... hay... ninguna... Emma.

Silencio.

—Nunca la ha habido —mamá siempre ha sido más fuerte que yo, así que cuando me aparta las manos de los oídos las palabras entran en tromba, se agolpan en mi cerebro—. No, no... no te apartes de mí. No te apartes de mí. Emma nunca ha existido, niña, ¿me oyes?

—Voy a por un pañuelo —dice el sheriff—. Cálmela. Enseguida vuelvo.

—Escúchame —sigue mamá—. Emma nunca ha existido. Empezaste a hablar de una hermana justo después de que muriera tu padre y yo lo dejé pasar. Pero no pensaba que llegaría tan lejos. Esto no está bien. No es bueno pensar que algo es real cuando no lo es. No hacías más que hablar de ella. No podía soportarlo. Una y otra vez. Emma esto y Emma aquello. A Emma no le gustan los guisantes de lata, mamá. Emma quiere ir delante contigo, mamá. Emma quiere meterse en la cama contigo. Una y otra vez. No puede ser, ¿me oyes?

Una puerta se abre y se cierra.

—Aquí tienes —un puñado de pañuelos de papel aparece ante mis ojos—. Ahora respira, Caroline. Respira hondo. Eso es. Suénate con los pañuelos, cariño. Buena chica.

Cuesta encontrar aire suficiente para respirar entre las lágrimas.

—Bueno, bueno, ya está —dice el hombre—. Usa los pañuelos como te he enseñado.

—Y tú venga Emma esto y Emma lo otro —la voz de mamá se mueve de un lado de la habitación al otro, las pisadas la acompañan—. Y cada vez peor. Peor y peor y peor y peor.

—Señora Parker...

—Emma no sabe por qué no la quieres, mamá, me dice una vez...

—Señora Parker...

—¡Ahora ya sabes por qué no la quiero! —mamá se inclina hasta que su cara está justo delante de la mía, sus palabras me golpean como puñetazos–. ¡No la quiero porque no existe! ¡Ya está! ¡Ya lo he dicho! Se acabó andarse con miramientos como si te fueras a romper como esos frasquitos de cristal que venden donde White. ¡No la quiero porque no existe!

Yo me atraganto con las palabras.

–¡No la querías porque se parecía a papá! ¡Porque fue ella la que vio morir a papá y te lo recordaba!

–¡Fuiste tú quien vio morir a tu padre! –escupe ella–. ¡Tú lo viste todo! Era sábado. Yo estaba detrás, tendiendo la ropa. Ese hombre entró en casa...

–¡Basta! –me tapo las orejas con las manos, pero sigo oyendo su voz. No puedo detener la imagen que aparece en mi cabeza. Un hombre llevando una escopeta. Un día de sol. Mamá tendiendo la ropa.

–Señora Parker...

–Tu padre se defendió como pudo...

–¡Basta! –chillo y cierro los ojos con fuerza para no ver sus labios furiosos.

–... y entonces le pegó un tiro y lo mató...

–¡Señora Parker!

–Le habían advertido que no se acercara a Selma Blake.

–¡Basta! –grito con todas mis fuerzas–. ¡Basta basta basta!

–Y luego todo el mundo empezó a meterse en mi vida, diciéndome haz esto, haz lo otro, síguele la corriente, decían –se pasea de aquí para allá al otro lado de la mesa–. Me agotaban. Tus maestros...

–¡Basta!

–... toda la gente del pueblo...

—Señora Parker...

—Todo el mundo en ese puto pueblo creía que estabas loca...

—Ya basta, señora Parker —dice el hombre desde atrás, supongo—. Ya es suficiente. Venga conmigo. Dejemos a Carrie tranquila un rato. Vamos a tomar un café. Enseguida volvemos, pequeña. Enseguida, ¿de acuerdo?

Una puerta se abre y se cierra.

Pero no se cierra del todo, supongo, porque sus voces me llegan a retazos, como los cuadraditos de moqueta que papá guardaba en su coche.

—Sus amigos la rehuían, no querían jugar con ella, la insultaban. Ella creía que no me enteraba, pero sí me enteraba. Joder, no estaba tan ida como para no saber que mi propia hija estaba como una cabra. A su mejor amiga no la dejaban venir a nuestra casa —bufa mamá desde fuera—. Su madre llamó para decirme que Carrie podía ir a su casa, que allí la cuidarían bien. Como si fuera culpa mía, esa manía con Emma. Como si yo no cuidara bien de mi propia hija. Claro, que esa Phillips siempre se dio muchos humos, ya me entiende...

¡No!

—Luego se buscó trabajo desenvolviendo cajas en la droguería, y el dueño me llamó para hablarme de mi propia hija, como si yo estuviera en la inopia. «Oye, Lib», empezó, «¿qué pasa con esa tal Emma de la que Caroline habla sin parar? No sé si es sano que le sigamos la corriente». ¡Dímelo a mí! Yo nunca pensé que fuera sano, pero no, esa psicóloga del tres al cuarto, o psiquiatra o como coño se llame, nos dijo que era muy sano, que eso teníamos que hacer todos. Seguirle la corriente, decía...

No. Recuerdo que el señor White dijo que le encantaría que Emma ayudara en la trastienda. Y la señorita Mary adoraba a Emma. Jugaba con su pelo y todo.

Emma estaba allí. Era real. Fue Emma quien me quitó de un empujón cuando Richard me llamó desde su cuarto. Fue Emma quien hizo cosas con él.

No.

—Hola, pequeña —el hombre sonríe como si quisiera compensar la mala cara de mamá cuando entra en la habitación—. ¿Qué tal estás?

¡Pum! Una cucaracha mordisquea mi cerebro: es mi maestra, la señorita Ueland, hablándome del moratón en el brazo, en el mismo sitio donde Emma tenía uno ese mismo día.

—Ahora que has tenido un rato para pensarlo, ¿qué piensas de todo esto? —pregunta él, arrastrando la silla hasta mí.

Emma estaba allí. Recuerdo que estaba allí. Recuerdo que tenía que ayudarla a ponerse el cinturón cuando mamá conducía a toda pastilla por la vieja carretera junto a la granja de los Hamilton.

—Era real —les susurro.

Otro mordisco en mi cerebro: sentir los nudos del pelo entre los dedos... cuando me los pasaba por mi propio pelo.

No.

Emma estaba allí. Emma tenía Nidos de rata en el pelo. Yo no.

—Te pusiste peor, no mejor, como decían ellos —dice mamá entre una nube de humo que tarda mucho en llegar al techo—. El médico del pueblo vino a verla cuando nos llamaron del colegio para decirnos que la pegaban un día sí y otro también por hablar sola —mamá vuelve a hablar con el sheriff. No conmigo—. A mí me traía sin cuidado, pero el médico dijo que se pondría mejor. «Sígale la corriente», dijo. Se lo juro, me agotaba. Tener que llamarlas a las dos para cenar. Como haciéndome la tonta.

Su voz se quiebra y devuelve mi cabeza a la habitación. Mamá va a llorar. Lo noto.

—¿Qué va a ser de nosotras ahora? ¿Eh? —llora, señalándome con el cigarro, que tiembla—. ¿Pensaste en eso cuando apretaste el gatillo? ¿Cómo vamos a llevar comida a la mesa? ¿Crees que va a cuidar Emma de nosotras?

—Señora Parker, por favor.

Una puerta se abre. Una puerta se cierra.

14

–¿Cuánto pide por este cuenco, señora? –le pregunta la chica a mamá.

–Dos dólares con veinticinco –dice mamá, dándole la vuelta al cuenco, no sé por qué–. Era de mi padre, de Rutherfordton.

La chica cuenta las monedas y se las da. Mamá las guarda en la caja de puros que yo usaba para guardar el trozo de moqueta de papá, que ahora está cuidadosamente guardado en mi bolsa, a salvo de la venta callejera con la que mamá espera conseguir algo de dinero para el viaje.

–¿Y este jarrón? –un hombre levanta el frasco de cristal.

–Dólar y medio –dice mamá, y su mano espera ya el dinero mientras el hombre se mete la mano en la cartera–. Gracias, señor –casi sonríe cuando lo dice.

Pero yo no sonrío. Ni pizca. No me gusta la idea de que nuestras pertenencias acaben Dios sabe dónde.

–¡Eh! –le grito a mamá desde la mesa en la que está

todo desperdigado para la venta–. ¡Esto no podemos venderlo! ¡Es mío!

Mamá mira lo que tengo entre las manos.

–Si yo tengo que deshacerme de mis cosas, tú también. Déjalo ahí.

Pero no puedo. El libro de sellos es mío.

–¿Puedo verlo? –me pregunta una niña pequeña que va de la mano de su madre.

–Supongo que sí –le digo. Luego bajo la voz para que mamá no me oiga–. Pero no está en venta.

Ella suelta a su madre y agarra el libro con las dos manos, con muchísimo cuidado. Al pasar las páginas se le ponen unos ojos como platos.

–¡Hala! –dice. Y luego lo levanta–. ¡Mira, mamá!

Su madre va y mira.

–¿Qué es eso?

–Es un libro de sellos de todo el mundo –le digo con orgullo–. ¿Ve? Ésos son de Suecia –señalo la página por la que lo ha abierto–. Y éste es mi preferido: las Bermudas –las dos se inclinan sobre el libro.

–¿Cuánto quiere por él? –le pregunta la madre a mamá, que se ha acercado a ver qué están mirando con tanto interés. Mamá tiene olfato para el dinero.

–Un dólar –dice antes de que yo pueda decirles que no está en venta.

–¡Mamá! –le grito–. ¡Es mío!

Pero la madre se mete la mano en el bolsillo de la falda.

Yo intento recuperar el libro, pero la niña tiene más fuerza de la que pensaba. Además, mamá me tiene agarrada por los hombros.

—Es mío —le digo a la pequeña traidora, que sabía que no estaba en venta—. Devuélvemelo.

—Aquí tiene —la mujer le da el billete arrugado de un dólar a mamá.

—¡Mamá, por favor! —lloro—. Por favor, deja que me quede con él.

—Cállate —dice, acercándose a una familia que está mirando nuestros colchones.

Yo miro enfadada a la niña, que con una mano se agarra a su madre y con la otra se aferra al libro.

—Mamá —le tiro de la falda—. ¿Mamá? ¿Por qué no puedo quedármelo?

Ella se da la vuelta y prácticamente me escupe:

—No puedes aferrarte demasiado a las cosas, niña. Recuérdalo. Además, ¡fíjate! Todo va a desaparecer tarde o temprano. No nos queda nada. Nada.

—Pero...

Pero ella ya se ha ido. Está contando el dinero que le da un hombre sucio que intenta meter mi colchón en la parte de atrás de su camioneta y atarlo con una cuerda porque hace viento.

—Perdone, señora —dice otro hombre desde delante de la mesa.

Sigo su dedo, que señala un mueble, preguntando el precio sin palabras.

Mamá se para en seco al ver lo que está señalando. A mí se me para el corazón, espero a oír qué va a decirle sobre el viejo sillón de Richard.

Detrás del hombre hay una mujer con el pelo estropajoso y una barriga enorme que promete otro bebé para dentro de poco. Mamá la mira y luego vuelve a mirar al hombre.

—¿Cuánto, señora? —repite él al ver que no dice nada, sólo mira fijamente la huella del cojín de abajo, donde su marido solía sentarse.

—¿Señora?

—Cinco dólares —digo yo, pasando delante de mamá y yéndome derecha al hombre y su mujer.

—¿Cinco? —dice él, mirando a mamá para asegurarse de que no me lo estoy inventando. Ella se ha quedado de piedra.

—Sí, señor —digo—. Cinco dólares. Ni un penique menos.

Él se gira y le dice algo en voz baja a su mujer, que saca el dinero del monedero.

—Aquí tienes —dice, dándome los billetes—. ¡Eh, Walles! Ayúdame con esto, ¿quieres?

Y, claro, allí está Walles, el de Zebulon, acercándose con las piernas torcidas como un vaquero, que me mira y guiña un ojo sin sonreír. Levanta de un lado el viejo sillón de beber, y su nuevo propietario levanta el otro lado y entre los dos se llevan para siempre de nuestras vidas el último vestigio de Richard.

—No puedes aferrarte demasiado a las cosas, mamá —le digo mientras los mira meter el sillón en la camioneta. Le agarro la mano y, por primera vez desde que recuerdo, no me la suelta. Sólo por un segundo se agarra a mí.

Es día de mudanza otra vez, pero ahora no tenemos que embalar cajas. Menos mal.

Mamá dice que lo que sacamos vendiendo las cosas

apenas dio para reparar el coche que va a sacarnos de aquí, a llevarnos lejos del número veintidós, pero a mí me parecía que el coche estaba bien como estaba. Supongo que mamá se cansó de tener que girar la llave diez o doce veces para que arrancara. Además, tenemos que ir hasta casa de la yaya y mamá dice que no quiere arriesgarse.

—Voy a echar un último vistazo y nos vamos —me dice mamá—. Si tienes que hacer algo antes de que nos vayamos, será mejor que te des prisa.

Hay una cosa.

Ahora que sé dónde está cada palito, cada piedra, cada hoyo, no me cuesta nada recorrer el camino hasta la carretera. Y lo mismo para subir a casa del señor Wilson. Esta vez procuro portarme bien con Brownie porque es la última vez que voy a ver una perra como ella.

Pero ella no quiere saber nada de mí. Espera hasta que paso y luego camina detrás de mí, un poco lejos, por si acaso.

—¿Señor Wilson? —llamo por adelantado.

No sé por qué siempre lo llamo si nunca contesta. Se cree que de todos modos lo encontraré sin tener que contestarme a voces. Y tiene razón.

—Nos vamos —le digo cuando subo a su porche.

—Ya me lo imaginaba —dice él sin levantar la vista de su madera.

Miro alrededor e intento memorizar otro sitio al que no volveré.

—Bueno —digo, cambiando el peso de una pierna a la otra—. Creo que será mejor que me vaya.

Él hace una última muesca en la madera.

—Toma —dice—. Llévate esto.

Me tiende la mano y hasta que desdobla todos los dedos no me doy cuenta de qué es. Pero en cuanto lo agarro, lo sé.

—¡Eh! —sonrío, mirándolo—. ¡Es usted!

—Sí —se recuesta en el viejo sillón—. Nunca va a salirme mejor.

Yo no sé qué decir, así que tendrá que hablar mi abrazo por mí. Él parece sorprendido al principio, pero luego siento su mano dándome palmaditas en la espalda.

—Será mejor que te vayas mientras todavía hay sol.

—Adiós, señor Wilson.

—Adiós, miedica.

Él no lo sabe, pero vuelvo a la carretera sonriendo.

—¿Estás lista? —me pregunta.

—Sí, señora —contesto, abriendo la puerta del coche.

Ella estira el brazo hacia la puerta y se para de repente con la mano en el aire.

—¿Por qué vas a montarte atrás? —veo su mirada, y comprendo que se está preguntando si estoy tramando algo.

—Me apetece ir sola atrás —le digo—. Mamá, ¿dónde está el cuaderno de dibujo que puse en el porche para el viaje?

—Está aquí —y me lo da por encima del cabecero de detrás de ella cuando estamos ya en el coche—. Aquí lo tienes.

El coche avanza a saltos y mamá espera hasta llegar a la carretera para girar el dial, intentando encontrar música... o algo que llene el aire.

El pueblo pasa. La tienda de Antone. Luego la de Zebulon. Las veo alejarse. Entonces abro el cuaderno por una página en blanco.

Me alegro de que por fin sepas leer y escribir, garabateo. *No sé cuánto tiempo vamos a quedarnos con la yaya y la tía Lillibit, pero mamá dice que no será mucho. Después podemos ir donde queramos. Oye, Em, si tú pudieras ir a cualquier parte del mundo, ¿dónde irías?*

Agradecimientos

Mucha gente ayudó a insuflar vida a este libro. Mi más honda gratitud a Anne y Taylor Pace, que compartieron conmigo su amada Carolina del Norte y observaron con paciencia mientras se iba convirtiendo en *mi* amada Carolina del Norte.

Gracias también a mi talentosa editora, Susan Pezzack, y a mi incansable agente, Laura Dail, que sigue sin saber que su entusiasmo es completamente embriagador.

Tengo la fortuna de contar con una amiga como Mary Jane Clark, que es una constante fuente de fortaleza y afecto.

Mi Emily me dio la voz de Carrie y me ayudó a recordar lo que es ser una niña pequeña. Mi Lizzie me dio apoyo y sin saberlo me salvó una y otra vez de mí misma. Y mi Jeffrey me dio esta vida nueva y maravillosa y con su apoyo y su amor inquebrantables hizo posible que fuera escritora.

Títulos publicados en Top Novel

Bajo sospecha — ALEX KAVA

La conveniencia de amar — CANDACE CAMP

Lecciones privadas — LINDA HOWARD

Con los brazos abiertos — NORA ROBERTS

Retrato de un crimen — HEATHER GRAHAM

La misión mas dulce — LINDA HOWARD

¿Por qué a Jane...? — ERICA SPINDLER

Atrapado por sus besos — STEPHANIE LAURENS

Corazones heridos — DIANA PALMER

Sin aliento — ALEX KAVA

La noche del mirlo — HEATHER GRAHAM

Escándalo — CANDACE CAMP

Placeres furtivos — LINDA HOWARD

Fruta prohibida — ERICA SPINDLER

Escándalo y pasión — STEPHANIE LAURENS

Juego sin nombre — NORA ROBERTS

Cazador de almas — ALEX KAVA

La huérfana — STELLA CAMERON

www.ingramcontent.com/pod-product-compliance
Lightning Source LLC
LaVergne TN
LVHW030337070526
838199LV00067B/6320